徳間文庫

慶喜暗殺

太鼓持ち刺客・松廼家露八

阿井渉介

徳間書店

目次

第一章　闇夜弑逆《しいぎゃく》

一

土肥庄次郎《どひしょうじろう》は小柄《こづか》を雨戸の敷居に入れ、そっと外した。指先で弾くほどの音も立てなかった。この技を習得するのに、一カ月かかったものだ。

と、中から人影がすっと闇《やみ》の庭に下りてきた。

庄次郎は仰天して飛び退《の》いた。

出てきた男は、庄次郎に見向きもせず、奇妙なことを始めた。庄次郎が外した雨戸を、また元通りに嵌《は》めたのだ。庄次郎はあっけに取られ、動けなかった。いや、動けばなにか途方もない陥穽《かんせい》に陥るのではないかと思わせるものが、男の無防備なうしろ姿にはあった。

一体何者なのか。

なにをしているのか。

庄次郎は無言で抜刀した。

「よせ、立ち去れ」

向き直った男の声は「こんばんは」と挨拶《あいさつ》するような、穏やかなものだった。含むような声は覆面のためか。

庄次郎は斬りかかった。

白い閃《ひらめ》きがあった。相手も抜き合わせたのだが、刃《やいば》が相手の刃に食い込む音も、砂を踏んだほどにしか鳴らなかった。相手が音もなく受けようとしているのは、明らかだった。

庄次郎の剣は吸い込まれ、湿った砂に食い込んだように止まった。庄次郎は脇《わき》の下に冷汗を覚えた。こんな剣は初めてだった。

邸は元駿府《すんぷ》代官所、いまの主は先ごろまでの将軍徳川慶喜《よしのぶ》――

ここに蟄居《ちっきょ》している慶喜を、斬りに来た。

伊賀者によって邸は警護されているが、これも慶喜を護《まも》るというより、旧幕の残党が謀《はか》るやもしれぬ主君奪還、あるいは慶喜自身の逃亡への備えだ。
だが、これほどの手練《てだ》れが伊賀者にいただろうか。庄次郎は相手が何者なのか測ろうとして焦った。
天は夕刻から雲に閉ざされていたが、いまはさらに厚く曇ったのだろう、肩にのしかかってくるほど闇は重い。対峙《たいじ》していくばくのときが過ぎたのか、少し離れたところで虫の声が起きた。秋も晩《おそ》い、そのわずかな残りの、命を絞りだして鳴く虫だ。さながら我が身の写し、という自嘲《じちょう》が鼻から漏れた。

〽思い焦がれりゃ
　蟬《せみ》さえも
　音《ね》にして呼ぶや
　つくづく恋し

庄次郎はたわむれの詞を添えた。

〽呼べぬ浮き川
　流れ藻の
　三筋にからめ

一筋の

相手の気配が和らいでいた。庄次郎は唄いながら踏み出した。聴いているのか、と思うほどに気息を合わせて、相手は引いた。

〽忍ぶ唄さえ

さざめきまぎれ

葦《よし》か芦《あし》かや

この廓《くるわ》岸

「悪《あ》し、だ」

すぐさま芦に悪しを掛けて来た。伊賀者でないことは、もはやあからさまだった。

「邸を出よ」

呟《つぶや》きほどの、しかし闇を貫く声だった。庄次郎は返事の代わりに、刃を解いて突いた。道場でなら、竹刀《しない》の先を喉《のど》に突き入れた相手は、羽目板まで飛ぶ。

信じ難かった。

微かな手応えと同時に、庄次郎の太刀はぴたりと抑えられ、再び砂に埋もれたように止まった。この突きが通じなかった相手は、ほとんどいない。

相手の顔が寄った。暗夜、なぜ面体を包むのか。

そこから小さく声が漏れた。

「謹慎中のお方を斬るのか」

「だれに対する謹慎だ」

剣は押えられていたが、口だけは動いた。

相手はぐっと詰まって、返答はなかった。

「鳥羽伏見《とばふしみ》で、会津《あいづ》で、五稜郭《ごりょうかく》で殺された者に対しての謹慎か」

「鳥羽伏見、会津、五稜郭」

その地名を、重く地を磨《す》るような声で、相手は繰り返した。そして、重ねた。

「殺されたから殺すのか」

庄次郎は戸惑い、戸惑った自分に腹を立て、声を荒らげた。

「禅問答しに来たんじゃねえ」

「静かに。人が来る。早く立ち退け」

相手は底ごもる声をいささかも昂《たかぶ》らせなかった。来る者といえば警護の伊賀者だろう。

「妙なことを聞く。あんた何者だ。なぜここにいる」

いや、なぜ家屋の内から出てきたのか。庄次郎は一瞬に込めて、相手の剣を押し返しざま、その頭上に振り下ろした。ほとんど音もなく、庄次郎の剣は再び相手の刀身に食い込んだ。相手の静かな呼吸が間近にあった。

虫の声も、また地に絶えていた。

と、その地を伝わる気配があった。相手が小さく呻《うめ》いた。「退け」と言いざま、庄次郎の剣は巻き取られるように舞おうとした。かろうじて取り留めたときには、相手は脇をすり抜けていた。

奇妙な戸惑いから覚める間もなく、庄次郎は低く構える三つの影にかこまれた。その向こうを吹き抜けるように走る二つの影があった。庄次郎と斬り結んだ、孤影を追っていったのだろう。

鞘《さや》が鳴って、三本の白刃が結界を張った。身ごなしにうかがうまでもなく、伊賀者だった。さっきの孤影ほどではないが、手練れの者とわかる。風車《かざぐるま》が、小さな息を吹きかけられて廻るように、三人が庄次郎を芯にめぐった。

屋敷内で剣呑《けんのん》な事件が起きれば、それだけで静岡藩は新政府からとがめられる。警護に伊賀者を使って、ことを闇から闇に葬ろうとしているのは、そのためだ。

腰に残った小刀を左手に抜き、下段に構えた。多勢を相手にしなければならぬ場合を考え、脇差には長い拵《こしら》えの刀を差してきた。右手の剣を逆手に持ち代え、背後に突き出した。そのままずいと前に出た。

風車がめぐりながら退く。

前から来るのか、うしろからか、どちらにせよ来た者は倒せる。だが、同時にかかって来られたら、三人のうちの一人の剣は我が身に達するやもしれぬ。幸い、相手方には、己が斬られて仲間に功をゆずる気のある者はない。庄次郎はさらに一歩を進める。歯ぎしりのように地をこすって、三人がめぐり退く。

白く浮く築地塀《ついじべい》に、黒い穴が見える。縦四角の穴は、先に逃げた、あの得体の知れぬ孤影が開けて通ったのだろう。孤影は、それを庄次郎に示して、開け放しのままに逃れ去った。さっき雨戸を嵌め戻したのは、侵入の痕跡《こんせき》を消してくれたのかもしれぬ。

だが、なんのために――

穴を抜ければ、町中まで伊賀者は追うまい。三歩と迫ったとき、不意に二つの黒い塊が吐き出されてきた。孤影を追って出た者が戻ってきたのだ。だが、庄次郎の切っ先にいた伊賀者は、背後の気配にわずかにひるんだ。味方とわかってはいても、一瞬は庄次郎の仲間かと迷ったのだろう。庄次郎は、その隙《すき》にぐいと伸ばした小刀を突き入れた。戻った伊賀者が飛び退く、そこに逆手から反転させた刀身もろとも突っ込んでいった。伊賀者二人が風車に加われば、逃れようはない。二人が体勢を立て直しながら構える、その刃を叩《たた》き割るように、穴に殺到した。無声のまま振り下ろされた剣をくぐって、外に抜けた。振り返りざま、追って出た伊賀者に、真っ向から斬りつけた。相手の剣が折れ、うしろにのけぞって塀の内に消えた。

出てくるところを、一人ずつなら斬ることができる。だが、穴は人を吐き出してこなかった。気配に振り仰ぐと、塀の上に二つの人影が現われた。半弓を持っているようだ。庄次郎は駆け出し、鉤《かぎ》の手に身を翻しては、矢音を逃れた。

幕府瓦解《がかい》後、徳川家は田安《たやす》家の亀之助《かめのすけ》が継いで徳川家達《いえさと》、静岡藩七十万石に甘んじ、慶喜を預かる形になっている。伊賀者は家達の家臣として、慶喜身辺の警護の任に当たる者たちだ。

　邸の築地塀が尽き、なお少し走って、庄次郎は商家の軒先、天水桶《てんすいおけ》の陰に身を寄せた。うしろをうかがったが、追ってくる者はない。息をついて、汗ばんだ額を掌で拭った。

　邸内で初めに剣をまじえた孤影は、一体何者だったのか。邸の主、慶喜の命を護ろうとしていたが、庄次郎を斬れば功績であるはずが、斬らずに済まそうという意図が露骨だった。なんの弱みがあってか、伊賀者の出現を厭《いと》うて逃げた。伊賀者と目的を同じうしながら、なぜ厭うのか。慶喜を狙《ねら》う者の同類の如く、なぜ追われねばならなかったのか。再び歩き出した庄次郎の額に、一点の涼が当たった。

　たちまち——

　雨を含みに含んで、ついにその重みに耐えかねた天から、ぶちまけるような雨が降ってきた。高い雨足が立ち、行く手が白く閉ざされた。雨を衝《つ》いて走り、ふと庄次郎は家並みの軒下に身を寄せた。

　雨宿りではない。降り込める雨よりも濃密な気配に、いつの間にかつきまとわれていた。雨の音を聴くように、ややうつむいて気配を測った。慶喜邸を出た直後から、この気配はあった。

伊賀者とは、また違う。

しずくが鼻梁《びりょう》を伝って、滴一滴と落ちた。

藍《あい》の、鋭い匂いがつんと鼻を衝いた。

庄次郎は、静岡と名を改めたばかりの、駿府の町を知らなかった。だが、目指す邸の周囲を絵図で確かめ、逃走径路をも考えてあった。絵図の、邸の所在には紺屋町《こうやまち》の名があった。さっき身を寄せたとき、軒の上に紺屋の看板を見た。

藍の匂いは強い。藍甕《あいがめ》の縁を人が通っただけで、匂いは動き出す。だが、職人などとうに寝た時刻、なぜ藍が匂うのか。

すっと身を沈めるのと、音を立てて頭上の雨戸が槍《やり》の穂先を噴くのが同時だった。数人の気配をうしろに、篠突《しのつ》く雨の中に飛び出し、路地から路地に抜けた。

数人の気配があったから、邸内で遭った覆面の剣客ではない。剣と槍の違いはあるが、筋が全く違った。何者がなんのために襲撃してきたのか、わからなかった。

路《みち》のない原っぱを突っ切って、大きな寺の脇に出た。宝台院という寺だ。水戸《みと》に謹慎していた慶喜は、慶應四年七月にはこの寺院に移され、蟄居を続けた。元の代官所に移ったのは、つい先日のことだった。

庄次郎が静岡に来て一月ほどになる。

宝台院のほうが警護は厳しく、侵入の隙はなかった。機をうかがっているうちに元の代官所邸に移られてしまい、伊賀者たちが新しい場所の警護に慣れぬうちに、と焦って今宵襲撃を強行した。

庄次郎は両替町《りょうがえちょう》、呉服町《ごふくちょう》、追手町《おうてまち》と、頭に叩き込んである絵図の上を北に貫いていった。駿府城の堀端に出て、柳の大樹の陰につと隠れ込んだ。走ってきた方角だけでなく、行く手までに眼を配り、気配をさぐった。

再び雨中を走った。

右手に堀を見て、西草深町《にしくさぶかちょう》から西に転じて宮ヶ崎町《みやさきちょう》、ここで南に向かい直し八千代町《やちよちょう》、一番町、二番町、三番町、また東に道をとって大工町《だいくちょう》、大鋸町《おおがまち》、通車町《とおりくるまちょう》と故意に迷走しつつ八方に気を配った。秘《ひそ》かに追尾しようとした者があっても、うしろ姿は滝のごとき雨が隠してくれたはずだ。

もはや追ってくる者の気配はない。

庄次郎は迂回《うかい》をやめて、二丁町に向かった。

この一カ月ばかりは宝台院や元代官所をさぐっては、町の外に出た。駿府の東、江尻《えじり》、興津《おきつ》、西は鞠子《まりこ》、岡部《おかべ》といった宿場を転々としたが、三日前からは決行を期して二丁町の遊郭に潜んだ。

駿府二丁町遊郭は、徳川家康の作った廓《くるわ》だった。

慶長十二年、家康は自分の隠居所として、諸侯に命じ駿府城を築かせた。だが、城はこの年の内に本丸から出火、全焼してしまった。駿府が剣呑な気配を漂わせるのは、ここに始まる。翌年八月までに、天守閣を持つ七層の大城郭が再建された。この、昼夜兼行の大工事は諸藩に割り振られ、ために諸藩から将士、人夫、おびただしい数の男たちが城下に集められた。彼らの消費を当て込んだ商人も城下に群がって、大層な賑《にぎ》わいになった。気候温暖という地の利にも恵まれ、民の気質温順はこの間に生まれた。

駿府は、元来その名のとおり国府であり、東海道を往来する旅人のために廓があり、旅籠《はたご》には飯盛り女がいた。築城工事の賑わいは当然そこに及んで溢《あふ》れ、町は女を奪い合う喧嘩《けんか》が絶えない有様になった。町奉行は何度か遊女追放令を出したが、火に油をそそぐようなものだった。

家康は工事の円滑な進展のために、むしろ遊女を一カ所にまとめる策を採った。町の西を流れる安倍《あべ》川のほとり、キリシタン寺だった地二丁四方を区切って遊女屋を集めた。

隠居とはいえ実質の支配者だった家康に伺候する諸大名が滞留して、駿府はさらに栄えた。二丁町遊郭も、その恩恵で五丁四方にまではびこって殷賑《いんしん》を極めた。だが、家康の死によって江戸は名実を回復し、駿府はただの宿場に戻った。

二丁町はすたれ、さびれた。広がりすぎて共倒れになりかけていた駿府の店と遊女は、もとの二丁四方分を残して江戸葦原《よしわら》に移った。文字通り狐狸《こり》の住む葦の原だった。本格的に発展し始めていた江戸幕府は、この機に散在する遊女屋を一カ所にまとめようとし、葦原に集めた。吉原遊郭の始まりは、駿府二丁町遊郭に発する。

適正な規模に戻った駿府二丁町は、東海道の由緒ある遊郭として二百数十年、上り下りする旅人の旅愁を慰めてきた。駿府出身の一九《いっく》から馬琴《ばきん》の揶揄《やゆ》まで、古人の評が多く残る。

庄次郎には、二丁町は馴染《なじ》んだ吉原より居心地がよい。それもセキに巡り会ったお陰だ。

三日前、庄次郎はこの廓で意外な邂逅《めぐりあい》を果たした。二十年ばかりを隔てて、少し贅肉《ぜいにく》と皺《しわ》が増えていたが、言葉尻を温《ぬる》く纏《まと》いつかせてくる話しっぷりは、昔のままだった。

二

「なんて格好ですよぅ、下帯までぐっしょり濡《ぬ》らしちまってぇ」

遊郭井筒楼《いづつろう》の湯殿、庄次郎の着物を剝《は》いで、セキはあきれている。

〽しっぽり濡れて、はるさめを

まだからだに残る強張《こわば》りを気取られぬように、庄次郎は鼻唄にした。

「なにが春雨、なにがしっぽり、濡れ鼠ですよぅ。季節も忘れてぇ」

〽なつかしむやら、あきの雨

「あはは、春夏秋とできたところで、さあ湯に浮かんだ、浮かんだ」

「それで浮湯《ふゆ》か」

庄次郎はセキに急かされて、湯殿に通った。ことさらな緊褌《きんこん》は、濡れてさらに締まっていた。それをゆっくりと解いた。

湯に浸《つ》かって、一息ついた。

外の激しい雨音に、別の音が混じった。

庄次郎は一隅に置いた刀を間近に引き寄せて、そっと小窓を繰《く》った。焚口《たきぐち》にセキが来ていた。

湯は一九の「膝栗毛《ひざくりげ》」中、小田原の宿で喜多八《きたはち》が底を踏み抜いた、五右衛門風呂だ。上方《かみがた》にはこれを設けている家が多かったから、喜多八と違って入り方を心得ている。蓋《ふた》を踏んで、湯に浸かった。放蕩につちかった六尺二十貫の身を含んで湯がふくれ上がる。

「セキ」

庄次郎は小窓に声を掛けた。コンコンと、火吹き竹だろう、どこか叩いて応えた。セキは昔もそのようにして返事に代えた。庄次郎はまた目をつぶった。もたせかけた背に釜の熱が伝わってきた。

「なんですぅ」

「なに、そこにいてくれりゃいいんだ」

「昔、あたしの行水を覗《のぞ》いて、父上に折檻《せっかん》されてましたっけ」

「うへっ」

湯に顔を没したかった。十二、三歳くらいのときのことだ。三つ歳上だったセキの、水をはじく肉置《ししお》きは鮮烈に瞼《まぶた》に残っている。

「このごろはのぞかれないんですか」

「あはは、幡随院長兵衛《ばんずいいんちょうべえ》にゃなりたくねえだけさ」

「なに言ってんだかぁ、悪旗本はそっちでしょうにぃ」

「ちげえねえ」

江戸の地口《じぐち》が通じる心安さに、この駿府、いや静岡で巡り会おうとは思わなかった。しかも廓の二丁町で、しかも江戸の土肥家で下女をしていたセキだったとは――

ひそむは廓にしかずと、三日前、この二丁町を物色し歩いた。

「若様、庄次郎様」

女の声に呼び止められ、ここは吉原、不義理している遣《や》り手婆に捕まったか、と一瞬あわてた。セキとわかって心底驚いた。

実は、驚くに当たらない。

明治新政府によって徳川家が静岡藩に移封《いほう》されたとき、随《したが》ってきたのは旗本御家人たちばかりではない、多くの町人もまた移ってきていた。とはいえ、廓だ。棒手振《ぼてふ》りの八百屋と一緒になったと聞いていたセキが、まさか遣り手婆をしているとは思えぬ場所だ。時代はそれほどの変わり方をしていたのか、と庄次郎は心中に嘆いた。

セキとは昔語りをしなかった。亭主は、子は、と問うてなにか言祝《ことほ》ぐことのできる話が聞けるとは思えない。セキが庄次郎の来し方を尋ねないのも、同じ思いやりだろう。

土肥庄次郎、代々の旗本だった。父は一橋《ひとつばし》家に出仕して近習番頭取、すなわち慶喜直系の家臣だった。

主君、父など目上を殺すことを、わざわざ弑逆《しいぎゃく》と言い換える。庄次郎は元の主君を弑《しい》せんとしていることになる。

セキは店の表の立ち話から、遣り手婆として働くこの井筒楼に、庄次郎を招じ入れた。風体から察したのか、なるべく金を使わせないよう、ひたすら尽くしてくれている。今宵も一切尋ねず裏口から出してくれ、さっき戻ってきたときは、小石一つの合図を雨音の中に聞き分けて、そっと裏木戸を開けて迎えてくれた。

庄次郎は湯から上がって、用意されていた寝間着をまとった。湯気がこもったせいか、新しい木の香がむせ返るばかりだ。

二丁町は去年十月大火によって焼尽したという。しかし、今年六月にはことごとく建て直し作り直して、いまはよほど気をつけて見なければ、火事の痕跡はわからない。ただ、天候や風の具合で、ふと焦土が匂う。登楼すれば無論、通りをぞめき歩いてさえ、脂粉より木の香が強いことがある。

庄次郎は火照ったからだを、ひんやりした廊下の薄闇になぶらせて部屋に戻った。流連《いつづけ》の部屋の襖《ふすま》を開けると、奥の襖の隙間に灯影が漏れていた。咳《せき》払いをして、襖を開けた。屏風《びょうぶ》の向こうにやわらかな気配があった。二日間、芸者を呼んで呑み騒いだだけで、遊女は呼ばなかった。今宵は、セキが気を利かせ、あぶれた遊女をまわしてよこしたのかもしれない。屏風をまわりこんで、庄次郎は息を呑んだ。亡霊、を一瞬疑った。

ほの暗い行灯《あんどん》の火影に、敵娼《あいかた》は花嫁の綿帽子のような白い布をすっぽりとかぶっていた。頼んだ寝酒の徳利と、セキが有り合わせでしつらえてくれたのだろう膳《ぜん》がある。据え膳食わぬはなんとやら――

「これはこれは、お輿入《こしい》れかたじけない」

敵娼は口の中で小さくなにか言って、頭を下げた。庄次郎はどっかと座って、まずは徳利の酒を茶碗に注いだ。雨中を走った渇きが蘇《よみがえ》り、水では癒せぬ喉に注いだ。少し余して、敵娼に差し出した。

「三々九度と行きましょう」

「いえ」

「はて、蚊が鳴いた」

「不調法ですので、お許しを」

さらにか細く、蚊の鳴く声だ。

「そうですか」

庄次郎は余した酒を呑んだ。一つ布団に枕が二つ、その枕元から煙管《きせる》を取って、行灯から火を移した。

「あ」

蚊よりも大きな、羽虫程度の声だったが、敵娼の声がなにか含むのを聞き取った。庄次郎は敵娼を振り向いた。綿帽子がふっと浮いた。敵娼はそのまま立って、小走りに部屋を出ていった。呼び止めようと伸ばした手は、かすかな残り香をまさぐっただけだった。

三

庄次郎は煙草を喫《の》み、酒を呑み、溜息《ためいき》をついた。一体、静岡ってところはどうなっているのか。こっちも刺客だから、普通の対応を求めるわけではないが、屋敷に忍び込もうとすれば中から得体の知れぬ、覆面の剣客が出てくる。内側から護衛していた者なのか。否、あんな護衛はない。剣の腕が立ち過ぎる。雨中を追ってきた姿を見せぬ者たちも奇妙だ。廓には、花嫁を模したというより、幽霊を思わせる綿帽子の女郎――

駿府、いや静岡という町は、遠くは甲州まで続く山並みに囲まれ、徳川二百六十年の澱《よど》みから魑魅《ちみ》を生んでいたのか。廓近くには安倍川という大川が流れている。今宵現われた者たちは、みな川から上がってきた魍魎《もうりょう》なのか。

廊下に足音がした。

「若様」

「花嫁御寮に逃げられた馬鹿様なら、ここに一人いるぜ」

セキが柳眉《りゅうび》を逆立てて入ってきた。

「綿帽子脱がせようとしたのじゃないでしょうね」

「あの風体は近ごろ二丁町に流行《はや》りかい」

「流行るかもしれませんよぉ」

「まさか、あのままお床入りじゃあねえだろうな」

「灯を消すまでですぅ」

「花の魁《さきがけ》と書いて花魁《おいらん》、下手な洒落《しゃれ》だが鼻の先が欠けてるとか」

「まさか」

「妙な流行りだね」

「流行るかもしれないと言ったんですぅ。あんなことはあの方だけですぅ」

「あんな趣向を、駿府者は喜ぶのかい」

「趣向なんかじゃありません」

「なんでセキが怒るんだ」

「お泊りさんて知ってますかぁ」

「今夜だって、廓中に何百人といるだろう」

「いいえ、江戸から来た者を駿府の人は、そう呼ぶんですぅ。住む家が足りなくて、お寺というお寺、神社という神社は、屋根があるというだけで、江戸からの御家臣とご家族をお泊めしていっぱいだし、それはまだ幸せなほうで、無禄で移ってきた方々は百姓家の納屋《なや》、厩《うまや》なんかを無理にも借りて、雨露しのいでるんですぅ」

徳川家は一大名に落とされて駿河《するが》、遠江《とおとうみ》、伊豆《いず》を領する静岡藩に封じられた。八百万石を十分の一以下の七十万石に減じられ、家臣も十分の一に削った。その十分の一にありつくことができた家臣たちはまだしもだった。江戸に居場所を失って、少なからぬ者たちが住居、糊口《ここう》の当てもないまま主君の赴くところが終《つい》の棲家《すみか》と、もろとも静岡に移住してきた。

「お泊りさん、か」

「そうしたって、無禄ですぅ。一家七人枕を並べて餓死されたとか、幾日も食べていないのを見かねて、お百姓が麦のかゆを振る舞ったら貪《むさぼ》り食って悶絶《もんぜつ》し、そのまま息絶えたとかぁ、そんな話がその辺にいくらでも転がっているんですぅ」

言葉尻でやわらかに人を撫でるような、少女のころからの癖が、少し険しくなった。

「綿帽子取るのをいやがるには、いやがるだけの事情というわけだ」

「察してお上げなさい」

「初見世だったのか」

「いいえぇ、もう三月にもなりますぅ」

「ふうむ」

庄次郎は敵娼の去ったほうを見て、徳利から茶碗に酒を移した。酒を含んで宙に眼を据えた。からだを捻《ね》じまげて旅嚢《りょのう》を取り、財布を出した。小判が一枚、二分銀に一朱、二朱が二、三枚、あとはびた銭ばかりだった。庄次郎は有り金全部を、セキの前に押しやった。

「これで今夜までの勘定は足りるか」

「なに言ってんですよぉ、勘定なんてぇ」

「そうはいかねえ、実は思い出したことがあって、あしたは早く発たねばならんから、今夜のうちに済ませてくれ」

「若様、あなたって人は」

セキはいきなり声を震わせ、涙を浮かべた目を当ててきた。庄次郎はまごついた。

「なんだ、どうした」

「幾野《いくの》さんのために消えてやろうって」

「いくのさん」

「あの人ですよぉ。ひょっとして顔見知りなんじゃないかと、それでこっちから消えてやろうというんでしょう」

「違うよ、本当に思い出したことがあって」

「ご奉公してたときからわかってましたよぉ。ご両親は庄次郎の馬鹿がって、ことあるごとに眉《まゆ》ひそめられてたけど、本当に心の真っ直ぐなのは若様だけだってぇ」

「セキがいなくなってからだが、家宝の刀を贋物《にせもの》とすり替え、叩き売って吉原に走ったのをかわぎりに、勘当《かんどう》騒ぎも二度三度、こんな馬鹿様のどこが真っ直ぐなもんか」

　セキはただ首を振って、涙をこぼしている。

「とにかく、受け取ってくれ。余った分は今夜の綿帽子さんの揚げ代だ」

「若様はなにをなさろうとしてるんですぅ」

「なにをって」

「いいえ、幾野さんのことじゃありません。今夜のことですぅ」

　庄次郎は絶句した。

　セキは激しくかぶりを振った。

「お金全部をひとにやってしまってぇ」

「廻りものだ、ちょっと歩けば昔の朋《とも》に出くわす町だ、なんとかなるさ」

「あたし、上野のお山から逃げてきた彰義隊の若い人を、うちに匿《かくま》ったことがあります」

「あ」

「若様の眼、あの人の眼と同じですよぉ」

「おれも彰義隊に籍こそおいたが、戦《いく》さが始まったときにゃ吉原に流連《いつづけ》、大砲の音に度肝抜かれて駆けつけたときにゃ、もう山には一歩も立ち入れなかった。そんな男が御世も改まった静岡くんだりで、危ねえ真似などできるわけがねえだろ」

セキはただかぶりを振った。

四

寝床から転がり出て、刀を抱いた。

寝入りばなだった。すぐに、わが身に及ぶ危険や異変でないとわかった。目覚めの源になった声と音に耳を傾けた。悲鳴、足音、その足音がこっちに迫って、襖が開いた。

「セキ、どうした」

「幾野さんがぁ」

言いあえず、咳き込むような息のセキを突きのけんばかりに、廊下に出た。廊下の先に、男が女の髷《まげ》を摑《つか》み、大刀をかざしていた。及び腰で、それをなだめている三つばかりの影は、妓夫《ぎゅう》と同僚の女郎か。

「おいどんを薩摩《さつま》の大久保と知っての無礼、許すわけにはいきもさん」

「はい、わたくしは大久保様とうけたまわりました。けれども、その女は知りません。ただのお客様と」

「ただのお客だと」

「いいえ、そういう意味ではございません。卑《いや》しき女郎の、わきまえのない振る舞い、なにとぞお許しを」

這《は》いつくばって哀願するのは妓夫でなく、この妓楼《ぎろう》の主人か。男は酔っている。うしろにセキが来て、声を押し殺して教えた。

「新政府のお役人だというんです。大引け過ぎていたから、大方別の店から追い出されたんでしょう、表戸を叩き壊すばかりに、無理やり上がり込むと、酒を出せ、女を出せ、挙句に幾野さんが綿帽子を取らないといって怒り出してぇ」

庄次郎は振り向かぬままうなずいて、前に出た。にっこりと笑って見せた。頭一つ小さく、痩《や》せて貧相な顔付きの男だった。男は庄次郎を仰ぎ見てたじろぎ、その分居丈高になった。

「な、なんだ、貴様は」

「ここは、奈良と並んで堪忍《かんにん》の本場、その女性《にょしょう》堪忍してやりなされ」

「わけのわからぬことを」

「はて、世上に言うではありませんか、奈良の堪忍、駿河堪忍」

「貴様、おいどんを虚仮《こけ》にすっとか」

おいどんと出れば相手が縮む時節に、柄に合わぬ威張り方が身についてしまった手合いだろう。

「饂飩《うどん》より蕎麦《そば》、かけより天麩羅《てんぷら》載せたやつが好みです」

地口がわからず、どう嘲弄《ちょうろう》されているのか考えるふうだった。

「おいどんを饂飩と、小馬鹿にしたのか」

そこまではなんとかわかったものの、虚仮をかけ、までは思い及ばぬらしい。

「貴様、おいどんを薩摩の大久保と知って、その態度か」

「大久保利通《としみち》様ですか」

「一族だ。おいどんをなめることは大久保利通をなめることだ」

供も連れず、静岡くんだりまで使いに出されているのだ、遠い縁戚《えんせき》を頼りに新政府の下っ端役人の列に加えてもらった口だろう。

「いまをときめく大久保様をなめるなどという、恐れ多いことができようはずもありません。なにがお気に障ったか知りませんが、武士の情け、許してやってください」

武士でなかった者に武士の情けを問う、それも皮肉に響いたのか。なおいきり立った。相当酒癖が悪い。

「買われておいて、顔を包んで見せぬなど、不埒《ふらち》千万、斬って捨てる」

きのうまで鍬《くわ》を振り上げていた腰つき、ただの脅しだろう。「たわけめ、人を斬るということがどういうことかわかっているのか」と心中に毒づいた。袂《たもと》で顔を覆って震える足元の遊女は不憫《ふびん》を極める。身ごなしに武家の躾《しつけ》が見て取れる。

震えているのは怯《おび》えではない、惨めさに泣いている。

「桜島の大根とは違う。斬れば赤い血が出ますぜ」

「なにぃ」

「斬れますか」

「おいどんに逆らうのは、新政府に逆らうことぞ」

男は唸《うな》って、刀を振り上げなおした。

庄次郎はずいと一歩出た。出れば相手も引っ込みがつかなくなるとわかってい て、我慢ができない。浅慮に動いてしまった。だが、峰で敲《たた》いて肩の骨を折るに止めようと、さらに一歩男の刀の下に入った。鍬振り剣法としても、男の刀が頭頂に届くまでに、こっちは抜いて峰を返して、鎖骨の辺りを敲かねばならない。

男は眼を剝《む》いた。

女の髷を放して、両手に握りなおした刀を振り下ろす、その直前でぎくりと止まった。振り下ろそうとして、また止めた。刀が小刻みに揺れ始めた。からだが小刻みに揺れる、その動きを伝えていた。庄次郎は無声の気合を腹中に発した。

「うわっ」

男は飛び退いて、尻餅《しりもち》をついた。

庄次郎が踏み出すと、悲鳴を上げ、刀を捨て、いざって逃げた。

踏み出したのは男に向かってではない、くずおれた女を助け起こそうとしてだった。だが、はらりと動いた袖の陰の横顔を、ちらっと見てしまった。呻きを、かろうじて喉元に抑えた。やつれ果て、からだつきもかわるほど痩せていたからわからなかった。

なにも見なかった態《てい》で、踵《きびす》を返した。部屋に戻って、どうっと腰を落とした。抑えてきた呻きが洩《も》れ出ようとするのを、頭を抱え布団に倒れて耐えた。信じられなかったが、見たものは信じざるをえぬ。

向こうの廊下の物音が静まった。

「若様」

セキの声が襖の外に聞こえた。答えずにいると入ってきて、枕元に座った。

「凄く強い男になってくれてたんですねぇ」

「幾野さんとやらは」

「大丈夫、別室で休みました」

起き直ってセキに対した。

「だれがあの人を売ったんだ」

「ご自分で来て、三十両で買ってくれと言ったそうです」

「三十両」

もう一度倒れ伏したくなった。

「歳が少しいってますからねぇ、二十五両に値切られて」

「忘八《ぼうはち》め」

「あ、そうそう、その仁義礼智なんかを忘れたはずの男が、礼の欠片《かけら》は残してたらしく、若様にお目にかかって、お礼を申し上げたいって言うんですよぉ。それであたしは来たんだったぁ」

セキに引き立てられるように、主人徳兵衛《とくべえ》の部屋に通った。銚子《ちょうし》を林立させて、徳兵衛は平伏した。礼を述べ立てながら酒を差し、お流れ頂戴が重なって、ふと改まった。

「ご一新このかた、今夜ほど胸のすくことはありませんでした」

セキも傍らで調子を合わせる。

「旦那様は根っからの徳川様贔屓《びいき》なんですぅ」

しかし、庄次郎はすでに知っている。彰義隊がわずか一日の戦いで敗れ去って数日後、江戸の町には表を装うだけのものではない、薩摩歓迎の風が吹いていた。そういうものだと知っている。この静岡とて同じだ。世というものは、人というものは、そういうものだと悟っている。そして、そんなことを思わされれば、また酒も進む。庄次郎は酔いを覚えて、引き下がろうとした。

五

「それにつけても、土肥様は明日お発ちとか」

井筒楼徳兵衛が未練《みれん》げに言い出した。セキに聞いて知ったのだろうが、未練げであるのがわからない。

「火急のご用件でしょうか」

「火急と言えば火急だが」

伊賀者の報告は明日にも上に行く。当分は静岡を離れたほうがいい。水腹抱えても江戸にたどりつくしかないと決めていた。

「曲げて、なおご逗留《とうりゅう》いただくわけには参りませんか」

「礼などされる筋合いはありませんよ」

「いいえ、人ひとりの命を助けていただいたんです。十日十夜、遊んでいただいてもご恩には追いつきません」

「らちもねえ、勘定が合わねえでしょう。それにね、本当に火急は火急なんだ」

「ああ、困ったなあ。これ、セキ、お前からも、なんとかお留めしてくれないか」

「若様、困ってる人を見捨てちゃいけませんよぅ」

セキが妙な目付きをした。逗留して遊べば費用がかかる。そんなことを厭うはずの徳兵衛が困るのも、セキの目付きの意味もわからない。

「さて、あしたは早い。ご主人、馳走《ちそう》になりました」

立とうとする足元に、がばとひれ伏された。

「申し訳ありません」

あっけに取られてセキを見ると、眼の隅から笑いを送ってきた。

「なんのこってす」

「お為ごかしに、ご逗留をお願いいたしました」

まだなんのことかわからない。

「実は、あのお役人は後に静岡に来る、もっと偉いお役人一行の先触れと準備のために来てたんです」

「ふうん、新大名行列か」

「大名行列もそうだったようですけどぉ、お金を落としてってくれる一方じゃ、無理無体もあるらしいんですよぉ」

セキも助け舟を出す。

「今夜のようなことがあると、本番のご一行が来たとき、どのような意趣返しをされるかわかりません」

「明治ってぇ湯気を立ててる役人が、旧幕の腐れ役人の真似はしねえだろう」

セキが大きく首を横に振った。

「威張ってたやつらに取って代わろうってやつらの魂胆は、所詮《しょせん》自分が威張りたいからですよぉ」

「つまり、そんなやつらとさっきみてえに渡り合えっていうのか」

「お願いしますぅ」

セキが返事をして、徳兵衛がうなずいた。この話は裏でセキが画策《かくさく》したものらしい。

「無理だよ、そんなお偉方が威張ろうとしたら、腕っ節の問題じゃなくなる」

「お偉方がごねるときゃ、お金ですよぉ。敵もこっちが呑める金額しか要求しません」

「それなら、おれに一体なにをさせようってんだい」

「お偉方取り巻きの有象無象《うぞうむぞう》が、突然手に入れた力を試してみたくてごねる、それが厄介なんですよぉ」

徳兵衛が乗り出してきた。

「さっきの意趣返しになにをされるか考えると、いまからからだが震えてきます」

「そんなやつら相手なら、それこそお泊りさんの中に、いくらでも腕の立つやつがいる」

「ただ強いだけじゃ駄目なんですよぉ」

徳兵衛がさらに一膝進める。

「刀を振りまわされちゃ困るんです。先程のように胆《はら》の力で圧倒できる、そんなお方でなけりゃ駄目なんです」

「用心棒、か」

「女郎屋の、って思うんでしょ」

セキがすかさず衝《つ》いてきた。

「違うんですよぉ、若様」

「違うって」

「遊女の、って思ってくださいよぉ」

「遊女の」

「幾野さんのような」

ひたと当ててくるセキの眼にたじろいだ。

「こんなお願いが、旗本も旗本、慶喜公直々のお旗本に、本当はできる話じゃない、失礼の段、充分わかっていて、でもほんとに困ってお願いしてるんですよぉ、若様、叶《かな》えてやってくださいなぁ」

セキが眼の隅から、さっきと同じ笑いを送ってきた。慶喜公直々のお旗本が直々に慶喜公を斬ろうとしているなどとは言えない。ここはセキに任せることにした。

「もちろん、ただでそんなことをお願いしようなんて思っちゃあいませんよぉ」

セキは徳兵衛のほうに眼を流した。徳兵衛があわててうなずいた。

「若様ほどの方を、端金《はしたがね》でお願いできるとは思ってませんよぉ、ねぇ、旦那様ぁ」

「はい、いえ、その、なにぶんあれでして」

徳兵衛はあたふたしている。いくらで頼むか決めず、どさくさに乗じたセキに鼻面引きまわされているのだろう。

「わかった、不肖土肥庄次郎、ご主人に身柄預けよう」

ありがとうございますと、ひれ伏す二人の頭上に、続けて言い放った。

「但し、二十五両いただく」

二人ながらに、ゲッというような声とともに顔を上げた。

「月にですかぁ」

　セキがあきれたような声を出した。

「月でも年でもいい、いま二十五両いただきたい」

「ひぇ、年で割れば月二両余り――、お願いします、お願いします。若様、若様、ぜひともお願いいたします」

　徳兵衛が躍り上がって、またひれ伏した。勝手に月二両と決められて、セキが悔しげに瞬きしてみせるが、武士には二言がない。部屋に引き取る庄次郎を、セキが送ってきて、溜息をついた。

「幾野さんの前借ぽっきりだなんて」

「今夜中にでも、解き放ってやってくれ。こっちの名前なんか出しちゃあ駄目だぜ。あくまでも、綿帽子かぶって客を取るような女は扱いかねると、ここの主人に言わせるんだ」

「若様は、幾野さんを前から知ってるんですかぁ」

「知るも知らぬも綿帽子、顔見てねえんだ、わかりようがねえ」

「でもぉ」

「お泊りさん、と察しはつくじゃねえか。だったら、あの綿帽子さんがだれであろうと、なんとかしてやりたくなるだろう」

セキはなお半信半疑の様子だった。

六

「大変ですよぉ、若様ぁ、若様ぁ、起きてくださいよぉ」

セキが呼ばわっていた。昨夜の騒ぎを、もう一度夢に見ているのだと思った。間近に迫る足音で、起き直った。

「若様ぁ」

セキが飛び込んできた。

「用心棒の口はやっぱり断る」

「若様」

たいした距離を走ったはずもないのに、息が上がってしまっている。

「寝る暇もねえような稼業は、おれにゃあ向かねえ」

「い、幾野さんが」

「なに」

「自害を」

「なにぃ、なんだって」

立ち上がっていた。廊下に出て走った。

「セキ、どこだ」

「右ぃ」

右に折れて走った。

「左ぃ」

左に走った。廊下は急に粗末な普請になった。一部屋の障子が開け放たれ室内が見えた。乳房の辺りを朱に染めて、幾野が横たわっていた。同僚の遊女が、抱くようにかぶさっていた。血まみれの懐剣を手に、徳兵衛が呆然《ぼうぜん》としていた。

「これは、どうしたことだ」

徳兵衛が眼を上げてきた。しかし、声が出せないでいる。セキがうしろに追いついた。

「今朝、人目につかないうちにと、旦那様が幾野さんに、これまでの貸しは返さなくていい、二十五両付けて暇を出す、と言ったんですよぉ」

徳兵衛がうなずいて、あとを引き取った。

「喜ぶと思いきや、様子がおかしいので、そっとうしろをついてきたら、この懐剣で胸を突こうとする、飛び掛かって止めようとしたんですが、間に合わなくて」

「金を出したのは、土肥庄次郎という男だと言ったのか」

「まさか、あれだけ口止めされてるのにぃ、言いませんよぉ」

「では、なぜ」

だが、不意に思い当たった。

「しまった、しまった、しまった」

庄次郎はどすんと尻餅をついて、我が膝を拳で殴りつけた。幾野のほうでは、初めから庄次郎とわかっていたのだ。煙草に火をつけようと、部屋の行灯に顔を寄せたとき、見止めていたのだ。だから、部屋から逃げたのだ。綿帽子のお陰で、自分がどこのだれか、気づかれてはいないと思っていたのだろう。小役人に無理無体に綿帽子を剝がされたときも、袖で覆って隠れ通したつもりだった。だが、今朝になって、前借金すべてを返されて、突然暇を出すと言われた。それで、身元が知れたと悟ったのだ。なんという思慮に欠けたことをしてしまったのか。庄次郎は歯嚙《はが》みをし、眼を剝いて幾野の死に顔を見た。

その瞼がぴくりと動いた。

「奈緒《なお》さん」

思わず本名を呼んで、躍り上がった。

「生きている、死んではいない、医者だ、医者を呼ぶんだ」

だが、セキも徳兵衛も動かない。

「セキ、なにをしてるんだ」

「もう呼びましたぁ」

「自害した、と言ったじゃないか」

「自害を、おはかりになった、と言おうとしたんですよぉ」

遺骸《いがい》に嘆きかぶさると見えた同僚の遊女は、出血を抑えるために、傷を押さえていたのだ。庄次郎は唸って、座り直した。奈緒の目尻にしずくが一滴浮かび出た。

「なぜ」

やはり蚊の鳴くような声で、小さな唇の端が震えた。

「なぜ、死なせてくれないのですか」

「なぜです、なぜ死なねばならんのです」

奈緒の瞼に新たなしずくが浮かび上がっては流れた。奈緒の実家内藤《ないとう》家は禄高五百石の旗本だった。同じ旗本、白戸《しらと》家の長男で庄次郎の友でもある利一郎《りいちろう》に嫁いだが、三年後に離縁された。奈緒が、その後再縁しなかったことを、庄次郎は利一郎から聞いている。奈緒の実家は静岡藩の家臣には加えられず、江戸に残ったはずだった。内証は裕福で、まさか娘を売ったとは思えない。

なぜ奈緒は駿府に来ていたのか。

いつから来ていたのか。

なにがあって廓に身を売ったのか。

庄次郎は徳兵衛の手から懐剣を取った。拵えも奈緒の血が未だ乾かぬ刃にも、品格がある。駿府に移住して以来、身を売るほどに逼迫《ひっぱく》し、身辺の物を売って糊口をしのいできたとすれば、これほどの品を残しているのは解せない。見直して、柄に小さく描かれた紋に気がついた。丸に立沢瀉《たちおもだか》、白戸家の紋だ。庄次郎は青ざめた奈緒の顔と見比べた。奈緒は白戸利一郎の妻として死のうとしたのだ。

奈緒の傷を押さえていた遊女の手を外してみた。出血は止まっているようだ。徳兵衛とセキにも座を外すよう目配せした。三人がそっと出ていった。

「奈緒さん、もしあなたが死ねば、わたしも即座に死にます」

庄次郎はそう言うと、奈緒の瞼が震えた。

「眼を開けて、わたしを見てください」

庄次郎は懐剣を自分の喉に擬した。本当に、そのまま突いて死んでもいい気持ちだった。奈緒がうっすらと瞼を開いた。庄次郎は身動《みじろ》ぎ、喉元が痛んだ。奈緒が眼を瞠《みは》った。

「止めてください、どうか」

奈緒が庄次郎のほうに手を伸ばしかけた。庄次郎は懐剣を喉元から離した。血が流れ下るのを覚えた。かすり傷のようなものだが、懐紙で押さえた。

「なぜ、庄次郎様が」

「わたしがあなたを殺したことになるからです」

「わたくしは自分を恥じて死ぬのです」

「しかし、白戸利一郎が戻ってきたとき、そんな申し開きはできません」

「利一郎様は死にました」

「だれがそんなことを」

「土肥様がわたくしの実家の父に、そう申されたと聞きました」

「一緒に敵陣に突っ込んだ、と言ったのです。わたしはこの通り生きて、戻ってきました。利ィさんとて」

「いまだになんの消息もないのです」

「白戸家も静岡に来ています。訪ねられましたか」

奈緒はまた首を横に振った。

「利一郎様のことを話してください」

「わたしは腹を撃たれ、落馬して、気がついたときは翌朝でした。付近の百姓の情けで一月余りかくまわれ、傷の手当てもしてもらえましたが、鉄砲玉はまだ腹の中です」

「もう三年になります」

「かくまってくれた百姓に頼み、あらゆる手立てを尽くして、利ィさんの生死を確かめようとしました。あの日、あそこで死んでいれば、たとえ土饅頭《どまんじゅう》にもせよ、付近の百姓が葬っているはずです。しかし、利ィさんらしき侍を葬った者はいませんでした。それから傷養生をしながら、彰義隊結成の噂《うわさ》を聞くまで上方にとどまって、利ィさんの消息を尋ねましたが、死んだという証は一つも見つけられませんでした」

「では」

「生きています。必ず生きています」

「ああ」

噴き出すように、奈緒の瞼から涙があふれ出た。

「利一郎様が死んだと聞いたから、もうこの身などどうなってもいい、汚れ腐ってもいい、そう思って堕《お》ちたのです。利一郎様が生きているなんて、ああ、土肥様、死なせてください、後生《ごしょう》です」

「だれが汚れたというのです、あなたのどこが腐ったというのです」

「夜毎に汚れ、夜毎に腐って」

「女郎だからですか。女郎は汚れ、腐った人間だというんですか」

「わたくしのことです」

「女郎は菩薩《ぼさつ》です。南無阿弥陀仏や南無妙法蓮華経じゃ救われない衆生《しゅじょう》を、その身を以って済度《さいど》してくれる菩薩です」

遊冶郎《ゆうやろう》どもの俗論に、多少の実感を込めて説くしか方途を見出せなかった。庄次郎は胸元を切り開き、見せたい思いだった。

「もう利一郎様に会えない」

「利ィさんが帰ってきて、あなたが死んでいたら、利ィさんも死にますよ」

奈緒はまた首を横に振った。

医者が来て、奈緒の胸乳の下の傷を手当てした。傷は心の臓に達してはいず、傷養生をしてゆけば心配ない、ということだった。

三日後、奈緒の床は空になっていた。

「追わないでください」

走り書きが残されていた。

だが、庄次郎は追った。東に走り、西に走ったが、道の果てまで奈緒の姿はなかった。胸に浅からぬ傷を持つ身だ。自害しようとした晩に来てくれた医師から、町中の医師すべてに当たってもらった。杳《よう》として、奈緒の行方は知れなかった。

白戸家は無禄移住、駿府から安倍川を西に渡った、手越《てごし》村の百姓家の納屋を借りていた。セキに訪ねてもらい、家主から利一郎の妹が二十五両の金を置いていったという話を聞き出してきた。利一郎に妹はいない。奈緒が、見知り人に遭遇しそうな二丁町遊郭に身を沈めたことが解せなかった。奈緒は、夫の亡きあと、その両親を護るために、身近にいようとしたのだ。

七

庄次郎はセキに向かい合った。

「これだけ世話になって、隠し立てをするのは心苦しい。しかし、すまない、やはり奈緒さんのことは話せない」

「幾野さんのことは、それでいいですぅ」

セキは膝に落としていた目を、真っ直ぐに上げた。

「若様が彰義隊に入ったことは、噂で聞きました。だから、この駿府には立ち入ることができないはずですぅ」

「うむ」

「頼まれたって、駿府なんかに来る若様じゃない。それが人目を忍んで来ている。なぜですぅ」

庄次郎は答えられない。

「なにをしようとしているんですか」

なお答えられない。

「小唄を唄う、そりゃ昔通りの若様ですぅ。でも、ふと黒い穴みたいになってえ」

「穴」

「傍《そば》にいるものが、穴に落ちてく気持ちになりますぅ」

「おれは、そんなふうに見えていたのか」

「切ないですぅ、なんの役にも立てなくて」

庄次郎は居ずまいを正した。

「駿府では、目を上げればそこに富士の山が見える。しかし、おれはついぞまともに見たことがない。地に目を這わせてしまう」

庄次郎は瞼をきつく閉じ、そこに蘇ってくるものを見据えた。胸に立ち込める硝煙を吐き出すように、話し始めた。

第二章　戦塵無惨

一

――一発の砲声が凍る夕空にひびを入れた。彼方に底ごもる鯨波《ときのこえ》が起きた。砲声が続いて轟《とどろ》き、小竹が爆《は》ぜるような無数の銃声が重なり、不穏な音の塊になって空に上がった。直下を一頭の黒馬が狂奔した。馬は血を吐いていた。否、赤い手綱が、口から噴き出し首筋に流れる血に見えた。

「なんだ、あれは」

庄次郎は馬上に人がないのを見て取った。砲声ごとに馬は尻を撃たれたように跳ね、鳥羽街道にひしめく味方の軍兵をなぎ倒して殺到してきた。軍兵は船のへさきに分かれる波のように左右に雪崩《なだ》れ、街道のこととて余裕がなく、逆白波になって寄せ返してきた。

「なにが起きたんだ」

「こんなところで、どうなってるんだ」

軍兵たちが口々に罵《ののし》った。行軍中、突然戦端が開かれる、そんな戦《いく》さがあろうはずがない。

奔馬が迫った。

馬は人を踏まないものだと聞いていたが、狂気しているのだろう。胸に当たった兵が弾き飛ばされた。ひづめが兵のからだを蹴《け》り、肉が裂け、霜柱を踏み砕くような音がする。聞いたこともない音のせいか、十間《けん》離れていながら耳につく。馬がそのまま駆ければ左二尺ばかりの余裕がある、と庄次郎は見切った。刀の柄を握り直す指が強張った。万一のときは、馬の首か脚、先に来たほうを斬《き》り落とす。

と、砲声とともに馬のたてがみが空に逆立ち、頭が中空に捻《ね》じれた。天を覆って馬がかぶさってきた。庄次郎は横っ飛びに避けようとして、しがみついてきた者に足元を奪われた。目前を覆った馬の胸に、とっさに抜刀した切っ先を向けた。皮に刃先が滑って折れる手応えとともに、馬に押しつぶされた。

だが、どうしたことか死んではいなかった。馬と地のあいだにいて、足掻《あが》くひづめを避け、馬の断末魔を抱いていた。噴き出す馬の血が鎧《よろい》の胸にほとばしり、顎《あご》が熱かった。

「土肥」

庄次郎は呼ばれ、鎧の肩先を摑《つか》まれた。

白戸利一郎の腕にすがって、庄次郎はまだ痙攣《けいれん》している馬の下から引き出された。

「利ィさん、か」

馬に押しつぶされる直前、槍《やり》の穂先を見た。黒い影が躍り込んできたようだった。庄次郎は馬を見直した。その胸から折れた槍の柄が、二尺ばかり突き出ていた。その柄が突っかい棒になって、押しつぶされずにすんだのか。

「危ねえ危ねえ、利ィさんと馬の布団で共寝してたら、あらぬ浮名が立つところだ」

無理に破顔して、恐怖に強張る眼鼻を隠した。

利一郎は、前髪のころには、女より男に付け文をされることが多かったという。その秀麗な横顔で苦笑し、首を横に振った。桶町《おけまち》千葉道場の小天狗、抜き胴の名人は、一緒に馬ごときの下敷きにはならないということか。

折れ飛んだ槍の半分は見当たらないが、石突《いしづき》がえぐったのだろう深い穴を見れば、やはり奔馬の鼻先に飛び込むには、決死の覚悟が必要だったとわかる。

利一郎は手拭《てぬぐ》いを差し出してきた。馬の血を拭え、というのだ。この男は、こういうとき極端にものを言わない。だが、することには友としての情が滲《にじ》む。

足元に犬が吠《ほ》えた。犬ではなかった。従卒のコチ助が、犬のような悲鳴を上げて、脛《すね》にしがみついていた。本名は小助《こすけ》だが、子供たちから「コチ助、コチ助」といじめられていた。さっき足元を奪ったのは、コチ助だったようだ。

「死んだと思うじゃねえか」

十五歳と吹聴しているが、本当は十二、三歳、えらがぐっと張り、低い鼻の脇に並ぶ小粒の眼がぐしょ濡《ぬ》れだった。手放しで泣く口に、前歯二本が突き出している。魚の鯒《こち》に似ている。

「死んではいねえ。ほら、放せ」

コチ助は脛から剝《は》がれ落ちた。

「鉄砲玉の飛んで来ねえ、一番うしろに行ってるんだ。急げ」

コチ助はもそもそと退いた。彼方にまた叫喚《きょうかん》が起きた。庄次郎は利一郎に並んで、伸び上がった。隊列は恐慌に陥っていた。小高く盛られた街道の両側から銃撃され、軍兵や荷車がぼろぼろと堤を転がり落ちていた。正面から大砲が撃ちかけられて、間近の軍兵や武器が飛ばされた。

戦さは始まっていた。

だが、幕府の軍勢は銃に弾込めもしていなかった。算《さん》を乱して逃げる軍兵が突き当たってきて、流れ弾が空に鳴る。

足の裏から頭頂に突き抜けていくものがあった。恐怖だった。間近な大砲の轟きに、腰のあたりが希薄になった。腰が抜けるとは、こういうことかと思った。思いがけないことだった。戦さの場、それも銃弾の飛んでくる最前線に立つのは初めてだった。覚悟はできているつもりだった。にもかかわらず生じた震えを、大きく武者震いして誤魔化した。

「卑怯者《ひきょうもの》」

庄次郎は大手を広げ、大音声に呼ばわった。笑えば愛嬌《あいきょう》のある顔も、ときには怒り仁王と恐れられた。造作の大きな眼、鼻、口をかっと怒らせ、逃げて帰ってくる者たちを睨《にら》みつけた。

半ばは自分への叱咤《しった》だった。

拭い残した馬の血が隈取《くまど》って、凄《すさ》まじい形相になっているはずだ。逃げて来た兵を、また敵のほうに追い戻した。

「弾を込めろ、伏せて、撃て」

奔馬に壟断《ろうだん》され、逃げ戻ろうとしていた軍勢が、庄次郎に堰《せ》き止められた。渦巻くように向きを変え、応戦態勢に入った。

利一郎が抜刀し、うしろの軍兵に振った。

「小隊、散開して前へ」

庄次郎は意気込む利一郎の腕を捕えた。

「隊長」

「うむ」

　庄次郎は利一郎の耳元に口を寄せた。

「あんまり張り切るなよ」

「なに」

「歩より先に金や銀が出たら、将棋は負けだ」

「なにを言う、将が先に立たなくて、兵が進むか」

　ひるみ、すくむ内心を兵たちに気取られてはならない。庄次郎は軍兵のほうに顎を動かした。

「金目当ての百姓町人だ、やくざ者まで混じってるんだ、尻から突っついてやらにゃ進まねえ」

　庄次郎は間近の兵の尻を蹴飛ばした。

「なんだ、そのへっぴり腰は。逃げやがったらぶった斬るぞ」

　隊長副隊長だけが、戦さに臨む武士の装束だったが、兵たちは軍帽、筒袖、だんぶくろと呼ぶ西洋袴《ばかま》、足は草鞋《わらじ》、そんな格好に銃を担っている。剣はといえば、発砲後に筒先に取りつける短剣しか帯びていない。不恰好で、まるで強そうには見えない。

兵たちは弾丸をくぐるように背を丸め、澄むほどに額の白い隊長と血まみれ仁王のような副隊長を横目に、進み始めた。

なんとか胴の震えを抑えることができた。庄次郎は利一郎に笑い掛けた。

「お互い三十路《みそじ》を越えたんだ、ぼちぼち行こうや、利ィさん」

虚勢だったが、眉根や頬が盛り上がって、押し出されそうだった目玉も、またいたずら小僧のような表情に戻っている。利一郎はあきれたとも賛嘆ともつかず、見上げた。小柄な利一郎よりも、庄次郎は頭一つ大きい。

大目付《おおめつけ》滝川具挙《たきがわともたか》が京に赴こうとして、行く手を薩摩藩の陣に阻まれた。挑発だった。苛立《いらだ》った滝川は、強引に突破しようとした。得たりやと、薩摩の将は大砲と銃を構えた兵たちに向かって腕を振り下ろした。かすめた銃弾に、馬は滝川を振り落として狂奔したのだった。戊辰《ぼしん》戦争はここに始まった。

慶應四年正月三日の夕刻だった。

二

訓練中、兵たちは片膝《かたひざ》つき、銃を顔の横に当てて、撃っていた。いまそんなことをしたら、敵の格好の標的だ。兵たちは地に伏し、銃はほとんど頭の上にあった。筒先など見ずに撃っている。隊長副隊長とて、頭が上げられない。敵の銃弾は正確に激しく、頭上に鵺《ぬえ》じみた音を立てている。

「土肥、ここを頼む」

利一郎が突っ立った。

「利ィさん」

「兵の半分で脇から斬り込む。斬り崩すしかない」

「無理だ、三歩行かねえうちにやられる」

「ほかに方法はない」

「敵は薩長合わせても四千だっていうじゃねえか。こっちは一万五千、ぼちぼちじわじわ行けば勝てるさ」

利一郎は強くかぶりを振った。

庄次郎とて、間違いなく勝てると思っているわけではない。敵の薩摩方には、こうした銃撃戦の経験がすでにあるし、銃も弾丸の音だけで、最新式のものとわかる。幕府方の銃砲隊はにわか仕立ての御家人、百姓町人まで募って編成した。銃はフランスの新式銃だったが、隊にゆきわたらず、訓練の際もずいぶん不発が多かった。

「とにかく撃ちまくってくれ。向こうがひるんだところに斬り込む」

そう言って立とうとする利一郎の肩を、庄次郎は摑んだ。利一郎はもう一度かぶりを振った。

「庄さん」

初めて利一郎は幼馴染《おさなな》み《じ》の呼び方をした。見据えてくる眼の色が深くなっていた。

「ぼちぼちって質《たち》じゃないって、庄さんが一番良く知ってるだろ」

「それなら利ィさん、おれが行くよ。そいつはおれの役目だ」

「隊長はわたしだ」

小さく押し問答をしている間にも、藪《やぶ》や土地の起伏にひそんだ敵が撃ち掛けてくる。こっちにはなんの用意もなく、向こうよりわずかに高い街道の、その角度に身を隠すしかない。狙撃《そげき》し返すには半身をさらさねばならないが、そのたびに軍兵がのけぞり倒れる。それを目にするたびに、腰が沈みかかる。

と、前方に絶叫が起きた。地に伏していた百ばかりの人数が、次々と立って、薩摩方に向かって殺到していくのが見えた。

「見廻組《みまわりぐみ》だ」

滝川具挙の脇を固めて通っていったが、いまは先鋒《せんぽう》となって突っ込んでいく。甲冑《かっちゅう》に袴の腿《もも》立《だ》ちを取り、草鞋掛け、槍をかざして突っ込んでゆくのは、まさに武士の姿だ。

だが、その先頭から木っ端のようになぎ倒されていく。乗り越えて第二波の突撃が起きる。振りかざした刀刀刀、それが撃たれ倒れる瞬間に夕空に残る光を映して、キラキラと光る。

「尋常に勝負」という、かすかに聞こえる声が銃声に消された。見廻組は銃も持っていない。文字通り槍一筋、ただ撃たれるために飛び出していくように見えた。

激しい銃撃音の底に、冷たく吹き渡る風の音が聞こえるような光景だった。

庄次郎は呆然《ぼうぜん》と見ていた。利一郎に腰を摑まれ、引き据えられた。見廻組に銃火が集中しなければ、撃たれていただろう。

「撃て」

利一郎が絶叫した。だが、硝煙にむせるほどの援護射撃も、ほとんど功を奏さない。見廻組の隊士たちは、ただ木偶《でく》のように次々と突き進み、将棋倒しにされていく。屍《しかばね》の中から毛虫のように這《は》い戻ってくる者があったが、それさえ背後から撃たれた。

「飛び道具とは卑怯なり」

庄次郎は思わず言って、笑おうとして笑えなかった。だが、利一郎が聞きとがめた。

「庄さん」

険しい声だった。にやりと笑って返した。まともに真面目に応じてはいられぬ苛立たしさは、笑いにするしかない。

「いざ、尋常に勝負かぁ」

わかっている。

しかし、その見廻組の行動も、同じ苛立ちから発していると、身を切るほどに

見廻組の者が次々とまろび込んできた。彼らを後方に逃しやるのを、銃弾は執《しつ》拗《よう》に追ってきた。庄次郎たちの足元まで担がれてきて、そこで息絶える者がいた。担いできた者が、屍を掻き抱いて号泣した。大腿《だいたい》部を撃たれ、おびただしい鮮血と泥にまみれた一人を、数人の者が囲うように運び込んできた。主だった者のようだった。

「大丈夫ですか」

担いできた者の一人に、利一郎が訊《き》いた。相手は向き直って答えようとしたが、息が荒く、ただうなずいて見せた。兜《かぶと》もかぶらず鉢金《はちがね》だけ、鎧の胸当てだけだった。担ぎ込まれた者は、その鉢金や鎧の胸当てさえ着けていなかった。鉄砲に対して裸と同じだ。袴の裾《すそ》から血が滴り落ち、半ば気を失っているようだった。ようやく息を整えて、相手の隊士が言った。

「これは見廻組与頭《くみがしら》佐々木《さ さ き》只三郎《ただささぶろう》。わたしは同じく見廻組隊士、今井信郎《のぶお》」

「小太刀の」

利一郎が思わず訊き返した。佐々木只三郎は小太刀を取って無双、と名の聞こえた旗本の三男だ。利一郎は無理な姿勢ながら、居ずまいを正した。

「小笠原石見守《いわみのかみ》大隊、二番小隊隊長、白戸利一郎です。これは副隊長の土肥庄次郎」

利一郎は庄次郎のほうに顎を引いた。庄次郎は思わず口を挟まないではいられなかった。

「あんたたち、なぜ鉄砲もなく」

今井と名乗った隊士が、きっと顔を向けてきた。四角な顔の中で、下駄の鼻緒のような太い眉が吊り上がり、眦《まなじり》が裂けそうな眼になっていた。なにか言おうとして、ぐっと胸につかえたようだ。

「憤怒」

息が続かないのか、まさに憤怒のためなのか、それ以上言えなかった。次々と転がり込んでくる見廻組の隊士が、二十人、三十人と増えていった。無傷の者はいない。助けてうしろに運ぶために、二番隊もじりじりと後退しなければならなかった。敵は嵩《かさ》にかかって、撃ちまくってくる。濃くなってきた向こうの夕闇《ゆうやみ》の中に、おびただしい赤い銃火砲火が点滅する。

「利ィさん、引こう」

利一郎は動かない。味方が後退した分だけ突き出すことになって、敵の銃火を睨んでいる。斬り込んで突破口を開こうとした試みは、見廻組によって目前で失敗した。ほかにどんな策もない。

庄次郎は利一郎の背に腕を巻いて、引きずるように退《さが》った。利一郎が呻《うめ》いて踏み止まろうとするたびに、腕に力を込めねばならなかった。

ようやく敵の射撃角度から脱した。

と、後退してゆく先に怒号が起きた。庄次郎は軍兵を掻き分けて進んだ。桑名《くわな》藩の紋をつけた陣笠の群れが見えた。

「敗残の者は道を空けろというのだ」

「敗残とはなんだ」

殺気立ち、罵り合っていた。

庄次郎は前に出た。

「敗残の者とは我々のことですか」

「勝ってきたと言われるか」

「進まんほうがいいですよ」

「そこを退《ど》け」

庄次郎は口をつぐんだ。振り返って、身振りで道を空けるように示した。負傷者を脇に引きずり寄せて、道が開かれた。そのあいだを桑名藩の鉄砲隊が通っていく。庄次郎はうしろから訊かれた。

「総指揮はどなたです」

下駄のような今井の顔が間近にあった。

「決まっていねえんじゃねえかな」

「まさか」

「決まってりゃ、こんな無様《ぶざま》な内輪もめは起きねえ」

「しかし、なぜ決まっていないんです」

「きょう、こんなところで戦さがおっ始まるたぁ思ってなかったんだろう」

「馬鹿な」

「あんた方だって、甲冑もつけず行軍中だった」

「違う、捨てて斬り込んだのです」

「捨てた」

「ただ重いだけで役に立たんのです。甲冑を撃ち抜かれて隊士がばたばたと倒れていった。佐々木さんが、まずかなぐり捨てて、斬り込んだ」

今井は路傍に座し、瞑目《めいもく》している佐々木を見やった。憤怒、と今井はさっき言った。敵への憤怒だけではなかったのだろう。

三

空の底が燃えていた。炎は闇の底のほうでは濃い朱に、上空では淡く染めて、大きく動いていた。極寒の夜空に冴え渡っていた星が、大きな領域で消えてしまっていた。凄い煙が上がっているのだろう。胴震いが起きてくるのは、寒さのためだけではない。負け戦さの中にいるからだろうか。

「奉行所だな」

庄次郎は傍らの利一郎を見た。利一郎は黙然《もくねん》と炎の影を望んでいた。組んだ腕の中に、なにかをきつく抱いているようだ。

伏見には奉行所があり、そこは去年の暮れから新撰組が守り始めた。局長の近《こん》藤《どう》勇が二条城からの帰途、狙撃《いさみ》され重傷を負ったことも耳にしていた。指揮は副長の土方歳三《ひじかたとしぞう》が執っているはずだ。鳥羽で戦さが始まると同時に、奉行所も攻められたことは遠い砲声で知った。砲声は聞いたこともない底力を、地に伝えてきた。攻め手はやはり薩摩、奉行所脇の御香宮《ごこうのみや》には会津藩が入っていたが、ここは長州が攻めていると夜になって伝えられた。火の手は奉行所か、御香宮か、おそらく両方だろう。奉行所は城のような石垣を廻らせていたが、新型大砲の前にひとたまりもなかったのか。

新撰組も会津藩も、幕府側の精鋭と言っていい。それが半日で陥《お》とされてしまったのだ。精鋭とはいえ、新撰組は旧式の大砲を一門しか持っていなかったというから、無理もなかったのか。

「薩摩は江戸で散々挑発を繰り返した。ここでもこっちの堪忍袋《かんにんぶくろ》の緒が切れるのを、舌なめずりして待ってやがったんだ」

庄次郎の歯ぎしりに利一郎は答えず、ただ遠い炎を見ている。

「長州征伐をちゃんとやってりゃ、いまこんな無様なことにゃならなかった。そう思わないか、利ィさん」

三年前の第二回長州征伐のときも、庄次郎は利一郎の副隊長として出で立った。当時は将軍後見であった徳川慶喜の土壇場の翻意によって、戦さをせず、兵庫から引き返した。

「わたしたちはなんのためにここまで来たんだろう」

利一郎が独り言のように言った。どう答えてよいか迷ううちに、利一郎は続けた。

「斬るためだろう。敵を斬る、ときに多くはみずからを斬る。そうしたあとに目前に来る敵を斬るため、十年二十年、いや先祖代々二百何十年もやってきたんじゃないのか」

利一郎は夢から覚めようとするように頭を振って続けた。

「わかってるよ。鉄砲がなきゃ戦さにならないのは、関ヶ原からだ。だが、それならなんでみんな剣術ばかりやってきたんだ」

「そりゃあ、利ィさん、おれたちゃ、武士だから」

「道を、刀を差して歩いてきた。この道に百姓町人を立ち入らせなかった。だが、その道を、いま刀を差し、鉄砲を持った百姓町人が歩いている。これはなんだ。戦さだけが武士道じゃないとは思うが、ではいま武士はなにをすればいいんだ」

利一郎は、武士道も刀とともに役に立たなくなったと思うのか。

「利ィさん、淀《よど》城がある、大阪城がある、攻城戦に鉄砲ごときがどれほどのものか。たった三千か四千の兵で城は落とせないよ」

「城か」

「淀の城主は老中稲葉《いなば》長門守《ながとのかみ》、恩顧譜代の家柄だ。将軍様がいて、地方地方にこういう御家中がある。それが武士道の築いたもんじゃねえか」

だが、利一郎はふっと吐息をついた。

「庄さんはいいなあ」

からかわれているのか、と庄次郎は気色ばんだ。

「ずっと庄さんにはかなわないと思って、しかし、なんとか追いつこうとしてきたけれど、やはり男の作りが違うんだな」

「怒るぞ」

庄次郎は本気で声を荒らげた。

「桶町道場の小天狗、昌平坂学問所の秀才白戸利一郎、おれなんかとは月とスッポンじゃねえか」

「三十すぎて小天狗だ。ちっぽけなくせに天狗になってる、スッポンはわたしだ」

利一郎の声は心底からのものだった。なぜそんなことを言い出したのか、庄次郎は途方にくれた。

「利ィさんの抜き胴に、おれが一本でも返したことがあるか。いつだってやられっ放しだったじゃねえか」

「ああ、庄さんの大上段の脇を小鼠のように抜けて、胴をかすめた。しかし、わたしはいつも負けたと腹の底で感じるものがあった」

「なぜだ、おかしいじゃないか」

「武士道において、負けた気がした。庄さんの大上段から真っ直ぐ振り下ろされてくる太刀筋に、武士道があった」

「おれはね、ほんとのことを言うけど、面倒臭かったんだ、剣術なんて。面倒だから早く一本取っちまってくれと、頭ん中じゃ小唄ひねりながら、胴中さらけ出して突っ立ってただけだ。それだけじゃあ師範に怒られるから、ただ闇雲に振り下ろしてただけなんだ」

利一郎はあっけに取られたようだ。が、不意に短く笑った。

「剣は人なり、か。やっぱりわたしは庄さんにかなわない。納得したよ」

「変に買いかぶるのはよしてくれ」

「わたしも小唄でも習っときゃよかった」

「遅くはねえ。こんなところでおますでんねん、上方弁ばかり耳にしてたら、小唄の節の切れがだらける。さっさと片付けて、吉原に繰り込もう」

幾度誘っても決して遊びに同行しようとはしなかった利一郎が、庄次郎はなんだか不憫《ふびん》だった。江戸に帰って、吉原を教えるつもりもなかったが、いまは煽《あお》ってやりたかった。

「武士道が役に立たないわけじゃない、と庄さんは思うんだな」

「ああ」

「ほんとにそう思うかい」

思い切り力を込めた。自分はともかく、利一郎の磨いてきた武士道なら信じられた。

「思う」

四

退いた下鳥羽で、幕府軍は薩摩を迎え撃った。銃弾はきのう以上に激しく、砲弾は凍てついた土を黒い花火のように炸裂させた。将も兵もきのう顔にこびりついた土と血の上に、さらに泥と血をまぶされた。

敵には緒戦に勝った勢いがあった。だが、それだけではない、いかんともしがたい何者かが前線に動いていた。

「くそっ、奥歯が擦り減っちまうぜ」

庄次郎は彼我の兵の動きに、何度も拳で太腿を叩いた。戦さの帰趨《きすう》といったようなものが、薩摩方に有利に働いているとしか思えなかった。初めに感じた恐怖に慣れてくるにしたがって、それが見えてきた。

利一郎の思いにも、同じものがあったようだ。見るごとに、無表情な横顔の顎にぐりっと小さなこぶが生じた。幕府側にも新式銃はあるはずだが、その扱いも敵のほうが慣れていた。大砲も、しばしば情けないほど間近に無駄に飛ぶ幕府軍の砲弾より、薩摩方の砲弾は正確だった。だが、幕府軍の軍兵は地にしがみつくように退かず、撃ちまくっていた。

動揺が走ったのは、黄昏がようやく敗色を隠し始めたころだった。軍兵のあいだに浸透してゆく声は、砲声にさえ消されなかった。

「淀の城は門を開けぬそうだ」

「なに」

「それどころか、薩摩を城内に入れたっていう」

「まさか」

軍兵の動きはあわただしく見えながら、雑巾《ぞうきん》に水が染みたように重くなった。

真偽を確かめに走らせた兵が、利一郎の下に戻ってきた。利一郎は聞き入り、うなずいた。庄次郎のほうを見ようとはしなかった。淀の城がある、と庄次郎は言った。贋物を騙《だま》して売りつけたような気分で、庄次郎は利一郎に寄れなかった。

ふと気がつくと、利一郎が抜刀して敵に向かって歩き出していた。だが、そのうしろに兵はいない。利一郎は浮かされた者のように行く。兵たちはすくんで、利一郎に続けないようだ。

「利ィさん」

庄次郎は駆けた。間に合わなかった。利一郎が風に巻かれたように廻って、倒れた。庄次郎は喚《わめ》き、利一郎のからだに飛びついた。利一郎の左の肩先で鎧が破れ、見る間に血がこぼれ出るのを見た。

「なんだ、なんてことするんだ、利ィさん、こんな戦さで死んでどうするんだ。幕閣の城が寝返るような戦さを、なんでおれたちが戦わなきゃならねえ。死ぬことがあるか。馬鹿なことするな。吉原に行こう。歌だ、踊りだ、女だ、それだけだ、それ以外にほんとのものなんかねえ」

支離滅裂だ、とわかっていながら叫んでいた。ふと静かな眼で利一郎が見上げていることに気がついた。

「利ィさん」

「庄さん、わたしは百姓町人に恥ずかしい」

庄次郎は絶句し、呻いた。

コチ助がいざり寄ってきた。その手を借りて、利一郎を物陰まで引きずった。そこから中腰に担いで、近くの民家に入った。住人は逃げてしまっていない。コチ助に囲炉裏に火を焚《た》かせた。ようやく近づいてきた兵に、焼酎と薬を運ばせた。利一郎の傷を洗い、膏薬《こうやく》を塗った。利一郎は終始顔色を変えず、声も立てなかった。堪《こら》えているのではなく、傷が自分のからだにあることも上の空に見えた。起き直らせようとしたとき、利一郎の懐から紫の袱紗《ふくさ》にくるんだ三寸ばかりのものが、ことりと床に落ちた。庄次郎が拾い上げると、利一郎が初めて身じろいだ。かすかな狼狽《ろうばい》が伝わってきた。庄次郎は袱紗を利一郎の膝に置いた。握り心地で、中身がわかったからだ。

「利ィさん、奈緒さんは」

「傷は浅い」

「科白《せりふ》があべこべだぜ」

庄次郎の持ち出した話題を、利一郎は避けたのだ。利一郎は三年前妻の奈緒を離別した。子を生《な》さなかったためだとか、姑《しゅうとめ》にいびり出されたのだとか、噂《うわさ》があった。以後、いまだに娶《めと》っていない。

翌日、利一郎は前線に復帰した。凄愴《せいそう》の気配をみなぎらせ、陣頭で指揮を執り続けた。だが、なにかの拍子には、ふと虚ろな感じも漂わせた。

それが不意に変わった。

仁和寺宮嘉彰親王《にんなじのみやよしあき》が征討大将軍に任じられ、錦旗《きんき》、節刀《せっとう》が下されたという噂が、戦野を吹き抜けていったときだ。

「薩摩の密偵が入っている。やつらが吹き込んだ出鱈目《でたらめ》だ。こっちの気持ちをくじけさせようって魂胆《こんたん》だ」

庄次郎が自分にも信じられない虚勢を張ると、利一郎は首を横に振った。

「吹き込んだのは吹き込んだのだろうが、出鱈目じゃなかろう」

「利ィさん、本当にそう思うのか」

利一郎はうなずいた。その蒼白のこめかみに、なお青い血管が稲妻のように浮き上がった。突然、庄次郎を睨みつけ声を張った。

「上様は大政を奉還した。征夷大将軍も辞した。これ以上なにが望みだ。錦の旗だと、貧乏公家が破れ羽織を棒っ切れに引っ掛けてきただけだ。旗ならこっちにもある。その下に八万騎が控える旗だ」

おうっと、兵たちのあいだから底ごもる声が応じた。兵たちに聞かせるための大音声だった、と知った。利一郎は兵たちの前に出た。

「撃て、撃ちまくれ」

利一郎は怒りに燃えていた。そんな利一郎を初めて見た。庄次郎は利一郎の急変にあっけに取られた。

だが、噂にかえって威勢をつけたのは、この隊だけだった。幕府軍は水を掛けられた麩《ふ》のように、ぐずぐずになってしまっていた。噂は、潜入した薩摩の者が撒《ま》き散らしているのだろう。錦旗は迫り、すぐにも彼方に見え始めるだろうと、将兵たちが囁《ささや》き交わすに至った。

五

もうこうなっては戦いにならない。

陣立てはあちこちで破れ、翌六日には淀から木津川を越え、八幡、橋本に退かねばならなかった。

淀川の向こう岸、山崎の関門は京大阪往来の要で、ここで踏ん張らねば薩長軍は一気に慶喜の陣取る大阪城に迫る。負けてずるずると退いてきたが、まだ充分な武器も兵力も残しているはずだ。尻腰《しっこし》のあるところを見せてやる、と庄次郎でさえ密かに奥歯を嚙みしめていた。

「小助と話したよ」

陣内に燃える篝火《かがりび》から、ふと目を逸《そ》らせて、利一郎が声をかけて来た。きのうからコチ助を利一郎の看病役に付けていた。いまコチ助は朝餉《あさげ》の支度についている。

「あんな頑是《がんぜ》ない子供を、庄さん、なぜ連れて来たんだ」

「連れて来たんじゃねえ、くっついて来ちまったんだ」

下谷万年町《したやまんねんちょう》あたりの道端で「コチ助、コチ助」と数人の子供から小突きまわされていた。一喝して子供たちを散らし、残った子供が上目遣いにする顔を見て、吹き出しかけた。魚の鯒《こち》に似すぎていた。

この戦さに出で立つ十日ばかり前のことだった。それからつきまとわれ、「戦さに連れて行ってくれ」とせがまれた。すでに幕府の軍兵募集に応じて、そこで撥《は》ねられた、だから従卒として雇ってくれというのだった。十五と言っていたが、どこから見ても十二、三歳の子供を連れて行くわけにはいかない。戦さごっことは違う、と取り合わなかった。だが、行く先々に現われて、頼みもしない用を気働きよく勤めてくれた。「なぜだ」と問うた。「江戸っ子だい、公方様のために働かなくてどうする」と啖呵《たんか》を切った。

「馬鹿」

本気で叱った。問い詰めて、金だとわかった。足場から落ちてからは足を引きずって歩き、酒と小博打に逃れた左官の父親と、母親、妹のために、というどこかで何度も聞いたような話だった。嘘《うそ》を暴いてひっぱたいてやろうと、住まいに案内させ、その母親たちの有様を余所目《よそめ》ながらに見ることになってしまった。折しも、吉原に借り溜めていたかなりの金を、戦さの前にきれいにすべく、家重代の軸物を持ち出したところだった。売り払って小助に与え、戦さなどに行くなと諭した。それで追い払ったつもりが、そうはいかなかった。

江戸を発ってから、なお身辺に出没するのを摑まえて、拳固《げんこ》を食らわせた。

「殺してくれ」と泣かれて、途方に暮れた。「恩を返すこともできずに生きてはいられねえやい。すっぱりとやっちくれ」と、また一人前の啖呵《たんか》だった。「眼の届くところに来たら、本当にすっぱりやるぞ」と脅すことしかできなかった。そして、思わぬとき思わぬ水面にぴょこっと顔を出す水鳥のように、戦場までくっついてきていた。ときには腹を空かせていたから、自分のものを分けて与えた。余計に忠義に目覚めたように、あとを追ってきた。

庄次郎はあらましを語った。利一郎はうなずき、庄次郎の言葉を継ぐように言った。

「わたしも江戸からここまで、何人かの兵から話を聞いた。ひとしなみ、金のためだと言う。貰った支度金で、家族五人が半年は暮らせる。そうしなくても暮らせるかもしれないが、戦さに出ずに満足に食わせられるかといえば、そんなことはない。半年先はわからない。半年でも米の飯食わせてやれるなら、死ぬと限ったもんでもなし、と笑ってた」

「そうか」

「わたしたちは、侍は、百姓町人にそんな思いをさせぬために、下っ端とはいえ、幕府を支えてきたんじゃなかったのか」

「利ィさん、あまり難しく考えるな。こんなときだ、こんなふうにやるしかねえんだよ」

もっと気の利いたことを言ってやりたかったが、そんな言葉を知らなかった。

夜が白んできた。陣形を篝火が示している。やがて、明け放たれ、堤防の千本松といわれるあたりに新撰組の赤い隊旗が見えてきた。白く染め抜いた誠の文字までは読み取れない。見廻組、会津藩、桑名藩などの旗印も朝もやの中に佇《たたず》んでいる。真冬の払暁、無風の野面には真っ白に霜が降りている。歩くと足の下で、霜柱が軋《きし》る。ときがひりひりと迫ってくるようだった。庄次郎は敵の陣を睨みつけている利一郎の、怪我をしていない側の肩を叩いた。

「利ィさん、おれは決して死なねえ」

利一郎は怪訝《けげん》そうに振り向いた。

「利ィさんも死ぬなよ」

「どうしたんだ、庄さん」

庄次郎は答えに詰まった。こんな指揮もばらばらな、馬鹿馬鹿しい戦さで勝てるわけがない。そんな戦さで死んでも犬死にだ。だが、それをまくしたてるわけにもいかない。のつそつして、ようやく言った。

「小唄習いに行くんじゃねえか」

利一郎が硬い頬をわずかに緩めた。

「そうだったな」

この友は死のうとしているのではないか、というのが庄次郎の懸念になっていた。死なせたくなかった。死なれたら、どれほどの穴が胸に開くか。

悪い遊びをともにしたのではない。学問も剣術もはるかに及ばず、酒で増幅した交情もなかった。同じことといえば、二人とも妻と離別していることだが、こっちは放蕩に愛想をつかされ逃げられた口だ。それなのに、幼いときからなんとなく気が合った。友の一人に利一郎がいるというだけで、男の器量が上がるような気がした。

六

赤い雷火が閃《ひらめ》き、音が腹に響いた。砲弾は間近で炸裂した。彼方の払暁の中に鯨波《ときのこえ》が湧いた。

戦さが始まった。

庄次郎は合図をした。荷物を山と積んだ、うしろ向きの荷車を三人の兵が押して、前に出た。昨夜のうちに、預けられた軍費を使って、逃げ出してゆく百姓から無理に買ってこさせた。荷物のない荷車には土嚢を積んだ。うしろに四人の鉄砲方、鉄砲には銃剣を帯びさせた。見廻組などからはぐれた三、四人の槍と刀の武士。そういう班を七つ作って一隊としていた。

「利ィさん、きょうは思いっきり刀振るってくれ」

意図がわかったのだろう、利一郎はにっこり笑ってうなずいた。

「前へ」

庄次郎は刀を振った。荷車隊はもっそりと動き出した。庄次郎は先頭の一班のうしろに入って進んだ。足元で霜柱が砕け散る。砲弾が頭上を飛んだ。敵の銃火に迫った。

「止まれ」

荷車の陰から鉄砲方が撃つ。敵方の銃撃が途絶える。

「前へ」

再び荷車と、その陰の兵たちが進む。薩摩方の銃弾が荷車の荷に当たる鈍い音、空をかすめる音、戦さの深みに入ってゆく。

「止まれ、撃て」

至近距離から撃ちかける鉄砲に、薩摩方の銃声が止んだ。

「行け、斬り込め」

庄次郎は荷車の陰から躍り出て殺到した。薩摩方の兵はたちまち逃げ去った。逃げ遅れ、自棄《やけ》になって銃を振りかぶってくる者があった。外して相手の肩を斬った。さらに二、三人を突き、斬った。薩摩方は狼狽し、混乱していた。兵たちは突きまくった。あとに続く武士たちも、勢いに乗って攻めた。図に当たった。

行く手から兵も武将も逃げた。一隊は薩摩の陣深く斬り込んで、あたりの薩摩方を壊走させた。

他愛ない作戦だったが、成功した。新撰組や会津藩でも真似て、荷車や有り合わせの防御物の陰に潜んで進み、斬り込み、戦果を上げたようだ。だが、庄次郎は太腿を打ちたいような光景も見なければならなかった。斬り込んで、将は名乗りを上げるのだ。倒した相手の首を打ち、腰に下げるのだ。二つも三つもぶら下げて、それだけ動きが鈍り、次の相手にむざむざ斬り倒される者があった。首を落としているあいだに撃たれ倒れる者も見た。

「馬鹿、馬鹿、なにやってるんだ、首なんかほっとけ」

庄次郎は歯軋りし、地団駄を踏んだ。だが、大勢としては押し気味だった。きのうまでの鬱憤《うっぷん》を晴らして、軍兵の意気も上がっていた。

「よし、夕刻までには鳥羽に追い戻す。そのまま京に攻め込んでやる」

中天に掛かった日を、利一郎はまぶしそうに見上げた。そのときだった。前方で、幕府軍の一角が突然沸きかえった。

「なっ」

なんだ、と言おうとしたのか、なんと、と呆然としたのか、利一郎が絶句した。歓声を上げ、躍り上がっているように見えた幕府軍の一角は、新たな銃撃、砲撃を浴びて大混乱に陥った姿だった。対峙する薩摩方からではなかった。思いもよらず、淀川の川向こう、山崎の関門を守る津藩の軍勢千人の筒先が、いきなり幕府軍に向かって火を吹いたのだ。混乱はすぐ恐慌になった。それはあっという間に幕府全軍に拡《ひろ》がった。

「津三十三万石、か」

利一郎がさっきとは裏腹の、冷め切った声で言った。

「藩主は藤堂《とうどう》」

庄次郎には、その先が思い出せなかった。

「和泉守高猷《いずみのかみたかゆき》」

「あそこは譜代に準じる扱いを受けていたはずじゃねえか」

これまでは見守るだけだった。だが、幕府軍が後退していまの場所に薩摩方が進攻すれば、砲撃くらいは加えるだろうと、だれもが安心し切っていた。兵は前にいる兵を突き倒して逃げ惑った。馬は背を丸めて跳ね、あらぬ方向に駆けた。

荷車が転覆する。武将が退路をふさぐ我が軍兵を、刀を振りまわして脅した。自分の逃げ道を空けようとするのだ。悲鳴、銃声、喚き、砲声、具足がぶつかり合う音、それよりなにより数千の浮き足が地を掻くざわざわという響きがひた寄せる。

「寝返りの伝統は藩祖高虎以来ってわけか」

庄次郎はせせら笑った。

藤堂高虎は戦国時代、主君を何人も変えた。変節漢とか走狗といわれ、その名が口にされるとき、その口の端は歪《ゆが》められることも多い。

たちまち敗走の波が迫った。止めようと身じろぐ利一郎を、庄次郎は抑えた。

「今度は無理だ」

そういうあいだにも、具足の端が当たってくる、槍刀の切っ先が危うくかすめていく。庄次郎は自分の巨軀《きょく》で包むようにして、利一郎のからだを押した。砲弾は間近に炸裂し、荷車でかろうじて生を保った。が、その荷車が吹き飛び、軍兵のからだが舞った。さっきまで傍らにいた兵が、半分に折れるように倒れた。

江戸では建具屋だったという兵は、気さくな男で、何度かまだ十歳の息子の自慢を聞かされた。その割れた腹から、血とともに、見たこともないものが噴き出してきた。

庄次郎は恐怖からなのか、自分にもわからぬ衝動に駆られ、割れたからだから出てまだ蠢《うごめ》く五臓六腑を掴んだ。懸命に建具屋のからだの中に押し戻した。なにをしようというのか、自分にもわからなかった。ぬるぬるする手の中で、臓器はなお熱くのたうとうとした。

「庄さん」

肩を掴まれ、引き立たせられた。

利一郎に引きずられて正気に戻ったが、からだがまるで自分のものではなかった。

ようやく、砲の射程を逃れ出た。

軍兵たちは毛を逆立てた野良犬のように、怯《おび》えと威嚇《いかく》の眼を前後に配って、蹌《そう》踉《ろう》と歩いた。もはや班も隊もない落ち武者だった。

津藩にはきのうすでに勅使が遣わされ、一も二もなく従わされていた、という事情が途上に早くも伝えられた。薩摩方の密偵が振り撒く噂かもしれなかったが、軍兵は尻を寒風に吹き上げられたように逃げ足を早めた。

振り返ると、赤地に白く誠の文字を抜いた旗が、銃弾に破れ、泥に汚れて、なお高々と掲げられていた。

「新撰組か」

利一郎が呻くように言い、にわかに気色ばんだ。腰に手をやり、大刀の位置を直した。

「利ィさん、やめろ」

「坂本さんを殺《や》った者たちだ」

「嫌疑だけだ。それにこんなところだ、こんなときだ」

利一郎は負け戦さの中に、さらに我を忘れ、逆上していた。歯噛みの音が聞こえるようだった。

「やあ、土肥さん」

新撰組の旗の下から、長身の男が庄次郎を見つけて、親しげに呼び掛けてきた。

「土方さん」

「荷車うしろ向きとは考えましたね」

「なんにしても、下衆のでんぐり返りで、まことに無念でした」

土方は笑った。下衆のかんぐりを地口にしたのか。武州の田舎者のそれは冴えなかったが、風貌全体で人を和ませることができる男だった。

「なに、土方さん、大阪があります。江戸もあります」

「そいつが弱みですね」

土方はかすかに苦いものを嚙むようだった。庄次郎は意味を取りかねて、土方の表情を読もうとした。

「薩長は四千、一度負けたら取り返しがつかないから必死です。勝負はそこに分かれるでしょう」

「ああ」

言われてみれば、その通りだった。

「だが、土肥さん、やはり大阪です。総大将がましますます大阪で尻腰のあるところを見せんと、あとはずるずるです」

「城でお目にかかりましょう」

「窮余の一策です」

土方はいい笑顔でうなずいた。そして、先に行った旗を追っていった。

「知り合いだったのか」

利一郎が憮然として訊いた。

「小石川柳町の道場で」

そこに近藤勇の天然理心流道場があった。

「他流試合か」

他流試合は、場合によっては半殺しの目に遭う修行だ。

「あそこはあんまり隔てなくあちこちの道場から集まって、稽古なんかもせず、ごろごろしてたんだ」

「知り合いなら、坂本さんのことを聞き質せるな」

決めつけるように、利一郎は言った。

七

坂本竜馬が二カ月前京都で殺されたとき、庄次郎も利一郎も江戸にいた。利一郎は歯ぎしりして憤り、すぐにも京に上りたげだった。竜馬を殺したのは新撰組だ、あれこれの証拠もあると、もっぱらの噂だった。新撰組なら身内も同然だが、利一郎は相手が近藤勇でも斬る気だった。

「三人で飛鳥山《あすかやま》の桜を見に行った」

駄目を押すように、利一郎が言った。

利一郎、庄次郎、そしてもう一人は坂本竜馬だった。

「うむ、利ィさんが掏摸《すり》にやられた」

山裾に一面の菜の花、山肌の桜との取り合わせが見事だった。花見の客がそこここで浮かれ騒いでいた。花と人を見ながら、三人はぶらぶらと歩いていった。少しの酒に顔を赤く染めた利一郎に、向こうから来た女連れの男が肩先を当てたのだった。

「待て」

身を翻すように追って、利一郎は人ごみにまぎれ損ねた男の腕を押さえた。

「なにょうしやがる」

「いま私の懐から盗《と》った財布を返せ」

「人を巾着切《きんちゃくき》り扱いして、おう、さんぴん、ただで済むと思うな」

男は居直った。盗った盗らぬの問答が、お定まりの結句になった。

「裸になってなんにも出てこなかったら、どうしてくれる。切腹でもするってぇのか」

「切腹」

「できるのか」

「しよう」

竜馬がいきなり男の胸倉を摑んだ。

「おんしはどうする」

「なんだ、てめえは」

「裸になって財布が出たら、おんしを斬るぞ」

「田舎侍が余計な口を出しやがって。おおさ、財布が出たら煮るも焼くもそっちの勝手だ」

竜馬は相手の胸倉を離し、ずらっと刀を抜いた。わっと野次馬の輪が下がった。

「坂本さん」

竜馬が利一郎に呼びかけた。利一郎は面食らって、絶句していた。竜馬の眼が笑って、続けた。

「坂本竜馬さん、財布の中にはあなたに貸りた金の借用証が入っているはずですね」

竜馬は利一郎に向かって自分の名を呼んだ。坂本さんと呼ばれて戸惑う利一郎に構わず、竜馬は大刀を振りかぶった。

「帯を解け」

「吠え面かくな」

虚勢を張って帯を解いた男の足元に、ばたっと財布が落ちた。竜馬が長崎あたりで手に入れたのだろう、印伝《いんでん》の財布で、ありふれたものではない。

「な、なんだ、これは」

男は啞然としていた。男に懐の重みを気づかせぬために、竜馬は刀を振りかざしていたのだ。

「なんだこれは、と言うからには、お主《ぬし》のものではないのだな。土肥さん、中身を改めてください」

「よしきた」

庄次郎はすぐに竜馬の意図を察した。印伝の財布を拾って、中から借用証と思《おぼ》しき紙片を出した。利一郎の前で広げ読み上げた。

「借用証、一金二両二分、右借用するものなり、安政五年三月十日、坂本竜馬殿、坂本さん、あなたへの借用証に間違いござらんな」

庄次郎は利一郎を芝居っ気たっぷりに振り向いた。坂本竜馬役をいきなり振られた利一郎は、まだまごついて唸るばかりだった。

「巾着切り」

竜馬が大声を上げた。人垣に囲まれ、男は逃げ場もなく、がたがたと震え出した。

「そんな財布、知らねえ」

「盗っ人猛々しい。約束だ、斬るぞ」

斬っちまえ、斬っちまえ、と野次馬がはやし立てた。男はへなへなと崩れた。

「首を前に出せ」

うわぁっと声を上げて、男は泣き出した。

「ほたえな。首を縮めると肩に刀が当たって、一度では切れん。かえって痛いぞ」

男は頭を抱えて丸くなった。

「こら、首を出せ言うちょるに」

竜馬は男の髷《まげ》を摑んで顔を寄せた。

「三人に奢《おご》れ。それで命は助けてやる」

「へ」

「どうだ」

「へえ、へい」

利一郎の財布には二分二朱ばかりの金が入っていたという。掛け茶屋で、金額にして三分余り奢らせ、逃げたら斬るぞと脅して、ずっと酌をさせた。いつ斬られるかという緊張で、最後にはへなへなになった男を店の主人に渡して帰ってきた。

竜馬は男が掏《す》ったあと、連れの女に財布を渡すのに気がついた。だが、女は人ごみにまぎれ、とっさに一計を案じて自分の財布を掏摸《すり》の懐に滑り込ませたのだった。

　利一郎はこのときのことを深く心に刻み、命の恩人と竜馬を貴んでいた。実際、利一郎は衆目の中で恥辱を忍ぶより、死を選びかねない男だった。

　それだけではなかった。薩長同盟は竜馬によって成し遂げられたことは、知る人ぞ知るところとなり、幕府傘下の者たちの憎悪は竜馬に集中した。だが、利一郎は動じなかった。

「坂本さんは徳川家を断つことは考えていない。民百姓のために国を二分する戦さを避けようと働いておられる。薩摩の西郷などのように、徳川家を完全に潰《つぶ》し、上様を殺さねば止まじ、とする勢力の強いことを考えれば、それはありがたいこと、むしろ味方だと思わねばならない」

　利一郎は、声を殺してではあったが、そう語ることがあった。大政奉還に際して、竜馬は身を打ち倒して「よくも断じ給えるものかな」と慶喜の英断に感激したという話を、だれから漏れ聞いた噂か、伝えてくれたこともあった。それだけに、竜馬の死は、友の死という以上に利一郎を落胆させた。必ず犯人をさがし出し、斬ると誓っていた。新撰組が竜馬殺しの犯人と噂されることもあった。

「坂本さんも土佐の郷士《ごうし》、いまの土方も近藤勇も武州在の百姓の倅《せがれ》だ。みんな同い年くらいだが、こっちは生まれついての武士だ。ところが、彼らは生半可な武士よりずっと武士らしい」

利一郎は武士や武士道を考え、淀、津、二藩の裏切りを思うのだろう、また沈むようだった。沈み込まれてしまっては、大阪までの道中が辛気臭《しんきくさ》い。

「坂本竜馬はともかく、土方、近藤ばかりじゃねえ、時代の風雲をのぞんで、百姓町人がこぞって刀を引っさげ、侍の真似をして歩いてるよ。いや、真似事どころか、みんな立派に侍だ」

「氏より育ち、か」

「普段から真似てたからさ。国中の百姓、鍛冶屋《かじ》、商人《あきんど》でさえ、男たちは武士を鑑《かがみ》に真似ようとしてきたから、いざとなったらいつでも武士になれるんだよ」

「武士程度なら真似事でできる、と言うのか」

「国中の男が武士に憧れてきた。百姓、鍛冶屋、商人が、ここぞというときには、武士ならどうするだろうと考えたんだ」

「規範、か」

「三百年の、だよ。骨がらみさ。武士道はもはや武士だけのものじゃねえ、この国の男全部のものさ」

自分はともかく、利一郎の武士道なら規範になる。

八

不意に、コチ助がいないことに気がついた。戦闘が始まれば、すぐに後方に下げた。しかし、津藩の砲撃は余りに唐突で、コチ助にまで気を配れなかった。庄次郎は敗軍の行く手を、また後方を伸び上がってみた。戦さが一段落すれば、すかさず寄ってきた小さな影は見当たらなかった。

「利ィさん、済まんが、先に行ってくれ」

「どうした」

「コチ助が見えねえ」

「なに」

「どこかに潜り込んで腰を抜かしてるんだろう」

「わたしも一緒に行こう」

「いや、すぐ戻るから」

庄次郎は利一郎の肩の傷の上にそっと手を触れ、後方に駆け出した。駆けていくうちに、不安が膨れ上がった。

「小助」

「コチ助」

駆けながら呼び、姿を探した。答えるものはなく、蹌踉《そうろう》と落ち延びてくる将兵の中に、姿もなかった。津藩から砲撃された辺りまで戻っていた。砲撃で抉《えぐ》れた道の上に、死体が散乱していた。荷車が荷物もろとも直撃されたのか、輪も荷台もばらばらになってぶちまけられていた。中に、手だけが、足だけが、混じっていた。だが、いずれも屈強な男のもので、子供の手足ではなかった。

「コチ助」

大砲の弾が落ちた穴の周囲には、累々と屍が転がっていた。腸《はらわた》が、裂けたからだからのたくり出ていた。すでに庄次郎は、その手触りまでを知っている。

「コチ助」

生きていてくれ、としか念じなかった。生きている、生きている、あんな子供がこんな地獄にいるわけがない。神も仏もある。小さくいじけた子供を、神や仏が殺すわけがない。庄次郎は重なっている屍を掻き分けて探した。

「ああ」

コチ助が寝ていた。

遠慮するようにからだを縮めて、向こうむきになった横顔は笑っていた。からかおうと、死んだ振りをしているのか、と庄次郎は思った。

「馬鹿」

コチ助のからだを起こした。

「わっ」

尻餅をついた。コチ助の顔は半分しかなかった。砲弾の破片がかすめ、湾曲した斧が顔の半分を抉《えぐ》り取っていったのだ。鯒々《こちこち》といじめられていた顎が大きく開いて、笑っているように前歯二本が並んでいた。

九

篝火の炎が高く上がり、火の粉が飛んだ。歓声が起き、それが静まりかけると、別の場所で歓声が湧く。そしてまた別の方角からも、それが三つ五つと重なり、噴き上がり、渦巻いて、歓声は大阪城に満ちた。将軍みずからが叱咤した言葉が、大広間で直《じか》に聞かされた将によって、城内の方々に屯《たむろ》する兵たちに、次々ともたらされたのだ。

「事すでにここに至る。たとい千騎戦歿して一騎となるといえども退くべからず。汝ら宜《よろ》しく奮発して力を尽くすべし。もしこの地敗るるとも関東あり。関東敗るるとも水戸あり。決して中途にやまざるべし」

さらに、「是よりすぐ出馬せん、皆々用意せよ」とまで言われたという。泣いて伝えた将がいた。躍り上がり、足を踏み鳴らす兵がいた。

「ありがたいことだ、これでもう大丈夫だ」

利一郎がぐっと庄次郎の腕を摑んできた。庄次郎は腕に力を込め、それで利一郎に応えた。だが、虚脱から立ち直れていなかった。

「小助は」と訊く利一郎に、ただ首を横に振って見せた。「見つからなかったのか」と重ねて訊かれて、ああ、その手もあったか、とうなずいた。ふと疑わしげになった利一郎に、「はしっこいやつだ、すぐ追いついてくるだろう」と、もう一度うなずいて見せた。

話頭を変えるために、石垣を叩いた。

「権現様が二十万の将兵をもって、冬の陣、夏の陣、粒々辛苦《りゅうりゅうしんく》の末に獲《と》った城だ。四千や五千の敵に陥とされようはずはねえ」

言葉だけではない、庄次郎自身、この大阪城という足場だけは信じた。

「ここから逆襲だ。城内から銃砲を撃ち、機を見て城門を開け将兵をくり出す。打撃を与えて、さっと退く。何波もの夜襲を掛け、敵を休ませない。四千や五千、三日もあれば潰滅《かいめつ》させられる」

無言の利一郎をさらに煽った。

「大体、城攻めにゃ何倍もの軍勢が要るんだ。こっちが逆に兵力何倍なんだから、絶対負けっこねえ」

酒樽が運ばれ、鏡が割られた。将兵が群がり寄っていった。利一郎が思いがけず呼びかけてきた。

「庄さん、呑もう」

「おう」

酒樽に寄ると、利一郎に柄杓《ひしゃく》が渡された。

下戸の利一郎が呑んだ。

「旨い酒だ」

利一郎が言った。

心底からの声だった。庄次郎はまわされた柄杓からぐいとやって、利一郎にうなずいた。もう一杯樽から掬って呑み、目前に貼りついた小助の顔を拭いたかったが、柄杓を兵に渡した。

「みんな、存分にやれ。敵の密偵が城下に来ているはずだ。四面からおはら節でも聞かせてやるんだ」

おうっ、と兵たちが底ごもる声で応じた。篝火に照らされた顔顔顔、鯨波《ときのこえ》が早くもそこここに上がった。庄次郎と利一郎はその場を離れた。利一郎は暗がりへ暗がりへと歩を進めた。なにか言いにくいことを言おうとしているのだと、庄次郎は察した。

「辞官納地《じかんのうち》の噂は、庄さんも聞いているだろう」

薩長は、大政奉還だけでは満足しなかった。徳川家を大名としても残さず、八百万石の所領すべてを朝廷に返すよう要求し、すでに慶喜はそれを呑んだ、というのである。利一郎は小さく吐息をついた。

「坂本さんが生きていてくれたらなあ」

「坂本さんか」

「雄藩諸侯と賢人で作る座の長に上様を置いて、この国の政治を行うというのが、坂本さんの構想だったという」

「それでは、これまでと変わりはないようじゃないか」

「上様が、その座を保たれるのは長いことではない、という読みがあったのではないかな。自然に無理なく権力を移動させ、国内を二分する戦さを避ける意図だったと思う」

「ことここに至っては、その意図も木端微塵《こっぱみじん》だなあ」

「うむ」

「辞官はともかく、無条件の納地など呑めるわけがない。薩摩がわれらの動揺を誘う流言に過ぎんさ」

「うん」

「そんなことになりゃ、旗本だけでも八万騎、路頭に迷う。上様がそんなことを承知するわきゃあねえ」

八万騎は大袈裟《おおげさ》で、実数は四、五千というが、それにしてもおびただしい戦闘専門の人数だ。

「だが、庄さん、万一、仮に万一だよ、そういうことになったら」

庄次郎は遠い篝火に頼って、利一郎の横顔をうかがった。利一郎は顔をそむけて続けた。

「わたしたちがただの浪人になったら」

「おれは傘でも張るしかねえなあ。利ィさんは、学問でも剣術でも、どこに行ったって通用するじゃねえか」

「いや、そういうことじゃなく」

庄次郎はもう一度、利一郎をうかがわねばならなかった。利一郎はふと気配を静めるようにして続けた。

「庄さん、和加《わか》どのは」

そうか、と庄次郎は悟った。和加は何年も前に離縁した庄次郎の妻の名だった。わずかに上位の家柄を誇り、打ち解けなかった。挙句《あげく》の、庄次郎の酒や遊びを冷たく横目で見、見えない向こう側の唇の端を蔑《さげす》みに歪めていた。自分から尻をまくるように出ていった。

「和加は、世の中がでんぐり返ってても戻りっこねえ、戻ってきてもらいたくもねえ」

「そうか」

「利ィさんは」

幕府瓦解《がかい》のような混乱が生じ、人がたった一つのことしか考えられない事態になったら、利一郎は第一になにをしようとするのだろうか。離縁した妻奈緒のもとに行くのでは、と庄次郎は思った。

利一郎は鉄砲狭間《はざま》に寄って、外をうかがうようにした。闇になにかうかがえるわけがない。話しやすい形をとろうとしているのだ、と庄次郎は待った。

語を発しようとする濃密な気配だけが、利一郎から伝わってきた。だが、ついに声は届かなかった。利一郎が口引き結んで語らぬことを、詮索《せんさく》はできない。ただ、離別までの三年間、利一郎が妻をいつくしみ尽くしたことを、脇で見ていた庄次郎は知っている。

「だらしがない、たった一口の酒で酔った」

利一郎はそう言って、問いを外した。

「葡萄《ぶどう》の酒じゃあないが、酔ったら沙上《さじょう》に臥《ふ》せばいい。君笑う莫《なか》れ、だよ」

庄次郎は利一郎を城内に誘った。用意された寝所で、枕を並べた。闇の中で、なお利一郎が心を開いて見せるのを待ったが、そのうちに眠ってしまったようだった。庄次郎も酔いと眠気に溶けようとした。自分の手にした兵のはらわた、小助の半分しかない顔が、それを妨げた。

十

半刻もしないうちに揺り起こされた。半刻とは、そう錯覚しただけで、庄次郎はすでに明け方の薄明の中にいた。

「庄さん、様子が変だ」

利一郎の声が険しかった。

将たちの寝所には、まだ鼾《いびき》も響いていたが、寝所の入口に近いところの者たちが起き直って、なにか囁き交わしていた。

「訊いてみる」

利一郎は立ち、まだ寝ている者を踏まないように近づいていった。小腰をかがめて尋ねていた。が、ふらっと外に出ていった。手水《ちょうず》にでも行ったのか、と庄次郎は思った。それにしても、入口で一瞬の影絵になった、その姿に心許ないものがあった。庄次郎はあとを追った。入口近くで、起きて隣の者と顔を寄せ合っている者があった。その肩に手を置いた。

「なにかあったのですか」

「うむ、あ、いや、まだなんとも」

口ごもる様《さま》に狼狽があからさまだった。なお聞き質したかったが、利一郎が気になった。外に出て、城外に通じる廊下の先を見た。無人だった。走ろうとして、ふと逆のほうを見た。人影が廊下の端を曲がった。

「利ィさん」

庄次郎は摺《す》り足に音を殺して駆けた。城の奥に通じる廊下に、なぜ歩くのか。どこに行こうというのか。曲がり角で、向こうから急ぎ来た者と危うくぶつかりそうになった。利一郎ではなかった。だが、こんな時刻にこんなところに人が歩いているのか、いぶかりながら曲がった。

「利ィさん、待て」

利一郎は振り向かなかった。ゆっくりと、というより、ふわふわと歩いていく。すぐに追いついて、肩を押さえた。

「利ィさん、どこに行く」

利一郎は振り返った。

「上様が城中にいない、いや、らしいというのだ」

「まさか、なにを寝ぼけたことを」

利一郎の全身から、道に迷った少年のような不安と困惑が滲み出ていた。

「いねえって、どういうことなんだ」

利一郎は小さく、しかし激しく身をよじっただけだった。

「ここにいねえで、どこにいるってんだ。寝ぼけたんじゃねえのか」

寝ぼけているのだ、と思う以外に事態を説明できない。だが、庄次郎にも不安が募った。第二次長州征伐の二の舞か、という不安だった。三年前のあのとき、慶喜はみずから兵庫まで出陣し、「大討込み」の陣頭に立つことを宣言していた。だが、進攻の直前に届いた、小倉城を高杉晋作が落としたという報に接するや、あっという間に中止してしまったのだ。たたらを踏むような、あのときの失望と屈辱を、庄次郎だけではない、多くの幕府将兵が身の内に残していた。

「確かめる」

利一郎は奥に進もうとした。庄次郎は利一郎の腕を取った。一介の小旗本が公方様の寝所を探せば、途中で斬られる。

「おれたちに確かめられっこねえ。とにかく、一度戻ろう」

そのとき奥から血相変えて二、三人の者が出て来た。身なりからして、中枢にいる武士のようだった。彼らは庄次郎と利一郎を突きのけるように、出ていった。

「榎本《えのもと》さん」

利一郎が呟《つぶや》いた。榎本武揚《たけあき》ならオランダに留学して、軍艦のことを学んできた俊英として、庄次郎も名前だけは知っていた。いまは開陽丸という軍艦の艦長をしているのではなかったか。その榎本がなぜ陸に、こんなところにいるのか。

やはり、なにか尋常ならざることが起きているのだ。

庄次郎は利一郎の背中を押して、重いものを引きずるように、寝所まで戻った。すでに大半の者が起きて、あわただしく動いていた。取っ組み合い寸前に言い争う者たちもあり、自分たちの頭領を信ずべきか否かを、悲痛な言い争いにしていた。そこに新たに一人が走り込んできて、血を吐くように叫んだ。

「上様だけではない、肥後守《ひごのかみ》様、越中守《えっちゅうのかみ》様も居所がわからぬというぞ」

「馬鹿な」

「馬鹿とはなんだ」

たちまち険悪なやりとりになった。

「会津も桑名も兵をまとめて去ったというのか」

「いや、兵はいる」

「兵をおいて、肥後守様、越中守様が消えただと。出鱈目もいい加減にしろ」

「では、自分で確かめればいい」

「おう、確かめるとも」

肥後守は会津藩主松平容保《かたもり》、越中守はその弟で桑名藩主松平定敬《さだあき》、その軍兵は幕軍中で最も意気盛んだ。だが、藩主が消えては、兵は宙に浮く。やがて、老中板倉勝静《いたくらかつきよ》や大目付永井尚志《ながいなおゆき》の姿もないことが知らされた。

いつの間にか中枢が抜け落ちていたのだ。

昨夜亥《い》の刻すぎ、「御小姓の交代だ」と言って城門を通った、十人ばかりの者があることもわかった。亥の刻といえば、上様の勇ましい言葉が伝えられ全軍が沸き立った、そのすぐあとということになる。さらには、その十人ばかりの者の中には、女が混じっていたことが、彼らを舟で送り、そして戻ったばかりの、船頭の話として伝えられた。

「女」

思わず庄次郎は訊き返した。

この陣中に女がいたのか。会津や桑名の藩主でも、船に女は乗せられまい。乗せられる者は、一人しかいない。どういう女かもわかる。江戸の町火消で俠客《きょうかく》、新門辰五郎《しんもんたつごろう》の娘が慶喜の妾《めかけ》に入っていることは、噂で知っていた。その女のことなのか。

舟は川を下って大阪湾に出、幕府の軍艦開陽丸を探したが闇にわからず、停泊していたアメリカの軍艦に着けられたということが、しばらくして伝わってきた。いまごろ一行は、開陽丸に移乗し江戸に向かっているのだろう。

十一

薩摩方はいまにも城攻めを始めるやもしれぬ。ここは戦さの場、真っただ中なのだ。

総大将がいなくとも、それぞれの隊には隊長がおり、副隊長がいた。戦いの中で隊長が倒れれば、副隊長が代わって指揮を執った。総大将がいなくなったら、次に位置する者の指揮に従えばよいはずだった。だが、実際には、首のない巨人がのた打ちまわるような大混乱に、城内は陥った。だれも、どんな指揮を執ることもできなかった。

裏切りだった。だが、裏切りと言えない。血肉が、骨が、ばらばらになるような怒りと失望があった。虚脱と自暴自棄がかき混ぜられ、将兵のあいだに同士討ちになりかねない混乱が起きていた。その中で、利一郎は静かに鎧を着け、外に出た。そこで追って出た庄次郎に向き直った。

「庄さん、隊の者たちを頼む」

「利ィさん、一体なにが起きたんだ。利ィさん、おれたちはどうすりゃいいんだ」

利一郎の片頰に笑みが浮かんだ。羨《うらや》んでいるように見えた。また、なにもわからず呆然とする庄次郎を憐《あわ》れむようにも見えた。

「君、君たらずとも、臣、臣たるべし」

利一郎は言い捨て、庄次郎を避けるように歩いた。庄次郎は追いすがって並んだ。

「なに言ってるんだ。初めてじゃねえ、長州征伐を思い出せよ。またぞろだぜ。ここまでやられて、まだ忠義か」

「急に五臓六腑を新たにあつらえるわけにもいかない。この五臓六腑でやっていくしかないんだ」

利一郎は鎧の胸を苛立たしげに叩いた。庄次郎はその腕を摑んだ。

「三河武士は犬、犬みてえに忠実だと言われたっていう。そういう血がおれたちにも流れてるかもしれねえ。だが、利ィさん、犬だって主人から二回も鼻面ぶっ叩かれりゃ、三回目にゃそっぽ向く。少しゃ利口になる」

「わかっている。わたしは負け犬にすぎぬ」

「尻尾巻いたのは、おれたちじゃねえ。臣たるべし、だったら君に従って江戸に帰りゃいい。一人で薩長に立ち向かって、なにかの足しになると思うのか」

「庄さん、わたしは、武士がどういうものか、自分のからだで確かめたいんだ」

利一郎は周囲にごった返す将兵に眼をやった。いずれもが逃げ支度だった。

「確かめてみなくったって、利ィさんは武士だよ。どっかのご主君の十倍も二十倍も武士だよ」

利一郎は初めて白い歯を見せた。惚れ惚れする晴朗な笑顔だった。

「心残りは坂本さんの仇を討てなかったことだが、あの人なら笑って気にするなと言うだろうな」

「そうだよ、あの人みてえなこだわらない生き方をしなければ駄目だ」

「庄さん、これを頼む」

利一郎は庄次郎の手の中に小さな袱紗《ふくさ》包みを押し込んだ。庄次郎が取り落とし、拾い上げているあいだに、利一郎は馬に乗り、走り出していた。馬を奪われた将らしき者が、あわてて声を上げ追った。庄次郎は手の中の、紫の袱紗に眼を落とした。利一郎が肩に銃創を負ったとき見かけたものだ。中身も察していた。

庄次郎は間近にいた馬に寄った。その背には、およそ武具には見えぬ包みがくくりつけられていた。城内の調度品を、行きがけの駄賃にという、火事場泥棒のような輩《やから》がいるのか。抜刀して包みを結わえた紐《ひも》を切った。

「なにをする」

馬の持ち主だろう、太った武将が走ってきて、抜き身に立ちすくんだ。

「拝借いたす」

庄次郎は馬にまたがり、刀の峰で尻を叩いた。城門を走り出て、前方に巻き上がる砂塵を追った。庄次郎は後悔した。砂塵はわずかながらに遠のいていくようだ。遊びにかまけて、馬術の訓練を怠ってばかりいた。追いつけないかもしれぬ。引き止められぬかもしれぬ。なんとか馬上で刀を鞘《さや》に納め、懸命に手綱を操った。薩長の軍はどのあたりまで寄せてきているのか。遭遇する前に、利一郎を止めなければならない。

庄次郎は神仏に祈った。

利一郎の子供のころの顔が思い浮かぶ。そして、少年のころの他愛ない情景、奈緒を娶《めと》ったころの晴れやかな顔が浮かぶ。

祈りが通じたのか、利一郎の馬の速度が落ちてきた。利一郎は馬術も抜きん出ていたが、いかんせん、駄馬だったのだろう。一里近く走った。距離はさらに迫った。利一郎の馬は足並みが乱れ、しきりに街道を逸れたがるようだった。それを手綱さばきで、なんとか走らせている。

「なぜだぁ」

庄次郎は声をふり絞って叫んだ。単騎、敵に向かって疾駆する利一郎に向かって、ではない。利一郎に狂気をもたらした者への詰問だった。

並びかけ、馬を斬ってでも利一郎を止める。庄次郎は再び抜刀して、その峰で馬を叩いた。庄次郎の馬も口元に泡を吹き、あえいでいた。いつくずおれるかわからない。

ようやく利一郎の馬の尻尾が、こっちの馬の鼻先に迫った。利一郎は肩の傷のせいか、ほとんど片手で手綱をさばいていた。街道が神社の森に突き当たって曲がり、うしろ姿が消えた。庄次郎も片手の手綱を絞って続いた。いきなり目前に旗指物《はたさしもの》の波が広がった。街道いっぱいに進んでくる薩軍のものだった。庄次郎は思い切り手綱を絞った。馬は棒立ちになり、腰が砕けそうになり、かろうじて止まった。

「利ィさん」

利一郎は旗指物の群れに突っ込んでいた。水面に一石が投じられたように、薩軍が乱れた。利一郎は背を丸め、押し分けるように進んでいった。たちまち、そのうしろを槍や刀が閉ざした。

庄次郎は呻き、馬の腹を蹴った。残っていた最後の声を絞り出し、刀を振りかざして薩軍に殺到していった。敵に達する寸前、数発の銃声を聞いた。からだのどこかに衝撃があった。空が見え、それが闇になった。

唐突に始まった庄次郎の戊辰戦争は、唐突に終わった。

第三章　剣豪無縫

一

なによりもまず、奈緒の行方を探さなければならない。江戸に較べれば小さな町だが、お泊りさんたちの数もおびただしく、どこをどのように探せばいいのか庄次郎は、辻に立ち尽くす思いだった。

小林勝之助《こばやしかつのすけ》の消息は、セキに教えられた。

セキは店に来る多くの客の身分を頭の中に控えていて、庄次郎の知りたいことを、そこから選り分け、伝手《つて》をたどって調べてくれる。

勝之助と遇《あ》ったのは、もう十年以上も昔、馬場でだった。

槍術《そうじゅつ》、剣術、泳法など、気乗りのしないままに身につけた武芸五、六般ばかりの中で、庄次郎の苦手は馬術だった。馬を走らせるのは爽快《そうかい》だったが、人一倍重いからだを乗せかけるのが馬に気の毒で、すぐに稽古を切り上げてしまいがちだった。あとは馬場の草原に寝転がって、馬を眺めていたり、雲を見ていた。するといつも同じように馬を眺めている、十歳ばかりも年下の少年、小林勝之助と仲良くなった。

「馬がきらいなのですか」

勝之助に訊かれた。

「こんなやさしい眼をしたやつをいじめられねえだろ」

庄次郎が馬面を撫でると、勝之助の満面に笑みが広がり、眼が輝いた。

「やさしいんですね」

「顔はおっかねえが、かい」

「いいえ」

「お前さんは身も軽そうじゃないか」

勝之助は造作の大きな顔つきを歪《ゆが》めた。

「だめなんです。鈍いんです。落馬するんじゃないかと、怖くて乗れないのです」

「それにしては、熱心に通ってくるじゃないか」

「馬は好きです。こんなに美しい生きものはいません」

庄次郎は、美しいなどという言葉を使う少年に、初めて会った。馬より勝之助の一途なまなざしのほうを美しいと思った。いつもなにか描いている、その帳面を見せてもらった。そこには馬が、四肢の筋肉を際立たせ、たてがみを翻して駆けていた。本物より紙の上の馬のほうが、生き生きと躍っていた。

「おお、これは」

庄次郎は勝之助を見直した。少年はむしろ武骨な顔立ちだったが、微笑《ほほえ》むと邪気のない子供の顔になった。この絵を描いたのがこの少年だとは、だれもにわかには信じないだろう。技量だけではなかった、絵から気迫がほとばしり出ていた。

「師匠について習っているのかい」

「いいえ、好きで描いているだけです」

庄次郎は唸って、帳面を繰ってみた。

「あっ」

少年が声を上げた。

帳面には男の顔が描かれていた。眼窩《がんか》と顴骨《かんこつ》がぐいと盛り上がり、鼻はまるで拳骨《げんこつ》、大きな丸い眼には愛嬌がある。唇は厚く、穏やかな笑みをたたえている。どこかで見た顔だった。

「すみません」

真っ赤になった勝之助の狼狽に、ようやく思い当たった。庄次郎は吹き出した。

「これは、おれじゃないか」

「すみません、とても面白い、いえ、あの、とてもいい顔をしてらっしゃるから」

「へえ、おれの顔は絵心を誘う顔だったか」

「すみません」

「すまねえことなんかあるもんか、これは楽しい絵だ」

以来、庄次郎は年少の友として、勝之助を名所見物や祭礼に連れ歩いた。少年が風景や人の顔、動作に興を覚えて描き出すと、その脇で描く姿を眺め、でき上がっていく絵を眺めて飽きなかった。

「絵師になったらどうだ」

庄次郎は何度か勧めたものだった。親は幕府御蔵方組頭だが、九人兄弟の末弟と聞いたからだった。勝之助は気恥ずかしそうに首を横に振るばかりだった。

その勝之助がいまいる場所を、セキはすぐに探し当ててきた。

「無禄じゃなく、ちゃんとお役目についていて、住まいは三保《みほ》村の御穂《みほ》神社の、神主さん宅だということですぅ」

庄次郎は朝出て、三保村を目指した。日が海岸の松原の上に出るころに、神社に着いた。社務所の裏の、宮司の家らしい建物の、広い玄関に立った。式台まわりに十数足の履物が乱雑に脱ぎ捨てられていた。案内を乞うと、足音も荒く、血相変えた若い男が出て来た。総髪だから神官なのだろう。だが、さらに異様なことに、大刀を腰にしていた。男はいきなり殺気立った声を上げた。

「貴公は」

庄次郎は無礼を一睨《にら》みしておいて名乗り、小林勝之助の名を言った。

「勝之助とは、清親《きよちか》のことか」

男の声には威嚇が含まれていた。庄次郎はいつ斬《き》りかかられても応じられる構えを取った。勝之助は幼名だ。元服して名を改めたのだろう。武者震いにも見える震えを抑え、若い男は無言で奥に去った。奥のほうに、なにか多人数による剣《けん》呑《のん》な気配があった。

ややあって、大きな包みを背負った勝之助が出て来た。そのうしろから、さっきの若い男の他に、数人の、これも神職風の男がついてきた。

「土肥さん」

勝之助の声には、すがりついてくる響きがあった。顔も、前髪のあった幼顔とは違って、ずいぶん骨ばっていた。

「勝之助」

強張りのまま、勝之助は式台を下りて、草履を履いた。見れば左右別のものを履いている。勝之助はそんなことにも気がつかぬふうに、一緒に出て来た男たちに一礼した。

「お世話になりました。いろいろ、ありがとうございました」

礼も返さぬ男たちを見ず、勝之助は踵《きびす》を返した。庄次郎は、それに続いた。

両側に松の並ぶ、神社への参道に入っても、勝之助は無言だった。

「勝之助」

「清親と改めました」

「うん、からだもしっかりとしたなあ」

「カトンボです」

カトンボとは、江戸でいうガガンボのことだ。カより二、三十倍も大きいが、手足がか細く、弱々しい。

「小林清親、いい名前だ」

「兄たちが亡くなったり病弱で、十五歳のとき家督を継ぎました」

「そういう時代なんだな」

何人が戊辰の役で亡くなっているのか。

庄次郎は並んでゆく勝之助の、青ざめた横顔を見た。

「なにがあったんだ」

「きのう、宮司が斬り殺されました」

「なんだって」

「斬ったのは久能山《くのうざん》の者と噂《うわさ》が流れました。わたしは久能山の新番組にいます。でも、あそこはぎゅうぎゅう詰めでしたから、住まいだけは神社に世話になっていました。それで、手引きをしたと疑われました」

「よく斬られなかったな」

「お内儀や子供たちには信頼されていました。この人は絶対そんな人じゃないと。いや、土肥さんがあと半刻遅かったら、斬られていたと思います」

有栖川宮《ありすがわのみや》と錦の御旗を立て、官軍が東海道を押し下ってきた、その勢いに加担しようと、各地で草莽《そうもう》隊が結成された。遠江、駿河、伊豆でも神官を中心に、遠州報国隊、駿河赤心隊、伊豆伊吹隊をそれぞれ名乗って隊が組まれ、軍列に馳《は》せ参じた。上野の山の彰義隊攻撃にも加わっている。

だが、戦いに勝ち、神官たちが故郷に凱旋《がいせん》してきたとき、駿河は状況が一変していた。国の名も静岡と変わり、潰《つぶ》された幕府の恨みを抱いた藩士たちがひしめいていた。神官たちは、きのうまでの敵の、真ん中に陥ったことになる。

たちまち、神官たちへの襲撃が相次いだ。駿遠豆、三国で次々と神職のものが襲われ、斬られた。

「羽衣の松です」

参道を外れて汀《なぎさ》に出る途中で、一本の松の巨木を勝之助が教えた。小波《さざなみ》の寄せる汀は、白砂が光を反射し、淡く青く輝いていた。空に大きく裾《すそ》を拡げる富士があり、湾には白帆の小舟が点々と浮かんでいる。

勝之助は砂に腰を下ろした。悠長に風景を眺めているときではないと思いながら、庄次郎も並んだ。

「絵は描いているかい」

このような風景が間近にあっては、描かずにはいられないだろう。だが、勝之助はかぶりを振った。

「こういうところでこうしていると、光と影がからだの中に入り込んでくるような気がします。絵がからだの中にでき上がってゆくような気がしてきます」

だが、紙の上に移す余裕はなかったのだろう。勝之助のような青年が時代に翻《ほん》弄《ろう》されている、その姿は無残な光景にしか見えない。

勝之助は庄次郎を名勝に案内したのではなく、自分がここからの富士の姿を脳《のう》裡《り》に刻んでおくために、砂に座したのだろう。庄次郎は昔、名所などを共に訪ね、勝之助が絵を描く姿を見ていたことを思った。

二

街道に出て、うしろに気を配りながら、勝之助とともに歩いた。空腹を覚えて茶屋に誘った。酒を頼んで、勝之助をうかがった。

「呑《の》めそうな顔になった。呑んでるんだろ」

「いえ」

酒が来て、銚子《ちょうし》を差しだすと、勝之助は思い切ったように受け、呷《あお》った。二献、三献と重ね、ふと勝之助は怪訝《けげん》そうに眼を上げた。

「土肥さんは、きょうどうしてあそこに来てくださったのですか」

「こんな事情とは知らず、絵を描いてもらいに行ったのだ」

「絵、ですか」

「出直すよ」

「いや、描きます。描かせてください」

勝之助は担いできた大荷物を解き、絵具や筆などを取り出した。庄次郎は用意してきた紙を渡した。勝之助は銚子や盃を片付けさせ、卓の上に紙を広げた。

「白戸利一郎の家に遊びに行った」

「はい」

連れがあると行きやすく、勝之助を伴って利一郎宅を幾度となく訪れた。いつも、奈緒に歓待された。

「あそこの若いお内儀に会ったよな」

「美しい方でした」

「あの方の絵を描いてくれ」

「描きたい、と思ったものです」

勝之助は墨を磨る間ももどかしそうに、薄墨でさらさらと立ち姿を描いた。茶屋の親爺《おやじ》に頼んで、小皿を三枚並べ、絵具を溶いた。顔にほんのりと朱を入れ、着物にも着色した。その色も奈緒を髣髴《ほうふつ》させる色だった。

少年だったころ、馬場で庄次郎を戯画的に描いた、それよりもずっとやさしく洗練された線は、鮮やかに奈緒の面影を写し取っていた。奈緒を見たことがある者なら、すぐに奈緒だとわかる絵だし、絵を憶《おぼ》えていれば奈緒に初対面でも「あの絵の人だ」とわかる、そういう絵だった。だが、勝之助は小首を傾《かし》げた。

「もう一枚描きます」

「首絵も頼みたい」

勝之助は小半刻《こはんとき》ばかりで五枚の立ち姿と顔だけの絵を描いてくれた。そして、遠慮がちに尋ねた。

「白戸さんは亡くなられたと、聞きました」

「死んではいない。しかし、なぜだ」

「大谷内《おおやうち》さんがそう言っておられました」

「大谷内、龍五郎《りゅうごろう》さんのことか」

「大谷内さんをご存知でしたか」

「彰義隊九番隊隊長、おれは龍五郎さんの下で、対外応接掛を務めた」

「先日まで久能山におられましたが、いまは沼津の大元寺という寺の、座禅堂に宿られているはずです」

「沼津にはどんなお役目で」

「なにか新しい事業を、藩から頼まれたということです。元彰義隊員を束ねて、なにかやるらしいのですが、彰義隊だった人たちは、静岡に入れず、あっちに多くいるようで、それで、沼津に移られたのです」

「沼津までお泊りさんが溢《あふ》れているわけか」

「わたしも血なまぐさい事件に巻き込まれて、静岡にいるのが厭《いと》われます。浜名湖の畔に招いてくれる方がありま す。魚や貝を獲って暮らしてみようかと思います」


絵を描くのが好きな若者だ、剣呑な静岡を離れたほうがいいのかもしれない。

大谷内龍五郎は庄次郎や利一郎より五、六歳の年長で、旧幕において白戸利一郎の父敬之助《けいのすけ》の下僚だった。白戸家に親しく出入りし、利一郎を弟のように可愛がっていた。奈緒と縁戚《えんせき》関係にあり、その縁談に関わったとも聞いていた。

庄次郎は勝之助を久能山の下、鳥居まで送った。長い石段をあわただしく駆け下りてくる者たちがあった。新番組の者だろう、勝之助と目礼を交わしている。

ここまで送れば、三保から追手がかかっても、手が出せまい。

勝之助と別れ、茶店の酒の酔いを秋風になぶらせて歩いた。牛の引く荷車に追いついて、百姓に十文ばかり摑《つか》ませ、荷台に乗せてもらった。荷台の稲束を枕に、深編笠を顔の上に載せて揺られていった。笠を透して、青い空が見える。トンビの声が聞こえる。

あわただしい足音が迫った。勝之助への追手か、と刀を引き寄せた。

「卒爾《そつじ》ながら」

絞り出すような声だった。庄次郎は深編笠をのけて、起き直った。荷車の横に、汗まみれの若い侍があえいでいた。月代《さかやき》もひげの剃《そ》り跡も青々としているが、髷《まげ》が崩れかけていた。

「武士の情け、かくまってくだされ」

侍は、荷車の荷の藁束《わらたば》に目をやった。言葉つきは江戸の者だが、見覚えはない。

「かくまうといって、わたしの荷車ではないのでね」

「殺される。助けてくだされ」

「だれに殺されるのですか」

「やくざです」

侍はうしろをうかがった。庄次郎も、からだを起こして見た。街道が遥か彼方で曲がっている、そこから数人の男が走り出てくるのが見えた。足元に砂煙が上がって、遠目ながら殺気がみなぎっている。いま侍が荷車の陰から出れば、ただちに見つかるだろう。

「親爺さん、どうしよう」

庄次郎は、こっちのやりとりが聞こえているはずの、牛を曳《ひ》く百姓に声を掛けた。

「やだよ、ありゃあゲジゲジどもだらぁ」

百姓はかなたの人群に顎をしゃくった。だが、侍は蒼白になって震え、荷車にかじりつき這いずり上がってしまった。

「平に、平にご容赦を」

藁束の中にもぐり込んでいった。窮鼠《きゅうそ》懐に入らば、という諺《ことわざ》はなかったはずだが、こうなればやむをえない。庄次郎は迷惑そうな百姓にうなずき、懐から財布を出して振った。

「博打ですか」

庄次郎は藁の中に声を掛けた。江戸のころから、逼迫《ひっぱく》した御家人がやくざの賭《と》場《ば》に出入りすることは珍しくなかった。

「そうではありません。卑しき諍《いさか》いです。わたしが見つかって、なにが起きても、必ず見捨てておきくだされ」

藁の中からは、それ以上の返事はなかった。庄次郎は、また仰向けに寝た。顔を見せておくために、深編笠はかぶせなかった。ほどなく、戦場でしか聞いたことのないような足音が三、四、五、追いついてきた。

「こいつだ」

「狸《たぬき》寝入りたぁ、いい度胸だ」

濁った声に取り巻かれ、片目だけ開けて起き直った。

「なにか用か」

庄次郎はのんびりと尋ねた。汗と埃《ほこり》にまみれ眼を光らせた、なるほどゲジゲジと評すに相応《ふさわ》しい面《めん》五つに、取り巻かれていた。すでに抜刀し、手槍を持つ者もある。

「なにか用か、だと」

「次郎長一家をなめやがって」

「斬っちまえ」

いきりたち喚《おめ》きつつ迫った。こやつらは追う相手の顔を知らないらしい。

「なにかの間違いだろう、おれはお前たちを知らん」

「ここに這いずり上がるのをちらっと見てるんだ。とぼけやがって」

斬りかかってきた長脇差をひょいと外すと、ひざの脇に刃が食い込んだ。相手の肩を蹴ると、他愛なくひっくり返った。

「この野郎」

槍で突きかかる、その顔に藁束が飛んだ。藁を撥ねのけて、さっきの侍が立ち上がった。

「人違いすな、貴様らの相手はわたしだ」

侍は抜刀して、荷車から飛んだ。やくざに斬り込むと見せて、走った。やくざどもがそれを追う。

侍は、卑しき諍いと言った、必ず見捨ておきくだされ、と言った。わずかに礼節を残すふうの若者だったが、無禄移住の貧窮に耐えられなく、博打にでも手を出したのだろう。庄次郎は止まってしまった荷車の上を動かなかった。

侍は向こうの田んぼの中に追い込まれた。刈り田ながらぬかるんでいるらしく、侍もやくざどもも、足首まで埋まり、滑っている。侍はついに稲叢《いなむら》を背に囲まれた。見ているだけでもどかしい、奇妙な斬り合いが始まった。

上野の山に立てこもった彰義隊士の中にさえ、ろくに剣術ができぬ者がいた。侍は普通の腕前と見えたが、やくざとはいえ五人を相手に戦って、どこまで持ちこたえられるだろうか。ただ、足元の悪さが侍に利した。踏み込むやくざが足を取られて倒れ、侍が滑って槍が空を突いた。からくり人形の歯車が壊れたように、六つの影がぎこちなく動いた。もたつき、粘りつくような斬り合いだった。何流なのか、正確に剣を振る侍に、秩序もなく群がるやくざたちは踏み込めず、苛立ち喚《おめ》きたてた。そして、田の泥を掬《すく》っては一斉に投げ始めた。避けきれぬ泥が侍の胸といわず顔といわず、襲った。

田んぼの中で泥を投げ、刀を振りまわす者たちの姿は、眼の前で起きていることながら、陽炎《かげろう》の向こうに透かすような、絵空事に見えた。一つの時代の一幅《いっぷく》一齣《ひとこま》だった。庄次郎は荷車の上に立ち上がった。やはり見捨ててはおけぬ。だが、そのとき、泥が眼に入ったのだろう、侍は片腕で顔を拭い始めた。稲叢のうしろに手槍を持つやくざが廻り込むのが見えた。

「うしろだ」

庄次郎は叫んだ。しかし、その声が届かなかったのか、届いても動けなかったのか、侍は前から斬り込んだ刃を受け、同時にうしろから稲叢ごと手槍に刺し貫かれた。次々に刃が侍に叩き込まれ、突っ込まれ、吹き上がる血が見えた。

ペッと、牛を引く百姓がつばを吐いた。

「田んぼ汚《けが》しやがって、罰あたりどもが」

三

「なんという日だ」

刈り取りの済んだ田と、まだ黄金色の稲田がくっきりと分かれている。これほどやさしい秋の日の下、きのうは三保神社の神主、そしていまお泊りさんだろう若い侍の、無惨な殺戮《さつりく》が繰り広げられた。穏やかな駿河に、敗けて猛々しい江戸がそっくりそのまま移ってきたためだろう。

庄次郎は荷車を降ろしてもらった。

やくざたちが追って来たほうに、戻っていった。次郎長一家と言っていた。殺された若い侍が、清水でなにをしたのか、多生の縁、庄次郎は見届けたくなっていた。

三保への分岐を過ぎて、港と思われるほうに歩いていった。二町ばかり行ったところで、向こうから走ってきた者たちが、異様な緊張のうちに行く手に垣を作った。さっきより数が多く、一見してやくざだとわかった。庄次郎は構わず進んだ。

「お武家さん」

中にいた五十歳ほどの男が、慇懃《いんぎん》に声を掛けてきた。

「お前たちの探している侍は、向こうで斬られた」

「ほう」

だが、垣を崩そうとはしなかった。

「それがほんとのことか、どうすりゃ信じられるずら」

「お前はおれをお武家さんと呼んだからだ」

「だから」

「二言はないのだ、おれたちには」

「二言、三言のあるお武家さんが、当節増えてるでなあ」

「信じたくなければ、信じなくていい」

「信じられねえとなりゃ、通ってもらうわけにゃいかんずら」

「次郎長一家が天下の往来に関所を作るというのか」

「あっしらを次郎長一家と、なぜ知ってるだかね」

「向こうのやつらが、そう喚《わめ》いていた」

「次郎長一家が三一《さんぴん》を探している、と知っている。どういうことずら」

さっきの侍と次郎長一家のあいだになにがあったか、理非曲直はともかく、相対する男の態度は無礼極まる。

「刀を見せてもらうで」

「助六《すけろく》って柄じゃあないだろう」

「なんのことずら」

「往来でいきなり人の腰の物を改めるときにゃ、紫の鉢巻をして——、いいや、だめだな、そのご面相じゃあ」

男の黒い顔が赤黒く染まった。

「お武家さんは山岡鉄舟《てっしゅう》先生とうちの親分の間柄を知らねえだか」

「山岡さんがやくざ者に無法を許したとは、承知していない」

「とにかく、一緒に来てもらうで」

「駕籠《かご》にならで乗ってやるぞ」

そのほうが人目につかぬ、閉じ込めた形にできるとでも思ったのか、すぐに駕籠をつかまえてきた。庄次郎は駕籠に揺られていった。やくざどもがものものしく取り囲んでいるせいか、駕籠にはたちまち野次馬の群れがたかってきた。「捕まったらしいぞ」という声高な野次馬の声に、庄次郎は事件の概要を聴こうとした。

——一刻ばかり前のことになる。

次郎長一家を若い侍が訪ねた。お上さんはいるか、と応対の若い者に言った。

「いることはいるけえが、用はなんずら」

「杉田佐治衛門《すぎたさじえもん》、谷中《やなか》の佐治さんが来ていると、伝えてくれ」

やがて出てきた婀娜《あだ》っぽい大年増に、侍は破顔した。

「やあ、お茂《しげ》さん」

「いまはお蝶《ちょう》っていうんですよ」

なんの感情も浮かべないのが最大の好意とでもいう、女の顔だった。

次郎長は幾人かいた女房に、すべてお蝶と名乗らせた。苦労の末に死なせた最初の女房を忘れないためともいうし、丁半博打の丁の目が好きだったからだともいう。

それにしても、女は硬い口調といい、旧知に対していきなりの挨拶ではない。侍は、出鼻をくじかれたが、卑屈に笑顔を残した。

「ははは、そうか、お蝶さんか」

お茂は片頬に笑みもなく、さらに自分から口をきこうともしない。

「その、実は、今度駿府に住まうことになってね。あんたが清水で良い羽振りだって聞いて、ご挨拶にまかりこしたってわけなんだ」

「それはどうもご丁寧に」

お茂は出てきたときのまま、片方の足首を立てて、片膝を軽く浮かせる座り方を直さなかった。それがさっさと切り上げたがっていることをあからさまにしていた。

「いやあ、懐かしいね」

侍はお茂の態度を無理に無視していた。お茂は控えていた若い者に目配せして、下がらせた。お茂が以前江戸は、柳橋から芸者に出ていたことは、だれも知っている。侍はそのころの馴染《なじ》みの客だったようだ。侍が話を当時に持っていこうとしているのを察し、お茂は聞かれるのを嫌ったのだろう。

そのあと、若い者は侍が「三両」というのを漏れ聞いている。「親が腹を空かせて」とか「一両でも」という声を聞いて、しばらくして意味もわからぬ怒声になり、重く乱れた足音になった。飛び出していってみると、お茂は首筋から血を噴き出してもがいており、侍が外に消えるところだった。

清水一家は大騒ぎになった。

次郎長は外出していたが、大政がいた。侍を追わせる一方、次郎長に急を知らせ、子分を集めた。この間に、お茂は絶命し、侍を追って出た子分の多くが、行方を見失って戻ってきた。

大政は集まった子分に、それらしい侍がいたら刀を改めろ、血脂が認められたら、腕ずくでも引っ括《くく》って来いと下知して、八方に飛ばせた。自分も子分を連れて侍を探しに出た。

それがここまでに起きたことだった。

無禄移住してきた幕臣たち、とりわけ下級の御家人たちは困窮の極みを味わっているようだ。卑しき諍い、と言ったのだから、あの侍はいささかは恥を知っていたのだ。その恥を忍んで、昔馴染んだ女に金を無心にいったのだろう。

普通のやくざではなく山岡鉄舟のお覚えもめでたい次郎長、その女房だったから、いくらかは貸してくれると思ったのか。だが、尾羽打ち枯らした御家人など、けんもほろろの扱いだったのではないか。侍はそんなところに金を借りに行ったみずからに絶望し、多少とも恥を知るだけに余計逆上したのだろう。

四

駕籠が降ろされ、庄次郎は外に出た。

次郎長一家の前なのだろう。庇《ひさし》を低く構えた町家の前で、庄次郎は改めて男を見据えた。大政というのは、この男らしい。さして大きな男ではないが、小政との対で大政なのだろう。

次郎長は、伊勢の博徒同士の喧嘩《けんか》に助っ人に出かけた折、講釈師を伴って喧嘩の始終を講談に仕立てさせたという。一人しか死者が出なかった喧嘩を「荒神山の決闘」と名付けて、村祭りの掛け小屋などで語らせた。国を挙げての大きな戦さは、人々の気分をも荒々しく染めていたのか、評判になった。庄次郎が大政小政などという名を知っているのも、そこからだった。

庄次郎は、少し前まであった武士への畏敬《いけい》や遠慮を、いまさら求めはしない。だが、いま大政に見る横柄さは、凋落《ちょうらく》した武士階級をあなどるものというより、山岡鉄舟の威を借りたものに見えた。

野次馬の群れは、目引き袖引きしてしゃべり合っている。すでに庄次郎を犯人扱いしていた。

ちょうど別のほうから来た一行がある。

小柄な、しかし威圧感のある老人と、それに従う荷物担ぎの頑丈な男だった。

親分親分と子分たちが迎えているから、他出していたという次郎長が、事件を知らされ戻ってきたのだろう。

そのときまた、庄次郎たちのうしろにあわただしい足音が迫った。さっき荷車の庄次郎を取り巻いた子分たちだった。

「斬った、やっつけた」

息せき切って、子分は大政の前に報告した。

「本当か」

「いま死骸《しがい》をこっちに運んでくるで」

大政はばつが悪げに庄次郎を見た。

「聞いたとおりだ、行ってええ」

大政は庄次郎にそう言った。庄次郎は大政を無視して、小柄な老人の前に進んだ。

「次郎長親分、わたしは土肥庄次郎という者だが、お気の毒なことでお悔やみ申し上げる。だが、だからといって、あんたの子分たちが町中で無法な言い掛かりをつけて廻ったことが許されるわけじゃあないだろう。こんなときだが、二度と会うこともないだろうから、一応苦情を申し立てておくよ」

野次馬たちの中から「ちがう」「ちがう」という声が上がった。

「やくざに道理を説くのは、たしかに違ってるかもしれないが」

「ちがうったら、親分さんはうしろ」

庄次郎は驚いて、荷物担ぎの男のほうを見た。顴骨《かんこつ》がぐいと盛り上がり、異様に鋭い眼光の男が、じっと見据えていた。庄次郎は啞然として、小柄な老人と見比べてしまった。男はなにも言おうとしない。ただ焼くような眼光を放っている。

「へえ、そっちが親分かい。じゃあ、聞こえてただろう」

次郎長はただ睨みつけてくる。

庄次郎は自分が茶番を演じている気がしてきた。と、小さく袖が引かれた。振り向くと、温厚そうな武士の苦笑があった。庄次郎は武士の苦笑に苦笑で返し、引かれるままに、その場を離れた。風貌からは書院番、それも頭といった感じの、男に訊いてみた。

「あの小柄な爺さんは何者ですか」

「町の大旦那です」

「なにをしてる人ですか」

「港の仕事で、あの旦那の息が掛かっていないものはないらしいですよ」

「つまり、強きを援《たす》けってわけですか」

庄次郎はやくざにまともに当たろうとした自分を、内心に嗤《わら》った。

先年、幕府瓦解に際し、江戸湾を脱して奥州に走ろうとした榎本武揚率いる幕府艦隊は、折からの嵐に吹き戻され、清水港に難を避けた。天候が回復して再び出港したが、咸臨丸《かんりんまる》だけは修理が間に合わず残った。それを見つけた官軍の軍艦に攻撃され、幕兵は一人残らず追い落とされ、屍《かばね》を港に浮かべた。後難を恐れてだれも手を出さなかったとき、次郎長が「仏に官も賊もない」と、収容して葬った。そのことを山岡鉄舟は徳として、維新後、謝して親交を結ぶようになったと聞く。

だが、次郎長は高位の山岡には小腰をかがめても、無禄の浪人風情には理非を説かれて応じる気配もなかった。女房を殺されて動揺していたとはいえ、所詮《しょせん》やくざということだろう。

それにしても、なおともに歩いてくる武士は何者なのか。

「ありがとうございました」

庄次郎は改めて礼を言った。

武士は怪訝《けげん》そうな面持ちになった。

庄次郎は礼の所以《ゆえん》を述べた。

「みずからを堕《お》とすところでした」

「ようございました」

武士は温顔のまま並んで歩く。どこかで会ったことがあるような気がするのは、その微笑みのせいだろうか。

早駕籠がうしろから追い抜いて行った。

どこかぶっつけられそうになったのか、武士はすっと避けた。発せられた気息に覚えがあった。

「あっ」

庄次郎は眼を剝《む》いた。

「わたしは榊原鍵吉《さかきばらけんきち》といいます」

庄次郎が気がついたことに、相手も気がついたようだ。屈託のない声で名乗った。

庄次郎は呻いた。

「あんたが榊原さんなら、なぜおれはここにこうして生きているんだ」

「なんのことですか」

「なぜあの晩斬らなかった」

あの夜の孤影が、いま傍らにいる。

榊原鍵吉友善《ともよし》、庄次郎より四、五歳の年長であるはずだ。貧乏御家人の倅ながら直心影流男谷《おだに》道場の門から推されて、築地講武所の剣術教授方、のちに師範役になった男だ。

御前試合で槍の高橋泥舟《でいしゅう》を破って、将軍家茂《いえもち》の剣術指南だったこともあり、当代随一の剣客としてだれ知らぬ者もない。塚原卜伝《つかはらぼくでん》と試合をしても勝つのではないかと、江戸の町では噂された。遠くから二、三度見かけたことはあったが、面体を知るほどではなかった。

逆立ちしても、歯が立つ相手ではなかった。あの邸で、数合刃を合わせたときも、転瞬に斬られて不思議はなかった。庄次郎は自嘲に鼻を鳴らした。

「自分じゃ互角に斬り合って、すれすれにかわしていたつもりだったが、なんのこたあねえ、あんたの寸止めの下で踊っていただけだったのか」

鍵吉は困ったように小さく呻いた。

「なにかあそこじゃ斬れねえわけがあって、つけ廻して機会を待ってたのかい」

鍵吉は小さく首を振った。そして、困惑を声にして言った。

「前様《さきさま》が大阪から船でお戻りになったとき、わたしは品川に護衛方々迎えに出ました」

前様とは慶喜のこと、大阪城から慶喜が逃げたときのことだ。

「前様はわたしに、横山町の尾張屋に走って、蒲焼《かばやき》を買ってくるよう命じました」

「蒲焼」

鍵吉は、慶喜が一万五千の兵を大阪に置き去りにしてきたことを、そのとき知ったはずだ。

とはいえ、一体、これはなんの話なのか。これがあの晩あの屋敷で斬らなかった訳だ、とでもいうのか。

「それからもう一つ、つけ廻してたのではなく、さっき次郎長さんにあなたが文句をつけているのを野次馬の中で聞いていて、あの晩の方とわかったのです」

次郎長と間違え小柄な老人に迫ったときの、それこそ気息によって悟ったのだろう。あの動揺する人ごみの中で、しかも離れたところから察知したのだ、やはり太刀打ちできる相手ではない。

「あんなところに、なぜあなたが、いや、その前に、申し遅れました、わたしは土肥です、土肥庄次郎という者です」

自棄になってぞんざいな口をきいていたのを改めたのは、相手が年長だとわかったからではない。改めさせるようなものが、鍵吉の居ずまいの中にはあった。

鍵吉は将軍の剣術指南まで務めた剣豪だ、藩から頼まれ、蟄居《ちっきょ》の慶喜を、いわば牢番の形で警護していたということなのか。否、あの晩は家屋の中から出てきて、警護の伊賀者から逃げ、庄次郎を逃がそうともした。

一体どういうことなのか。

「住まいは町の西の外れ、安倍川に近い小長井寺ですが、いまは一応久能山警護の新番組に勤めどころを貰っています」

新番組とは、旧幕時代に駿府城護衛に当たっていた一加番、二加番、三加番といった組織に加え、新しく作ったという意らしい。小林勝之助もそこに勤めていた。

「きょう、次郎長さんの女房を斬ったのは新番組の者らしいのです」

それで、鍵吉は久能山から清水に駆けつけていたのか。庄次郎は吐息をついた。

「ああ、酒呑んでおけばよかった」

「酒を」

不審を問う気配があった。

「末期の酒を、です」

「なんのことです」

「斬るんでしょ、わたしを」

その心構えに、からだが硬くなった。どう足掻《あが》いてもこの相手には勝てない。ジタバタせずに、斬られるしかない。だが、鍵吉は静かな声で言った。

「酒を呑みましょうか」

鍵吉の言葉には前後の脈絡がないように聞こえる。だが、どこかで首尾一貫、通じているような気もする。そして、酒は末期の酒ではないようだった。すると、庄次郎の喉が急にからからに渇いた。

五

伝馬町に入った。

文字通り、駿府の宿駅としての機能を果たしていた町で、参勤交代がなくなって少しさびれたが、なお人通りは多い。

「武士の商法といいますが、この辺りで蕎麦《そば》屋を始めて、結構流行《はや》らせている者がいます」

鍵吉はそこに誘うふうだった。庄次郎は暗に辞して言った。

「実は、わたしは上野の山に籠《こも》った者の一人です」

庄次郎は本来この地に立ってはいられない身なのだ。鍵吉と一緒のところを藩士に見られれば、鍵吉がとがめられる。会ったばかりの男だったが、なぜか気遣われる。

「構わんでしょう、そんなことは」

「いや、御迷惑かけたくありません」

「彰義隊にもずいぶん誘われたんです。しかし、土肥さんの前ですが、義を彰《あきら》かにするという、あの場合の義がわからなかった。難しい理屈をいうんじゃありません。わたしの義とは、ただご主君に従うというだけ、単純なことなんですが」

「それを言うなら、わたしなんかは、あのころ流行った、情人《いろ》を持つなら彰義隊っていう、色町の女たちの言葉に浮かされてですからね。水色羽織に白の義経《よしつね》袴《ばかま》、朱鞘《しゅざや》って形《なり》こそしませんでしたが、つまり、いい歳してもてたい一心」

鍵吉は返事に困ったように苦笑した。

「しかも、肝心のあの日には、そろそろ戦さ、生きてるうちにできることをしとかなけりゃと、吉原に流連《いつづけ》、砲声に飛び起きて駆けつけてみたら、山に通じる道は薩摩芋がぎっちり詰まってて、とうとう入り込めなかったというていたらくですから」

鍵吉はうふふと笑ってくれた。

「ここです、入りましょう」

鍵吉は軒行灯《のきあんどん》に勘亭流ともつかぬ素人文字がある店に入っていった。中に入って見知った顔があれば、鍵吉と一緒ではないように装って、即座に店を出るつもりだった。幸い、店内の顔四、五に見憶えのある者はなかった。鍵吉は蕎麦を打っている男と短い挨拶を交わしていた。

小上がりで鍵吉と向かい合った。

鍵吉は中肉中背ながら、着衣の上からでも、極限まで鍛えた筋肉の様がわかった。あの夜、鍵吉の影は倍にも見えた。だから、遭ってもわからなかった。涼しげな目元をしている。鼻も口元も穏やかな造りだ。

江戸で薩摩の者が挑発を繰り返していたころ、鍵吉と知らずにからみ、土下座を強いた。頭上に嘲笑って、さらにいたぶろうと姓名を名乗らせた。鍵吉が名乗ると、薩摩の侍は恐怖に駆られて、その場で小便を漏らしたという。小便云々は、何事につけ薩摩の者を嘲《あざけ》りたがった江戸っ子の作り話だろうが、鍵吉はそれほどに聞こえた剣客だった。だが、侮《あなど》られやすいほどに優しげな顔なのだ。

「前様を斬らねばすみませんか」

鍵吉がその顔のまま訊いた。

「だとしたら、わたしを斬らねばならぬってわけですね」

それには答えず、鍵吉は庄次郎を見据えてきた。

「前様を、護ってやってはくれませんか」

その唐突さに、庄次郎は息を詰まらせた。前様とは慶喜のことだ。慶喜を斬るために邸に忍び込んだ男を、逆に護衛に仕立てようという鍵吉の真意は、即座には測りかねた。

「前様は切れすぎるのです。眼の前に見ていることではない、その彼方まで見えてしまう方なのです」

家康の再来といわれていたことくらい知っている。そんなことは慶喜を一橋家に売り込んだ父、水戸斉昭《なりあき》の惹句《じゃっく》だろう。だが、慶喜の資質を云々するのではない、庄次郎は慶喜の為したことが許せぬのだ。

小女《こおんな》が来て、鍵吉は酒と蕎麦がきをあつらえた。

「鳥羽伏見で、かけがえのない者たちを失いました」

小女の背中を見送ってから、庄次郎は言った。それだけで意味は通じ、今度は鍵吉が詰まったようだ。

なお望みを残しているが、ここまで利一郎の消息がないことに、ときに心はくずおれる。利一郎は、あのとき薩摩勢に向かって、刀もなく突っ込んでいったが、真実のところは慶喜に向かって刃をかざしたのだと思う。

あの朝の驚愕と絶望、そして怒り——

街道に手足のない屍をさらし、首のない屍を累々とさらしていた将兵を思えば、いまも眼が充血してくるほどの怒りが湧く。コチ助の半分になった顔も蘇《よみがえ》る。

「かけがえのない者たちと申しました。中に一人の友、白戸利一郎がおります。ご存知じゃありませんか」

「千葉定吉《さだきち》先生のところの」

流儀こそ違え、剣に秀でた後輩のこと、名前は耳にしていただろう。庄次郎は手短に、大阪城下での利一郎の姿を語った。

「自裁しようとしていたというより、あれは前様によって、死に突き飛ばされたのだと思います」

庄次郎はそう結んだ。

鍵吉は大きく息をついた。

酒と蕎麦がきが来るまでなにも言わなかった。庄次郎は鍵吉に差され、差してやり、呑んだ。新しい客が入ってくると、庄次郎はその顔をうかがった。もし知人だったら、知らぬ顔をしなければならぬし、向こうにもそうしてもらわねばならぬ。

「土肥さん、いいんですよ、あなたと呑んでいることをとがめられるなら、そういう藩にはいたくないですから」

鍵吉がすぐに気配を察して言った。

庄次郎はかぶりを振った。鍵吉にいまの居場所を失わせたくない、という気がする。

「土肥さん、前様を護ってやってくれませんか」

また同じことを、鍵吉はぼそりと言った。

「なぜわたしを誘うのですか」

どのように考えを巡らせても、なぜ鍵吉が自分を誘い込もうとするのか、庄次郎には思いつくところがない。

「なぜ」

鍵吉は驚いたような声を出した。そして、なぜだろうと自問するふうだった。

それから、改めて目を上げた。

「前様はお命を狙《ねら》われています」

おれが狙っていると知っていて、いまさらなにを言っているのか。庄次郎は鍵吉の顔を見直してしまった。

「相手は土佐の者だと思います」

思いがけないことだった。

「いまになって、土佐がまたなんのために」

「坂本竜馬の仇討ちを掲げています」

庄次郎は意外な名前を聞き、眼を見張った。竜馬をだれがなんのために殺したのか、はっきりとわかっていない。

「榊原さん、坂本さんが考えていたことは幕府を討つことで、将軍を弑することではなかったはずです。遺された、土佐の者たちが、その志に反するようなことをするものでしょうか」

「坂本竜馬を暗殺したのは、幕府の者ですから」

龍馬暗殺は新撰組、という世間の噂を言っているのだろうか。鍵吉は続けた。

「坂本竜馬を殺したと自白した者がいます」

「新撰組ではないのですか」

「見廻組です。与頭《くみがしら》の佐々木只三郎、これは鳥羽伏見から落ち延びて、紀州で死んでいます。いま駿府の獄にいる今井信郎という男は、暗殺のときの見張りだったと言っているそうです」

今井とは、鳥羽街道で遇った男だろうか。

「そんな言い逃れを、薩長はともかく、土佐が認めるとは思えません」

「見張りだけというのが本当のことでも、死罪はまぬがれないところです。ところが、放免になるようです」

「放免して、土佐の者に斬らせるというようなことですか」

「今井は、わたしの剣の弟子です」

庄次郎は呻いた。下駄のような四角な顔と、下駄の鼻緒のような太い眉が思い浮かんだ。

「今井が真実坂本竜馬を斬ったのなら、わたしが今井を斬ります」

言っておかなければならぬと思い、庄次郎は言った。利一郎がやろうとしていたことだが、志を継ぐ。気配が動いた。庄次郎は身を縮めた。斬られるとまでは思わなかったが、殴られるかもしれないとは思った。

「勝《かつ》さ」

鍵吉が呟《つぶや》くほどに言った。だれに勝つというのか、わからなかった。庄次郎は顔を上げた。庄次郎の背中のほうから声が当たった。

「鍵吉」

勝海舟《かいしゅう》が鍵吉に目を据えて寄ってきた。勝を知らぬ旗本御家人はいないが、向こうはこっちを知るはずもない。だが、鍵吉が小上がりを降りるのに連れて、庄次郎も土間に降りて会釈した。藩内に立ち入りを禁じられている元彰義隊士としては、顔を伏せていたままがよかったのかもしれぬが、それはそれで礼を失するかと憚《はばか》られた。

「江戸、いや東京だと聞いておりましたが」

鍵吉が訊いた。

「いま帰ってきたところさ。なにしろ無性に江戸の蕎麦が食いたくなってね」

海舟は出てきた亭主が奥にうながすのにうなずき、言い足した。

「鍵吉、あとでちょっと奥に来てくれ」

海舟は小さく顎を動かし、庄次郎にももう一度会釈して、通っていった。庄次郎と鍵吉は座に戻った。

「ちょうどいい、土肥さん、勝さんに紹介しましょう」

「え、いや、それは」

庄次郎は手を団扇《うちわ》のように横に振った。

勝の度量も、為したことどもも知っていて、仰ぎ見る思いはある。だが、昼間清水のやくざが山岡鉄舟の名を口にした場面が思い出された。勝に紹介され面識を得れば、あの輩《やから》と同じ場所に立つことになりかねない。

「心があり力がある者が一人でも多く勝さんを支えて上げなければ、あの方だって終いにはいやになる。いやになられたら徳川家はそこで終わりです」

「徳川家の禄を食《は》んだことのある者なら、だれだって勝さんを支持するでしょう」

鍵吉は苦々しげに、再びかぶりを振った。

「いや、静岡に移住してくるとき、勝さんが家を出た直後、官軍が空になった家に乱入したといいます」

「官軍が、ですか」

新政府からも、勝は一目《もく》も二目も置かれているのではなかったか。

「向こうにもいろいろ内訌《ないこう》があって、一派が勝さんを捕縛しようとしたらしいんですが、それがこっちに伝わると、前様は鼻で笑われて、勝お得意の自作自演だ、とおっしゃったそうです」

庄次郎には意味がわからなかった。

「土肥さん、前様は勝さんが官軍に頼んで空家に乱入させ、あくまで勝さんは徳川側だと印象付ける茶番だ、とおっしゃったんです」

庄次郎は啞然とし、同時に不審に堪えなかった。そんなやつを、と思ったが、そのまま口にはできない。

「そういう前様を、榊原さんは護れと言われるんですか」

「勝さんも前様を護り通すお覚悟です」

庄次郎は、いかなる脈絡とも覚えぬまま、慶喜の食った蒲焼と、いま勝が食っているだろう蕎麦の味を思った。蒲焼も蕎麦も江戸の味だが、反対方向にある味だ。それがいま、この静岡で混ぜこぜになっている。混ぜこぜの味は、いったいどんなものなのだろう。

第四章　おんな淋漓《りんり》

一

「おけいさん芝居に、似た人がいるそうですよぉ」

「おけいさん芝居たぁなんだい」

「知らないんですかぁ、お泊りさんの娘、おけいさんが一座を組んで、評判なんですよぉ」

セキに頼んで、人の多く寄りそうなところに、奈緒の絵を配った。その一人、おけいさん芝居の木戸番が、さっそく知らせて来たという。

教えられた伝馬町の芝居小屋、松緑亭に行ってみた。古めかしく大きな芝居小屋は、色とりどりの幟《のぼり》をはためかせていた。木戸番の若者に声をかけ、楽屋に通してもらった。出番前の調子合わせなのか、三味線や太鼓、笛の音が入り乱れて聴こえてくる。観客の詰め掛ける気配が、潮騒《しおさい》のように伝わってくる。間近に男の足音、女の足音が行き来する。

化粧を整え、出を待つばかりのおけいさんが出てきた。挨拶《あいさつ》もそこそこに、勝之助に描いてもらった首絵を出した。

「白戸奈緒、あるいは内藤奈緒と名乗っているかもしれません。一座におられると、人伝《ひとづて》に耳にしました」

おけいさんは小首をかしげた。二十歳《はたち》ばかりというから年増《としま》に数えていいのだろうが、濃い化粧が塗り込めえぬ、気品を漂わせていた。

「土肥様も無禄移住ですか」

おけいさんが逆に訊いた。そして、答えを聞く前に続けた。

「一座の者は、みな江戸から来ています。町家の者だけではなく、わたくしのような武家の娘もおりますが、ここではどなたも芸名を名乗ってもらっております」

おけいさんは香盤《こうばん》を見せた。そこに並ぶ名前は、一見しただけで芸名とわかる、華やかなものだった。

「一座に加わっていただくときにも、家名をうかがってはおりませんし、奈緒さまという名前の方はおりません」

「多少とも似通った人が、一座にはおられませんか」

庄次郎は絵を示し直した。おけいさんはただ見入るだけだった。男衆が大きな土瓶と茶碗を盆にのせて入ってきた。

「あ、もう一つお茶碗を」

男衆がかしこまって下がった。そして、すぐに茶碗を持ってきた。おけいさんは絵から目を上げ、二つの茶碗に茶を注いだ。お茶ではない、変な匂いが立ち上った。一つを庄次郎に差し出した。

「薬草を煎じたものです。からだにいいそうですから」

「それは、どうも」

茶処として、江戸でも知られた静岡で、変なもてなし方をする女だと思いながら啜《すす》った。

「間もなく幕が上がります。初めに一座全員で踊ります。舞台をご覧になって、お確かめになってください」

おけいさんは舞台への通路を見やった。

「いや、決してお疑いしているわけではありませんので」

庄次郎はかぶりを振った。薬湯をさらに啜って、眉をしかめないよう耐えた。

と、怒声と荒々しい足音が乱れ、五人の若い武士が乱入してきた。

「お前がおけいか」

返事も聞かばこそ、残りの者も口々に喚いた。そのたびに酒の匂いが強くなった。

「腐っても武士の娘ではないか」

「河原者の真似をして、家名に傷をつけているとは思わんのか」

おけいさんは背筋を伸ばして向かい合い、一語も発しない。武士たちはおけいさんの美しく、凜《りん》とした姿に余計猛り立つようだった。

「江戸の恥だ」

そこで、庄次郎は若い武士たちに向き直った。

「江戸の華、じゃあないのかい」

ゆっくりと訊き返して、改めて名乗った。

「拙者、一座の用心棒でござる」

団十郎の声色《こわいろ》のつもりだった。

「談判は拙者が受け申す。ここはいささか手狭、こちらにどうぞ」

庄次郎は猛々しい若い武士たちを、舞台と思しきほうに、導いた。

「さあ、ここで承ろうか」

幕の裏で、若い武士たちも、そこがどんな場所なのかわかったようだ。いきなり一人が抜刀しようと、刀の柄に手をかけた。庄次郎はすっとその懐に寄って、頭頂に拳の一撃を加えた。へたり込む若い武士の襟髪《えりがみ》を摑んで、他の者に向き直った。

「次は鼻の骨を折る。せっかくだから、見物衆にも見てもらおうか」

庄次郎はついてきた小屋の若い衆にうなずいて見せた。若い衆が心得て、幕開けのために幕を摑んで見せた。若い武士たちがたじろぐところに、庄次郎はかぶせた。

「さあ、盛大に江戸の鼻血をご披露と行こう」

一瞬に倒された仲間を見た若い武士たちは、唸るばかりだった。おけいさんがするすると出てきた。若い武士たちに札を配り始めた。

「さ、これで、見物席に廻って、観ていってくださいな」

若い武士たちは呻《うめ》き、札を捨てて、まだふらふらしている仲間を担ぐように引き揚げていった。

「ありがとうございました。見物の方々がお待ちかねです。土肥様も、向こうからご覧になってください」

おけいさんは幕の端を少し開けて、庄次郎を招いた。庄次郎はそこから見物席に下りた。

江戸の芝居小屋より少し小さいだろうか。畳敷きの客席の左側に花道が通っていた。客席にはぎっしりと客が詰まっていた。小屋の若い衆が設けてくれた席に、庄次郎は座った。

花道から赤、青、黄色の色彩が繚乱と湧き出した。同時に幕が上がった。二十人ばかりの娘たちが三味線、笛、太鼓に合わせて、たおやかに舞った。群舞のうしろから白い花が咲き出るように、おけいさんが踊り出た。凜とした姿だった。

庄次郎は娘たちの一人ずつに眼を凝らしてみた。同じような化粧で容貌は隠せても、立ち姿に見覚えがあるはずだった。

奈緒はいなかった。

踊りが終わると、書割《かきわり》に日本橋が描かれた舞台で、芝居が始まった。町家の娘と小姓風の少年との恋模様が、江戸情緒てんめんと繰り広げられた。前髪立ちの少年も娘が演じているようだったが、奈緒ではなかった。

芝居の途中で立ち、外に出た。書割の日本橋と、目前の雑踏が混じり、江戸への郷愁が切なく湧いた。

「土肥さん」

深編笠をかぶろうとしたとき、うしろから低く呼びかけられ、振り向くと榊原鍵吉の柔和な顔があった。

「榊原さん」

「おけいさんとお知り合いですか」

「いや」

「そうですか、さっき舞台のほうから客席に下りてこられたから」

庄次郎はあっけに取られた。

鍵吉も客席にいたことになる。

二

駿府の戸数は、約四千五百、二万余人が住んでいた。そこに、江戸を追われた徳川家臣団、その家族、従者たち数万人が移り住んだ。多くは無禄、生活の当てもない移住だった。夏の終わりから秋にかけての移住だったが、多くの者たちは住むに家なく、冬には餓死者さえ出た。新政府に敵意を持つ者が多く、新政府は密偵を潜入させ、警戒しているということだった。鍵吉が密偵などであるわけがないが、如何《いかん》せん娘芝居は不釣り合いだ。鍵吉は並んで歩きながら、なにも言わなかった。妙な沈黙が続いた。

先日の蕎麦屋の前に来ていた。暖簾《のれん》をくぐって、座を占める前に、鍵吉は酒をあつらえた。鍵吉も酒が入らぬと、舌が滑らかにならぬふうだった。銚子一本ずつを空け、それから蕎麦を頼んだ。

「わたしは芝居興行をやろうと思うのです」

鍵吉はそう言った。

は、という変な声をしか、庄次郎は漏らすことができなかった。

「その参考に『おけいさん芝居』を観に行ったのです。きょうで三回目です」

庄次郎は、口は開けなかったが、開いた口がふさがらぬ思いだった。鍵吉はまた少し呑《の》んだ。なにかを、酒で解こうとしていた。そして正眼に構えるように、視線を当ててきた。

「土肥さんにお願いがあります」

「いや、例の件なら」

庄次郎は強く首を振った。

「そのこともですが、土肥さん、芝居興行を一緒にやってもらえませんか」

庄次郎はさらにあっけに取られ、返す言葉もなかった。鍵吉は風貌、立ち居振る舞い、すべて規矩《きく》によって自己を律している男に思われる。だが、その言うところは突拍子もなく、規矩を逸脱している。

「先日来、おけいさん芝居を観ながら、いろいろ考えています」

「芝居とは、おけいさん芝居のような、踊りなどもある芝居ということですか」

「まあ、そうです」

庄次郎は放蕩の時代に、剣の修行より熱心に踊りを習った。だが、鍵吉が仮にもそんな遊芸にうつつを抜かしていたはずがない。

「榊原さんはわたしに前様《さきさま》を護れとおっしゃる。今度は芝居をやれというのですか。なぜですか、なぜわたしなどを誘うのですか」

「なぜといって」

鍵吉は、思いもかけぬ問いかけをされたように戸惑って見えた。

「土肥さん、わたしは剣術芝居といったようなものを考えているのです」

「剣術、芝居」

天と地ほど違うものを並べた、としか思えなかった。

「一座を組んで剣術を見世物にしたらどうか、と思うのです」

庄次郎は鍵吉の顔を見直した。冗談を言っている顔ではなかった。蕎麦が来て、鍵吉が箸を取った。もう一度、庄次郎は問うた。

「なぜですか」

「おけいさんは踊りが得意だから、一座を組んで踊りや芝居を観せる。剣術しか能のない男が剣術にたつきの道を求めても、不思議はないと思うのですが、みんな驚くので自分も驚くのですよ」

なぜおれを誘うのか、という庄次郎の問いには答えていなかった。

「榊原さんは大番頭《おおばんがしら》と聞きました。うしろからでなく、藩は正面切って難じるでしょう」

「自助を目論む者に故障を申し立てるほど、藩に余裕はありません」

「榊原さんなら、この駿府で道場を開いても、門弟はいくらでも集められます」

「いや、江戸でさえ道場は軒並み潰《つぶ》れています」

庄次郎は黙すしかなかった。

「江戸で剣を教えていた者の何人かが、無禄移住に混じって来ています。そのような衆も集めて、一座を組もうと思うのです」

「たとえば御前試合のようなことを観せるのですか」

「いや、ああいうものは、町方の者には勝敗すらわからんでしょう」

「では、居合抜きとか、斬り合いの形だけ観せるとか」

縁日で歯磨き粉や薬を売る、その人集めに普通では抜けないような長刀を抜いて見せる芸がある。あるいは、二人で踊る剣舞のように、あらかじめ差す剣引く剣と形を決めておいて、あたかも真剣勝負のように立ち合ってみせれば、剣術芝居にはなるかもしれない、と庄次郎は思った。庄次郎の胸の内を読んだように、鍵吉が首を横に振った。

「そういうものでは、一試合二試合で底が見えて、あっという間に飽《あ》きられるのではないでしょうか」

「では、曽我《そが》兄弟の仇討ち、荒木又右衛門《あらきまたえもん》の鍵屋《かぎや》の辻、忠臣蔵の討ち入りなんかを、こんなふうだったと再現して観せるわけですか」

「あ、なるほど、それは面白い。そういう面白い案を形にすること、それがわたしの求めているところなんです。土肥さん、ぜひ一緒に考えてもらえませんか。各流派の剣術の、それぞれ極意みたいなところを、いろいろとり混ぜ、工夫して観せ、口上で引っ張れば、一刻くらいは飽かず観せられるのでは、と思うのです」

「榊原さんなら神業みたいな技を観せられるでしょうが、しかし、それこそ町の者たちに転瞬の技は見てとれぬのではないでしょうか。そんなものは手妻の類《たぐい》としか見られないでしょう」

「土肥さん、その蕎麦を一本箸で摘《つ》まんでくれませんか」

鍵吉はふっと笑みを浮かべた。庄次郎は、酒の当てに食べて、笊《ざる》に残った何条かの蕎麦を見た。

「短いやつがいいです」

庄次郎は三寸ばかりの蕎麦を一本、箸に摘まんだ。

「それを額あたりまで上げて、随時に落としてください」

なにか試されるのか、と箸を開いて蕎麦を落とした。幽《かす》かな音がして、目前に鳥の翼がかすめた。一寸ばかりに切れた蕎麦の切れが三つ、はたと笊に落ちた。

鍵吉は刀代わりに使った箸一本を、すでに卓に置いていた。額から顎《あご》までの距離を蕎麦が落ちる間に、箸をとり、二度斬ったのだ。

「子供騙《だま》しです。それにこんな小さな規模の術では、二、三人の客にしか観せられません。野天でやろうと思いますから、もっと図体の大きな術でなければ駄目でしょうが、わたしの考えている見世物とはこの類のことです」

「なぜわたしを誘うのですか」

もう一度、庄次郎は訊いた。

「なぜ、といって」

鍵吉は虚を衝かれたような顔をした。

「土肥さん、わたしは人は斬れないのです」

「まさか」

「いままでに、一人も斬ったことはない、見世物が相応の剣術なのです」

それはそのようなことではないはずだ。斬ろうと思えばいくらでも斬れるが、斬らずに済ますことができるのだ。先夜、慶喜を斬ろうとした、その前に立ちはだかった剣は、そのような剣だったのか。庄次郎は、鳥羽街道で薩摩の兵を斬ったときの、刀が相手の肉に食い込む感じを、腕に蘇らせた。巻き藁《わら》や竹などを斬ったときの手応えとはまるで違う、他に譬《たと》えようもない、軋《きし》るような感じだった。何人斬ったのかも憶えていなかった。だが、そのような経験が芝居には必要だ、と鍵吉は思うのだろうか。

三

白昼ながら、深編笠を右手にして、それをかぶることも忘れていた。なぜ自分を誘うのだという問いに、ついに鍵吉は答えることはなかった。鍵吉自身にも、わかってはいないようにも見えた。

いつの間にか元の代官所、鍵吉が護ってやってくれという、慶喜の蟄居《ちっきょ》する屋敷に近づいていた。芝居など自分にできるだろうか、と庄次郎はなお惑う。用心棒もたわむれ半分でやっていることだ。

「日々開化の暖簾《のれん》」という、無禄移住、お泊りさんが静岡で営み始めた、商店の繁盛振りを番付にした刷りものを、セキに見せられたことがあった。そこには小間物屋から豆腐屋、本屋、下駄屋、煮豆屋、家相人相見まで三十数種の店が並んでいた。

おれはなにになればよいのか、という煩悶が庄次郎にはある。武士でしかないが、武士であるためには仕える主を持たなければならない。だが、その主に捨てられた。では、いま自分は何者なのか。

蹌踉《そうろう》と佇《たたず》む背後から、あわただしい物音が近づいた。肩越しにうかがうと、奇態なものが砂埃《すなぼこり》を上げて走ってきた。それは駕籠に大きな車を付けた態のもので、それを荷車のように曳いている。従者なのか、羽織の裾をひるがえして、かたわらを走ってくる者があった。庄次郎があきれて見ていると、駕籠車は元代官屋敷の門前にぴたりと停まった。屋根が折りたたまれるように上がった。庄次郎は編笠をかぶり、さりげなく立ち去ろうとした。

「わあぁあおぅ」

甲高い叫びが背中に当たってきた。

しまった、と内心にほぞを噛《か》んだ。

慶喜を狙って屋敷に潜入した男の体格好、大まかな人相くらいは警護の伊賀者たちはすでに心得ているのかもしれない。再び様子をうかがいに来ると読んでいた曲者が、白昼門前に現われ、伊賀者たちは色めき立って殺到してきたのだろう。庄次郎は振り向きざまに追手を斬る構えでからだを開いた。

「土肥ぃぃぃさん」

さん、をいい終えた男が顎の下にいた。小作りな顔も小さなからだも、丸っこい男がいきなり庄次郎の右手を握って打ち振った。

庄次郎は呆然としていた。次第によっては斬るつもりに構えていた右手が、あっという間に制せられ、上下に振られている。

「渋沢《しぶさわ》」

「訪ねてくれたんですね、土肥さん」

「いや、その」

「ありがとうございます。お久しぶりです。さあ、どうぞ中に、家《うち》でゆっくりお話を聞きましょう」

「わたしは、ただ」

「こんなところじゃなく、知らない仲じゃないんですから、中でお待ちになってくだされればよかったんですよ」

渋沢は腕を摑んで、ずんずんと門内に入っていこうとする。庄次郎はさすがにたじろいで、足を止めた。渋沢はもがくように引っ張ったが、庄次郎は動かない。

「土肥さん、庄太郎さん」

渋沢が見上げてきた。名前を間違えていたが、それを正すよりも聞き質さねばならぬことがある。

「ここは」

「家《うち》ですよ、渋沢の家なんだから、遠慮なんかいらないんです」

庄次郎は驚いて門柱を見直した。そこには確かに「渋沢栄一《えいいち》」の表札が掲げられていた。呆然としているうちに、庄次郎は門内に引き込まれてしまった。

四

渋沢栄一は庄次郎の六、七歳、年下であるはずだったが、親しかった。いや、名前を間違えているくらいだから、それほど親しかったわけではなかったのかもしれないが、親しかったと思わせる男だった。庄次郎だけではなく、だれにもそう思わせていたのだろう。そういう人柄だった。

渋沢は武州血洗《ちあらいじま》島の百姓の出、尊王攘夷に血道を上げていたが、どういう経緯からか一橋家の側用人平岡円四郎の目にかなって、家臣になったと聞いていた。

慶喜には珍しい、子飼いの家臣だ。おそろしく理財の道に長《た》けて、そのころは一橋家の当主だった慶喜にも重用されているということだった。

　その渋沢が、いつの間にか慶喜の幽閉されていた屋敷の主に納まっている。なにがあってのことか、なんのための静岡藩の措置なのか、庄次郎の想像の埒《らち》を超えている。

　庄次郎は泉水を見渡す大きな座敷に招じ入れられても、まだなにがなんだかわからないでいた。渋沢は邸内に入るなり命じた茶菓が出てくるのも待たず、高い声でまくしたて始めた。

「いやあ、お訪ねいただいて、ありがとうございます。さっそくですが、どのような方面をご希望ですか」

「方面とは」

「算盤《そろばん》など見たこともないお育ちでしょうからね」

「家にもあることはあった。子供のころあれを尻に敷いて廊下を滑って、壊しちまった」

　庄次郎は戸惑って、我ながらおかしな返答をしてしまった。渋沢は膝を叩いて、大きな声で笑った。

「やりましたよ、わたしも。あれは子供にとって抗しがたい誘惑です」

庄次郎が何用かあって訪ねてきたのだ、と渋沢は誤解しているのか、あるいはそのように装ってなにかさぐり出そうとしているのか。庄次郎には見極められなかった。

「いや、算盤など達者でなくて一向に構わんのです。土肥さんなら、鳥羽伏見のみぎりには定めし一隊をひきいて戦われたのでしょう」

渋沢は邪気のなさそうな笑顔で問いかけてくるが、庄次郎はにわかに警戒した。やはり、慶喜暗殺を企てている者として、藩から疑われているのではないのか。それを渋沢はあぶり出そうとしているのではないのか。

「いや、なに、うしろからへっぴり腰でくっついていっただけです」

「さすが、江戸っ子、かわし方がなんともいなせですねえ」

いなせというのは、魚河岸で働いていた者たちの髷《まげ》が鯔《ぼら》の仔魚イナの背びれに似ているところからの形容で、魚河岸や木場の、立ち居振る舞いが颯爽《さっそう》とした若い衆への賛辞だった。庄次郎は苦笑するしかなかった。

「土肥庄太郎といえば、粋な姿や身ごなしが、わたしみたいな田舎出の若僧にゃ身震いが出るほどの憧れでしたよ」

「庄次郎だよ、おれは」

名前も正確に憶えていないような男を、渋沢はまるで親友が訪ねてきたように遇している。為にするものがあるのかもしれないが、座布団の上に福助人形のように鎮座した丸っこいからだと丸顔を見ては、どうにも不信が起きてこない。

「庄次郎さんだ、うん、土肥庄次郎さん。上野の山には、若い者が多かったと聞きます。庄次郎さんは百人二百人の先頭に立って、大暴れなすったんでしょうね」

渋沢は名前を間違えながら、申し訳ないとも言わなかった。だが、そんなことに拘泥《こうでい》するほうが心貧しいと思わされてしまうようなところが、渋沢の闊達《かったつ》さにはあった。

「いや吉原に流連《いつづけ》て」と言いかけて、不意に湧き上がったものが庄次郎の口に堰《せき》をした。

戦いのあと二、三日たっても上野の山に放置されていた若者たちの屍、それらが須臾《しゅゆ》の間、瞼《まぶた》の裏に蘇ってきたのだ。

「上野の山で流された血は、わたしの中では未だ乾いていない」

言い放って、庄次郎は渋沢を見据えた。上野の山だけではない、鳥羽伏見もだが、渋沢の位置を思って言うのを控えた。渋沢は表情を改めて、見返してきた。

「そうでしょう、そうあるべきです」

渋沢は大きくうなずいた。庄次郎はいっそう渋沢の意図がわからなくなった。

「わたしは仏蘭西《フランス》にいて、切れ切れの便りにただ歯ぎしりしていただけですが、わたしも幕臣のはしくれ、その血の色はわかります」

「仏蘭西」

「慶応三年、仏蘭西で催された万国博覧会に、我が国の代表として赴かれた慶喜公の弟君徳川昭武《あきたけ》様のお伴をして欧羅巴《ヨーロッパ》に渡り、先ごろ帰国したばかりなのです」

戦乱のあいだは日本にいなかったことになる。それで上野の山で流された血の色がわかるというのか、と庄次郎は憮然とした。渋沢はその心の動きを読み取ったように続けた。

「正直、僥倖《ぎょうこう》だったと思います。高みの見物人だった者がなにを言うべきでもないと思います。しかし、僥倖の結果得たものを世にお返しする義務も感じざるをえないのです。お返しすべきものとは、欧羅巴における見聞です。彼《か》の国々で行われているごとき政治経済の制度を我が国も早く取り入れ、彼の国に肩を並べる力を蓄えなければなりません。いや、こんなことはいまやだれもが叫んでいることでしょう。必要なのは一の実行です。わたしは武州血洗島で藍《あい》を作り、信州のほうに売っていた百姓の倅です。十四、五歳からこの手を藍の色に染めて商売をしてきました。そこに欧羅巴で学んだことを加え、商法会所というものを、この静岡に作りました。これは一口に言えば、みんなで金を出し合って、大きくまとめたその金で殖産興業を行おう、儲《もう》けて、金を出した者たちに分配しよう、という組織です。三人寄れば文殊の知恵、力、みんなで金と知恵、力を出し合ってやるんです。欧羅巴じゃそのようにして下々まで豊かになっているんです。旧幕のときのように一人二人の豪商に金が集まり、政道向きのことにさえ牛耳《ぎゅうじ》を執《と》られていてはだめです。そんなことでは国に力がつかない。士農工商、あらゆる人々から金を募り、人々を豊かにするんです。以って而《しこう》して国を富ませ、国に力をつけていくんです。無論、そうはいっても失敗の危険も含みますから、その危険を避けたい者は儲けではなく、出した金に対する一定の利子だけを受け取ってもいいという、二段構えでやっています。儲けた金の内何割かは、自分で商売なり、農業なりをやりたい人に、資金として貸し出しもします。いまのところは新政府から藩に貸し付けられた五十万両を主軸に運営していますが、行く行くは藩からも国からも独立して、民だけでやっていく組織にしたいと考えています。なぜこのようなことをやるのか、いや、やらねばならないのか。いま静岡藩には無禄移住してきた人々が溢れ、米は不足し、値段は天井知らずに上がり、元々ここに住んでいた人々も困り切っています。土肥さん、藩は上野の山で戦った者たちの駿府立ち入りを禁止しています。これはとんでもないことです。大間違いです。わたしは憤っています。鳥羽伏見で戦い、上野の山の惨状を見てきた土肥さんや、多くの人々の心の中にどのような思いがあるか、わたしはわかるつもりです。わたしもごく近い縁者を賊軍として殺されています。しかし、土肥さん、わたしは考えます。いまただちに手を尽くさねばならぬのは、無禄移住の人々、彰義隊として戦った人々に日々の糧を得させる方策だ、と。早急にだれもが食べものに困らず、働きたくても仕事がないという状態を解決しなければならないのです。それが第一のことです。商法会所は、その解決手段なのです。ここはわたしの住まいですが、同時に商法会所でもあるのです。土肥さん、わたしは百姓上がりですが、いまは武士のつもりです。そして、こんな時代だからこそ武士がしゃんとしなければだめだ、武士らしいことをやらねばならぬ、と思います。武士らしいこととはなにか。民百姓を安んじて、率いていくことです。とかく人は、金がなければ、と言います。金はあります、いつでもどこかにあります。天下に遍在する金を操って行う経世済民《けいせいさいみん》が、戦乱のない世で、唯一武士の仕事ではないでしょうか」

鳥羽伏見の戦さの中で、利一郎は言っていた。「武士は農工商の憧れであり、規範だ」と。渋沢は利一郎が言ったことを、いま体現しているのかもしれない。

五

渋沢は膝を乗り出して、ほとんど座布団からせり出してきていた。庄次郎は自分の半分くらいの大きさの渋沢に圧倒し尽くされ、深い吐息をついた。

「そこで、土肥さん」

渋沢はさらに迫った。

「土肥さんはなにをやっていただけますか」

「なにをというと」

「商法会所では、まずは米を扱います。従来、商人に任せていた取引を商法会所でやり、商人たちに稼がれていた利ざやを取り戻します。米を作るための肥料、油粕や魚肥も扱います。蚕卵紙《さんらんし》や繭《まゆ》、お茶、藩内で必要な物、売り出したい物、扱える物はなんでも、どのようにも扱います。相場の変動をいち早く摑むために、大阪や横浜に人を駐在させ、商機を逃さぬようにもしなければなりません。様々な仕事が、ここにはあります。算盤の得意な者は算盤で働いてもらいますが、実はいま一番必要なのは、米なら米、茶なら茶の部門で十人、あるいは二十人を指揮し率いることのできる人材です」

渋沢は射抜くように見上げてきた。

庄次郎はようやく合点がいった。

　渋沢のもとには日々、多くの者たちが仕事を求めて訪ねてくるのだろう。渋沢は門前に佇んでいた庄次郎を、そのような一人と誤解したのだ。

「実は、渋沢さん、わたしは大谷内さんに従って牧の原の開拓に入るか、松岡《まつおか》萬《よろず》と遠州で塩田の開鑿《かいさく》をやるか、どちらかに決めております」

　庄次郎は態度と言葉を改めて、渋沢に向かい直した。

「すると、本日のお出では資金融通といったことに関してですか」

「そのようなことはまた大谷内さんか松岡からお願いに上がると思います。きょうはただ渋沢さんの考えを拝聴に来たのです」

「あ、そうでしたか」

　庄次郎はいつの間にか運ばれてきて、前に据えられていた茶菓に手を伸ばし、間合いを取った。

「渋沢さん、ここには前様がお住まいと聞いていましたが」

「前様は西草深《にしくさぶか》のほうに移られたのですよ。いや、実はさっきその前様にお目に掛かって戻ってきたところだったのです」

「西草深、ですか」

それを聞きたかったのだ。

「なに、地名ほど草深いところじゃありませんが、しかし、おいたわしさには変わりがありません」

庄次郎には答えようがなかった。おいたわしい方の命を狙っているのだとも言えない。だが、渋沢はたちまち庄次郎の顔色を読んだようだ。

「前様を恨んでいる者は大勢いるでしょう」

恨みではない、怒りだ、と庄次郎は渋沢を睨《にら》んだ。戦いの場での裏切りから生じる思いは、地を這うような恨みではない。抑えようもなく燃え立つ怒りだ。

「しかし、恨んでもせんかたないのです。前様に恨みは届かないからです」

せんかたはある。恨みはいざ知らず、怒りは届かせようがある。だから、この屋敷に忍び込んだ。

「頭が良すぎるのです、前様は。一の場面で先の十が見えてしまう。鳥羽伏見などが、その良い例だったはずです」

庄次郎は心の裡《うち》を顔に出すまいと自らに強いて、なお黙した。

「前様にとって、将兵を損なうこと最小の策が、独り大阪を抜け出ることだったのではないでしょうか」

「前様がそう言われたのですか」

そんなことを言っているなら、今宵にも移った先、西草深の屋敷に押し入る。

「おっしゃいませんが、わかる気がしませんか、土肥さん」

わからないし、わかりたくもない。

「前様は言い訳をしないのではない、これくらい世のだれにもわかることだろうと、ご自分のなさったことに注釈を施さないんです」

それはただの独りよがりに過ぎない。

「確かに独りよがりかもしれません」

渋沢は庄次郎が声に出さぬことまで聞いたかのように言った。

「しかし、土肥さん、前様はそういう方なのです。将軍になって、そうなったわけではないのです。育ちが良すぎ、頭が良すぎる方が将軍職に上れば、そういうことになるのは理の当然です。世が世ならば、と思います。かつては薩摩の大久保利通のような人物までが、前様の知略を恐れ、震え上がったのです。時さえ得ていたら、それこそ家康公の再来となって、時代を変えていたでしょう」

売り家と唐様《からよう》で書く三代目、といった評価が、いまや一番好意的に見た庄次郎にとっての慶喜だった。唐人の書き方で、いくら達筆能筆に書かれても、読み取ることができなければ、落書きも同じだ。

戦さの場で、いまのいままで隣で動いていた者が、突然からだを千切られ、肉片になって、動かなくなってみれば、いかなる能書きも踏みにじられる。大きく見るか、小さくしか見られない者の違いなのか。

「わたしは大政奉還を欧羅巴の地で聞いて、身をよじりたいほどの感激を覚えました」

欧羅巴にいたからだろう。この日本の、幕府のものである地に立っていて、その地が足の下からなくなってゆく、その思いが渋沢にわかろうはずもない。

「前様には神君家康公にも比される経世理論がおありでした。それを西郷、大久保、そして不肖渋沢のごとき下郎の論理に、あえて譲られたのです。坂本竜馬という人が感応《かんのう》されたのは、そこのところではなかったでしょうか」

竜馬は、日本人同士が血を流して戦うことなく権力の移譲が行われることを目指していたという。渋沢の伝える坂本竜馬の思いは事実だろう。だが、それが慶喜の思いに重なるものとは思えない。

「この数年間に日本は、日本人は、未曽有《みぞう》の体験をしました。そのために未曽有の犠牲も払いました。そのことを生かさなかったら、死んだ人たちはなんで死ななければならなかったのかと、生き残ったわたしたちを恨むでしょう。土肥さん、生かしましょうよ、死んでいった人々の思いを」

生かすなら、まず死んだ者たちを生き返らせてみろ、と庄次郎は腹中で言った。

「渋沢さん、わたしは前様を斬るつもりでいる。そのために静岡にいる」

「やはり、そうでしたか」

渋沢はとっくに見抜いていたようだ。

「しかし、土肥さん、前様を斬ってどうなります。いまさらなにか変わりますか。だれがそれを喜ぶのですか」

「そういうことも、幾夜となく考えた末のことです」

「土肥さん、ああ、土肥さん」

渋沢の声は、舟に繋《つな》いでいた綱をぎりぎりまで保ち、それ以上保てば自分が水に引きずり込まれると、手から放つ者の声に聞こえた。庄次郎は、こちらからも綱を断つように、渋沢の視線を外した。池の水面に立つ寒々とした小波《さざなみ》を庄次郎は見て、渋沢に視線を返さなかった。

渋沢の申し出を受けるのが、あらゆる面から考えて妥当なところだ。渋沢たちは新しい時代に向かって急ぎ、歩を進めている。日向《ひなた》の道を進んでゆく。遅れれば落武者になる行く手も見える。なぜ自分から置いてけぼりを食うような道の選び方しかできないのか。

池のまわりの草が霜枯れている。池の一隅に赤い色が沈んでいる。屋敷の主の無聊《ぶりょう》を慰めるための緋鯉《ひごい》だろう。めざし一匹食べられない「お泊りさん」のことを、庄次郎は思わないではいられない。

六

駿府は駿河の国府、古《いにしえ》より中心の地であった。室町時代今川氏がここに館を構え、以来、東海の要として歴代を経て、天正年間に浜松から移った徳川家康が城郭を築いた。約二十年後、城内からの失火で焼亡した。

ここを隠居所と定めていた家康は、翌年には再建に着手、二年後に五層七階の大城郭として完成した。そして、六年後の元和《げんな》二年、家康はここで死んだ。死後、秀忠《ひでただ》の次男忠長《ただなが》が城主となった。寛永十年忠長は乱心自刃、三年後には城外の火事が及んで城は全焼、城門、御殿、櫓《やぐら》は再建されたが、天守閣は二度とそびえることのないまま明治に至る。

三重に廻らす堀の、外堀沿いの道を庄次郎は歩いていた。堀の石垣はうそぶくがごとく高々と続いていたが、その向こうに城閣が望まれぬため、兜《かぶと》を欠いて据えられた鎧《よろい》を眺めるような虚ろな感じがあった。堀の水に日が反射して、歩む編笠の下にきらきらと差し込んでくる。

とがめるならとがめてみろ、とは居直っていたが、藩庁に近い堀端を行くと、遠近《おちこち》に無意識に目配りしていた。

初めに眼にとまったのは子供たちの動きだった。蠅《はえ》や虻《あぶ》が馬にたかっては尻尾《しっぽ》に払われ舞い上がるように、子供たちが一人の奇態な風体の男に群がり寄っては、声を上げて散っていた。大人たちも遠巻きに歩いてくる。すれ違っていく者は立ち止まり、あるいは振り返り振り返りして行く。

男は異様に背が高く、子供たちの群れからは、ほとんど腰から上をさらしていた。青みがかった灰色の小さな笠をかぶり、同じ色の合羽様の着衣に、棒のような袴をはいていた。足元は皮袋のごときもので包んでいる。なによりも目立つのは、その顔色だった。明るい桃色が、昼の光にぴかぴかと映えていた。

庄次郎は江戸で、何度か西洋人を見かけたことがあった。だが、いずれも幕府に雇われてきた軍の者で、風体も当時の薩長の武将とそうは変わらず、馬に乗っていた。いま目前に近づいてくる西洋人は、それらとはどこかちがっていた。おだやかで、まるで邪気《じゃき》というものが感じられない。

そして、かたわらに頭一つ小さいからだを並べてくる武士を見て、庄次郎は困惑した。

勝海舟だった。

榊原鍵吉と一緒のとき、蕎麦屋で会った。

向こうは憶えてもいないだろうが、正面から近づき合ったとき、どう対応すべきなのかと迷う。挨拶するにやぶさかではないが、駿府立ち入り禁止を申し渡されている身だ。

庄次郎は、西洋人と海舟が歩いてくるその反対側の道端にさりげなく歩みを移し、編笠を深く傾けた。だが、そうした途端に、もう一つの気配に気がついた。西洋人には、大人の野次馬もついてきていた。朝酒でもやってきたと思《おぼ》しき職人風の男が、腹掛けどんぶりに片手を突っ込んで、にやにや笑いながら来る。商家の手代風の、まだ若いのが荷を担いで、歩調を合わせてくる。たまたま道筋が一緒だという顔で、そのくせ図々しく、横から西洋人を覗《のぞ》き込む。ねんねこ半纏《はんてん》に赤ん坊を背負った子守りが、あからさまな畏怖《いふ》と好奇心をないまぜにしている。

野次馬の中に、遠目にもいかめしい風貌の、白髪の老人がいた。老人は跳ねまわる子供の一人が近づくと、左手に持った草の束で、その頭をぱしっと打ち払った。

「まずい」

庄次郎は足を早め、斜めに道を横切った。海舟が深編笠を見とがめ、一瞬身構える脇を抜け、老人の腕を押さえた。老人は刀の柄を握っていた。老人の双眸《そうぼう》は西洋人の背を睨んでいた。

「ご老人」

庄次郎は老いた鷹《たか》のような顔を見据えた。そして、笠の内を見上げてきた老人の眼光に射すくめられた。

「退け」

老人は冷たく底ごもる声を発した。

ここで刃傷沙汰《にんじょうざた》を起こせば、この江戸の匂いを固めたような老人は、無事ではすむまい。庄次郎は西洋人が歩み去るのを待とうとした。

「これは鳥居《とりい》様」

庄次郎のうしろから明朗な声がかかった。

海舟が庄次郎に並んできた。庄次郎はあわてて深編笠を取り会釈した。海舟は一瞬いぶかしげに見返って会釈を返したが、蕎麦屋の顔を思い出した様子はなく、すぐ老人に向き直った。

「よいお天気です。鳥居様はご散策ですか」

老人は庄次郎から海舟を睨み直した。

「毛唐に付き従ってなんとする」

海舟は和やかな笑《え》みのうちに応じた。

「従ってはおりません。ともに歩いております」

「ともにだと」

庄次郎は老人の腕をぐっと押さえた。老人は唸ったが、刀を抜くことはできなかった。海舟は向こうに立ち止まった西洋人を見やった。

「あの西洋人はイイ・ワレン・クラークという亜米利加人で、藩校の教授をお願いしている方です」

「追い返せ」

「招聘《しょうへい》して、住まいや他の条件を示しているところです」

刀の柄を握ったままの老人の腕から、悲憤が細動となって伝わってきた。さらりといなすように、海舟は庄次郎に笑いかけた。

「鳥居様をお宅まで送って下さるかな」

「鳥居様、ですか」

「左様、元の南町奉行、鳥居甲斐守耀蔵《かいのかみようぞう》様です」

庄次郎は仰天した。めくるめく思いで立ち尽くした。目前にいるのは、旧時代の怪物だった。

海舟は浅く会釈するや、さっと踵《きびす》を返し、西洋人を促して去っていった。庄次郎は海舟の背を睨む老人の顔を、信じられぬ思いで見直した。

鳥居耀蔵——

江戸ではその名を知らぬ者とてなかったが、年月の彼方にとうに埋もれた人物だと思っていた。なにしろ、庄次郎が生まれていたかどうか、というころの人だ。幕府学問所の筆頭、大学頭《だいがくのかみ》林述斎《はやしじゅっさい》の三男か四男という。旗本鳥居家に養子に入り二千五百石、老中水野忠邦《みずのただくに》の右腕として蛮社《ばんしゃ》の獄《ごく》に際しては、渡辺崋山《わたなべかざん》、高野長英《たかのちょうえい》ら洋学者を完膚なきまでに弾圧、崋山、長英、ともに死に追い込まれた。

さらに天保《てんぽう》の改革においては、ときの南町奉行を讒言《ざんげん》によって失脚させ、その後釜《あとがま》に座り、囮《おとり》を使うなど手段を選ばぬ探索で、多くの者を罪に陥れた。

そのため甲斐守耀蔵の名をもじって妖怪、あるいはまむしの耀蔵と陰では呼ばれ、忌み嫌われた。そのころ、改革に批判的で庶民にも人気のあった、北町奉行遠山金四郎《とおやまきんしろう》を閑職に追いやったりもして、ますます憎まれた。

権謀術数を弄《ろう》して、あろうことか水野忠邦の政敵に通じ、忠邦失脚にあずかった。だが、忠邦が復帰するや全財産を没収され、四国讃岐《さぬき》に流された。

時代の違う庄次郎さえ略歴を知っている、その人物がいま目前にいた。老人はまた歩き出した。傍若無人《ぼうじゃくぶじん》な態度と、手にした草の束が不釣り合いだった。

庄次郎は、海舟に頼まれたからではなく、付かず離れず、老人が小体《こてい》ながら庭付きの家に入ってゆくまでを見守った。

七

おけいさん、鍵吉、渋沢、海舟、亜米利加人、鳥居耀蔵――

古い時代と新しい時代が、静岡という熱い鍋《なべ》に放り込まれた豆のように炒《い》られている。豆は黒焦げになり、爆《は》ぜている。

蕎麦屋で鍵吉と呑んだ酒の酔いは、とうに醒《さ》めてしまっていた。酔いの尻尾を取り留めようと、行きずりのうなぎ屋に入った。白焼きを山葵《わさび》で、呑んだ。親爺《おやじ》が軒行灯《のきあんどん》に灯を入れても、なお呑もうとしたが、少しも酔えなかった。

そろそろ用心棒稼業、という時刻になって二丁町に帰った。酔いたわけた百姓が敵娼《あいかた》に疎《うと》んじられ暴れ出すには、まだ少し早い時刻だった。

井筒楼の前には、地団駄でも踏むように、主人の徳兵衛が立っていた。

「若様」

徳兵衛は、セキが箔《はく》をつけようと企む呼び方を真似て、駆け寄ってきた。

「馬鹿様と聞こえたぜ」

「冗談言ってる暇はない。逃げてください」

徳兵衛は巾着《きんちゃく》を庄次郎の懐に捻《ね》じ込んだ。

「これは路用に」

「一体なにがあったというのだ」

「薩摩です、新政府のお使いです」

「はて、不思議なことを聞く」

「なにが不思議です、こないだから言ってたじゃありませんか、先触れじゃない、本物の一行が来るんだって」

「だから、それに備えてわたしは雇われてるんじゃなかったのかな」

「そりゃそうですが、人一人、むざむざ殺されるのを見てるわけにゃいかないじゃありませんか」

「セキは」

「セキも店の若い衆二、三人も、若様を探して、町に走ったんです。町中で掴まえ、その場からそのまま逃れていただくためです」

徳兵衛は、昨年の大火のあと設けられたという、建物のあいだの小路に、庄次郎を引っ張り込んでいった。そして、裏庭に出た。泉水をはさんで、向こうの座敷に灯がある。

「八人、中の一人は静岡藩の役人です」

「静かなものじゃないですか」

「一番上座に座られた方が、なんというんでしょう、火が凍っているような感じの方で」

火が凍って、とは一体どんな人物なのか。庄次郎は覗いてみたくなった。

「いや、その方は口をきかず、ずっと下座の方が、にやりと笑いながら言ったんです。座が重い、幇間《ほうかん》でも呼んでたもっせ、と」

徳兵衛は改めて身震いして、続けた。

「そんじょそこらの幇間に取り持てますものか。あたしは、馬琴《ばきん》の昔からこの二丁町には碌《ろく》な幇間はいないんですと、ひたすら逃げを打ったんですが、いや、そんなはずはない、女郎にしても嫁入り衣装に模して初夜を演じてみせたり、幇間も剣舞くらいは楽にこなす、小粋《こいき》なのがいるはずだと。つまり、こないだのことを含んで、はっきり名指しできたってことですよ」

「いかさま左様」

「使いは走らせてあります。ここを出て、裏口伝いに三軒目、扇屋さんの裏口が開けてありますから、しばらく潜んで、夜中にでも逃げてください」

「いや」

ふわりと気が変わった。名指しで来られてうしろを見せるわけにはいかない。

「せっかく掛かったお座敷、務めてみよう」

「若様」

また、馬鹿様と言われたようだ。

庄次郎は徳兵衛を、先触れに行かせた。部屋に戻って、褌《ふんどし》を換え、季節外れの浴衣《ゆかた》に着替えた。そして、その座席に行った。襖《ふすま》の向こうで、気のせいか浮かぬ三味線が鳴り、太鼓が鳴った。渋りに渋る徳兵衛に「ここでわたしを逃がせば静岡藩は、あんたの店を取り潰すよ、それでもいいのか」と脅し、「お申し越しの、一風変わった幇間、なんとか探し出しましたが、急のことゆえ、なりまで整えられませぬが、たってのご所望、お座敷の賑《にぎ》わいに紛れ込ませていただければと、本人も申しております」と伝えさせた。三味線太鼓は見参《げんざん》の合図、出囃子《でばやし》だ。

庄次郎は浴衣一枚、手拭いをふわりとかぶって、その端を口にくわえた。そして、ふと天のほうに顔を上げて眼をつぶった。

部屋の中に薩摩がいる。単騎突っ込んでいった利一郎のうしろ姿を思い、そのあとを追う思いで、すらっと襖を開け踊り出た。

殺気に近い視線に包まれた。

主客と思しき痩身《そうしん》の、ただならぬ眼光を放つ男が、床の間を背にしていた。その片側に三人、もう一方に四人、気配を散らせて居並んでいた。

踊りは、寺に参詣の娘が、いそいそなよなよと行くが、山門で睨みつけてくる仁王様に気がついて、ふと見上げるうちに、なぜか仁王の眼差しやわらぎ、突っ張って瘤《こぶ》になった手足物腰ゆるんで――

上方の山間の湯治宿、腹の鉄砲傷を湯の中で揉《も》んでいたときだった。

「鳥羽伏見でっか」

と、湯気の向こうから、渋い声をかけられた。

「わては鮒《ふな》だす」

小粋な爺さんは、乗っこみの大鮒《おおぶな》に釣り糸を切られたとたんに腰ぐねっちまいましてん、と仕方話《しかたばなし》に引き込んで、湯から上がるまでには打ち解けていた。無聊《ぶりょう》をかこつ者同士、爺さんの部屋に招かれていくと、妾《めかけ》だという若い女がいた。芸者上がりだという女の三味線で、呑み、かつ唄い、爺さんの手ほどきで踊り始めていた。筋がいいと褒《ほ》められ、毎日通ううちに湯治より弾痕《だんこん》の強張りをほぐすに効があったか、腹の傷は治っていた。

とりわけ熱を込めて伝授されたのが、「仁王」だった。仁王の武骨は地で行けたが、娘の動きに色気を感じさせなあきまへんと、爺さんはみずから何度もしなを作って、見せてくれた。すると、枯木のからだが、ふとあやめの風に揺れる風情を醸したものだった。

奇妙なこともあった。庄次郎はこの爺さんに、竹竿《たけざお》一本で塀を越える術、小柄《こづか》一本で音もなく雨戸を外す技を教わった。夜這《よば》いの技術といなすふうだったが、ときおり漏れいずる気配には、殺気のようなものさえ漂わせていた。

「き、貴様、土肥ではないか、土肥庄次郎ではないか」

不意に、驚愕と怒りに上擦った声を浴びせられた。折から娘が小腰を屈めて振り返る所作《しょさ》のところだったから、そのまま手拭いの陰から流し目に見ると、下座に見知った顔があった。庄次郎の父土肥半蔵《はんぞう》が近習番頭取であったころ、その下僚を務めていた内熊猪之助《うちくまいのすけ》だった。猛々しい名前に裏腹の、鼻から口元まで一緒に動かしてお愛想を言う顔つきから、庄次郎は秘かに「兎《うさぎ》」と仇名していた。

内熊は飛び出してきて、大風に吹かれる芭蕉《ばしょう》葉のように腕を振り、三味線、太鼓を黙らせた。

その勢いで、庄次郎の腕と肩を摑んだ。

「こやつは彰義隊に加担した不埒者《ふらちもの》です。領内に立ち入りを禁じている者なのです。いますぐ摘まみ出して、捕縛いたします」

一座はしんと静まった。

片隅で徳兵衛が蒼白になり、強張っていた。しかし、庄次郎は上座にいる主客と思しき人物の口元に、微かな笑みが過《よぎ》ったのを見逃さなかった。主客も他の六人も、庄次郎が踊りながら入ってきたとき、拍手は無論のこと表情も変えず、微動だにしなかったが――

八

「来い、貴様、この慮外者《りょがいもの》めが」

内熊が引き立てていこうとした。庄次郎は内熊を見やった。娘のしなで小腰を屈めたままだったが、なお内熊の顔は見下ろすところにあった。赤くなった内熊の顔が青くなった。じたばたと動いて、引っ立てようとしていたが、庄次郎は小腰を屈めたまま、ぴくりとも動いてはやらなかった。内熊はもち竿に捕られた蟬のように、暴れた。

「逆らうのか、この恥さらしが」

「恥さらし、ですか」

「するにこと欠いて、太鼓持ちとは見下げはてたやつだ」

「先ごろ江戸日本橋の袂《たもと》に、一人の新参乞食が現われて、その者の着物の紋が二千石取りの旗本の紋と同じだったといいますが、それなんかも恥さらしってことになりますか」

「当たり前だ、武士なら潔く腹を切れ」

「痛いでしょう、腹なんか切れば」

「貴様、愚弄するか」

「腹を切るのも、腹が空くのも辛いことです。内熊さん、人間なにかしらに、たつきを求めなけりゃならんのですよ。あちきは太鼓持ちの芸を所望された。邪魔はしないでください。さ、芸者衆、続きを」

「ならん」

内熊は袖にぶら下がり、振り立てた。仕方がない、庄次郎は自分から大袈裟に倒れ、大の字になった。内熊がつんのめって、その勢いで拳を打ち下ろしてきた。

拳は宙に止まった。

主客が差し出した扇子《せんす》が、内熊の手首をぴたりと止めていた。主客は内熊に顎をしゃくった。内熊は顎の先を振られた部屋の隅に、もぞもぞといざっていった。

「芸を」

起き直った庄次郎に、主客が言った。庄次郎は一礼し、芸者に目配せして、再び三味線と太鼓の音に乗った。

あの山の湯で、爺さんは別れしなに荻江露欣《おぎえろきん》と名乗り、大阪で荻江節の師匠をしていると明かした。荻江節は江戸のものと心得ていたが、不審は質さなかった。湯の中で手拭いに隠しがちにはしていたが、胸元から腹に袈裟懸けの大きな傷があって、紛うことなき刀傷、なめらかな上方弁にも気のせいか、長州の訛《なま》りが匂った。

勤王の藩中にも、様々な軋轢《あつれき》があったと聞く。脱落、逸脱、落伍の者がいて不思議はない。

脱落、逸脱、落伍の者は恥さらしか。古き弊《へい》を倒した者たちも、やがては同じ弊に汚染される。驕《おご》る平家が倒されても、驕る源氏に変わるだけだ。ひたぶるな、竜馬のような、利一郎のような若者が殉じて逝ったのは、いまを驕る者たちのためではなかったはずだ。

参詣の娘は、仁王に魅入られたか、乗り移られたか、夢うつつに境内を行く。なにを祈るつもりで来たのやら、なんの願掛けに来たのやらも朧《おぼろ》になって、身内に蠢動《しゅんどう》する、なにやらけしからぬ気配にやわらかに衝《つ》かれて歩む。

と、その娘の尻を撫でる不届き者がいて、かっと振り向く一瞬に、娘は仁王になった。

庄次郎は言いようのない憤怒慷慨《こうがい》にかられ、ばっと片肌に浴衣を剝《は》ぎ、腰にぐいと絡《から》めた。正面切って阿《あ》の仁王、眼を剝《む》きかっと口を開いて、火を吐かんばかりに突っ立った。全身にたぎり立ち、眼から口から噴き出そうとする怒りを、吽《うん》の仁王となって堰《せ》き止めた。客たちを睨みつけた。突き出した指の先までが赤く充血していった。シャッと畳が鳴って、一座の者すべてが片膝立ちに刀の柄を摑んだ。だが、主客だけは動かず、仁王の睨みを受け止めていた。

こんな振り付けは、あの爺さんの教えた踊りにはない。真実、仁王が憑依《ひょうい》したのか。

ややあって、主客がわずかに身動ぎ、パンパンパンッと拍手した。一座の者たちも、緊張を解いて、拍手に同じた。芸者衆も加わって、一触即発の危機が座《ざ》興《きょう》に変わった。

庄次郎も、血脈が破裂しそうな怒張から解き放たれた。ゆっくりと庄次郎はその場に座り、浴衣の袖を入れ、主客に頭を下げた。元の敵とはいえ、頭を下げるに足る人物とみて間違いない。

「土肥さん、とお呼びしてようごわすか」

顔に似合わぬやさしい声だった。

「あ、いや、あちきは太鼓持ちの」

とっさに、幇間としての名を考えた。吉原の幇間とは友だち付き合いが多かったから、それぞれに趣向を凝らした名前が浮かぶが、いざ我がものとしてなんと名乗ればいいのか。

直前に思い浮かべた、利一郎を追っていったときの、その同じ気持ち、それが卑賤《ひせん》の身をして仁王になさしめた、のではなかったか。ならば、薩軍に突っ込んで一度は死に、そして蘇った朝の――

弾丸が右眼の瞼を撃った。見開いた左眼に、次の弾丸が飛んでくるのが見えた。弾丸は閃《ひらめ》いて額を貫いた。そして、蘇生《そせい》した。まばたきをすると、右眼を撃った露が目尻に流れた。露に拭われて、顔の上の松の枝葉が、異様にくっきりと見えてきた。松の葉先に宿った露が震え、光っていた。日の光を映しているのではなく、みずからが光を発しているようだった。一つ一つが、いま生えたち飛ぼうとしている、玉のような虫に似ていた。

刹那《せつな》に、滴を恵んでくれた松の葉の鋭い緑を蘇らせた。

「幇間の松廼家露迷《まつのやろめい》、松の下《もと》に露の命を取り留め、迷っております。以後ご贔屓《ひいき》に」

「名前を変えて、人生も替えたいと——、おいどんなども、その口でごわす。こちらこそご昵懇《じっこん》に。おいどんは桐野《きりの》、桐野利秋《としあき》といいもっす」

「ひと、きりの」

思わず口走って、庄次郎は眼を剝かねばならなかった。

桐野利秋、維新前までの名は中村半次郎《なかむらはんじろう》、人呼んで人斬り半次郎、西郷隆盛の右腕ならぬ人斬り腕として、佐幕派を震え上がらせた男だ。

桐野は含み笑いを漏らした。

「土肥さん、ではなく、露迷さん、さすがは江戸っ子、ひときりのと地口で来もったしたか」

地口のつもりはなかった。だが、思わず漏らしてしまった異名を地口にしてくれるなら、座興で通さねばなるまい。

「トシアキはどう解きもっす」

「人斬りの人斬りの、と仕飽《しあ》き果ててや、ううむ、さて、下《しも》になんと付ければいいのか」

呵々《かか》という文字を思わせて、初めて桐野は笑い出した。

「桜島や富士の山が、下の句に納まらぬのは確かでごわすな」

「桐野」に「斬りの」は、自身でも掛け言葉のつもりだったのかもしれない。

「ま、秋の宴、ということにして、季を入れもっそ」

楼主の徳兵衛が跳び上がった。

「秋の宴、秋の宴、それでこそご一新、さあ、芸者衆、唄って唄って、踊って踊って」

だが、内熊が必死の表情で桐野の前に膝行《しっこう》した。

「しかし、こやつは新政府の要人を斬ってやると公言した男です」

内熊は横目に庄次郎を睨んだ。

「おう、まだそこにごわしたか」

桐野がうるさそうに応じた。

「は、ただちに静岡藩の責任として、こやつをば捕縛いたします」

桐野は笑顔のまま内熊を制した。

「おはん戦さに行きもっしたか」

「滅相もございません、わたしは初めから戦さを回避すべきと主張していたからこそ、静岡藩に仕えることができましたわけで」

「それでは話になりもっさん」

桐野は内熊を払い落とすようにした視線を、庄次郎に向け直した。

「土肥さんとは、おそらくどこかで干戈《かんか》を交えたはずです」

無論、直に斬り合ったという意味ではない。庄次郎はうなずいた。

「しかし、戦さは果てもっした」

内熊がなお必死の形相で膝を進めた。

「この男は桐野様の命を狙い、新政府への謀反を企てておったのですぞ。わたしが言うのではありません。先達の、同じ薩摩の大久保様が、そう伝えたからこそ、桐野様も探索にいらしたのではありませぬか」

このままでは面目が立たない。それどころか、桐野への応接に失態があったとして、藩から叱責《しっせき》されかねないと狼狽《ろうばい》しているのだろう。だが、桐野は吐き捨てるように言った。

「どこにも小人はごわす」

謀反とは、あの小役人、あの夜の屈辱に、よほどの意趣を抱いたのだろう。だが、桐野はすでに、けちな讒訴《ざんそ》と察し、歯牙《しが》にかけてもいない。同時に、知り合いをとがめ立てても保身を図ろうとする内態を、小人と見下げていた。

九

桐野はふと身じろいで、宙に目をやった。

「あのころは、こけおどしの人斬りという異名も、多少役に立ちもした。しかし、実際においどんが斬ったのは、一人でありもっす」

「一人、だけですか」

庄次郎はあっけに取られた。

「一人斬っても人斬りは人斬りでありもっす」

「勝ちを納めながら、そうお考えですか」

「春秋に義戦なし、戦さを終えて鹿児島に帰り、戦死した若い部下の家を訪れて、その母の、涙一つこぼさぬながら、その場で、千丈暗黒の谷に突き落とされたかの悲嘆に遭って、いかなる戦さの大義も売僧《まいす》の読経に劣ると思いもした」

桐野は酒を噛《か》むように呑み、止められなくなったように言葉を継いだ。

「戦場《いくさば》では、ともに戦う者たちのあいだに、強い絆《きずな》が生まれもっす。戦っているとき、不意にその輩《ともがら》が傍らで殺される。戦場で不断に起こることでごわす。敵は、このとき生まれもっす。こちらも相手を殺そうとしているのだから、逆のことが起きて不思議はない、という悟りなど湧きようもない。殺し返してやる、という憎しみしか湧きもさん。憎しみは戦場の人心すべてを浸しもす。人心から憎しみが引いて、戦う前の心に戻るためには、一体どれほどの歳月が必要なのか」

勝った側にも、これほどの心の痛みがある。庄次郎は粛然と聞いた。桐野は深い詠嘆を声に響かせて続けた。

「我々は戦さのない二百数十年の後に、戦さを起こしもした。その是非を、いまは言いもさんが、坂本竜馬のような人物を、あのとき失ったのが、痛恨の極みでありもっす」

「坂本さんをご存知なのですか」

意外な名前が出るに及んで、庄次郎はつい膝を進めた。薩長同盟を画策し、成功させた維新最大の功労者として、竜馬の名は次第に高まりつつあるようだ。だが当時は、討幕派といえども、それぞれ藩ごとの思惑で動いていたはずで、竜馬と半次郎がそれほど密接だったとは、思いがけないことだった。

「彼らが在っては我らはない、という場合にしか斬らなかったと、我らとしては思いたいところでごわす。しかし、坂本さんも、斬った者からすれば、やはり同じことと して殺されたのかと思えば、彼我《ひが》になにほどの違いやある、と暗澹《あんたん》としもっす」

勝者ゆえにこそ達する境地に、桐野はいるのか。

「戊辰の戦さは、坂本さんが生きていてくれれば、せずに済んだかもしれない戦さだったと、いまになって思いもっす。繰り言にしか聞こえんでしょうが、狙われているのはわかっていたのだから、あの日から無理強いにでも身辺にいて、護っていたら、あの人の類《たぐい》まれな交渉、斡旋《あっせん》の能力で、戦さなしに維新ができたのではないかと、いまもそれだけを悔やみもっす」

「あの日からといいますと」

「坂本さんが殺される三日前に、会いもっした」

「親しかったのですね」

「西郷どんの使いとして何度も会ううちに、あの人が好きになりもっした」

庄次郎は桐野に向かい直した。

「桐野さん、わたしは凡愚の身、坂本さんの仇討ちを考えています」

桐野はひたと見据えてきた。

「幕臣の土肥さんが、でごわすか」

「江戸桶町の千葉道場で、私の友人白戸利一郎が一緒だったのです。ああいうところでは、幕臣も土佐もへだてがありませんでしたから」

庄次郎は竜馬と利一郎、自分、三人の交友を話した。そして、薩軍に向かってまっしぐらに突っ込んでいった利一郎の姿を語り、利一郎の言い残した言葉を伝えた。

「利一郎も、いま桐野さんの言われた、戦さなしに世の中を変える方途を案じ、坂本さんに期待していました。ただ掏摸《すり》から助けてもらった恩だけで、仇討ちを言ったのではないと思うのです」

庄次郎は桐野の前にがばと両手をついた。

「桐野さん、白戸利一郎の生死を調べてはいただけませんか」

「一月六日朝、鳥羽街道でごわしたな。承知しもした」

「お願い致します」

庄次郎は心を込めて頭を下げた。

「土肥さん、白戸さんという方は、おそらく死んではいないと思いもす」

「はい、土饅頭《どまんじゅう》一つありませんでしたから」

「いや、あの朝、白戸さんという方のように、我が陣に突っ込んできたのは一人や二人ではなかったのです」

「といいますと」

「何人かつまびらかにしもさんが、ともかく殺してはならぬ、という命令が下されていたはずでごわす」

「しかし、わたしは撃たれました」

「土肥さんは刀を抜き放って、振り廻しておられた」

「はい」

「最期に一人だけでも敵を倒して、と斬り込んできた敵は撃たねばなりもさん。しかし、徒手空拳、ただ死ぬために突っ込んできた者は撃ってはならぬとされていもっした」

「では、白戸は捕虜になったのでしょうか」

「そうなっても、名前は言わなかったでごわしょう。当時あそこで指揮を執っていた者に、状況とか年恰好を話して尋ねてみもっす」

「よろしくお願いします」

　庄次郎は改めて深く頭を下げた。

　桐野が言い出して、二人だけで別室に対座した。庄次郎は酒を差し、差された酒を受けた。桐野が連れてきた者たちは、元の座敷で騒ぎ始めていた。

「江戸や、ここ駿府で薩摩の言葉を使えば、勝者の驕りになるとわかっていもっす。が、なにしろ田舎者、なかなか舌が思うように動きもっさん。諒《りょう》とされたい」

桐野はなるべく薩摩弁を控えて、話していた。

庄次郎はうなずいた。そういうことなら、お国言葉はかえって好もしい。

「一人しか斬っていないといいもっしたが、戦さを指揮していた間には、わたしの命令で何十人、いや敵味方何百人を殺させたのだから、人斬りというより人殺しとよばれるべきかもしれもさん」

それなら庄次郎も人殺しだ。戦場に部下を駆り立て、その血を肉を目の当たりにしてきた身には、桐野の言葉は切実に過ぎる。

「ところで、坂本さんを殺した者のことでごわすが、もし判明したら」

桐野が改めて覗き込むようにしてきた。

「犯人を斬る、のでごわすか」

「わたしは凡愚です。戦さ果てても、桐野さんのような悟りに達していません」

桐野はかすかに唸って、瞼を閉じた。内心の深い疑惑とか、苦悩を瞼によって覆い隠したようにさえ見えた。

「坂本さんを殺した者については、様々に言われもっす。諸説それぞれにもっともらしい根拠を並べていますが、大抵は迷妄に近い」

「それも、自分で確かめてみようと思います」

「坂本さんを襲って殺した犯人が、いまこの静岡の獄におりもっす」

庄次郎は唖然として、声も出なかった。

「静岡に来た用件の半分は、実はその犯人を解き放つ交渉でごわす」

「解き放つ、と」

桐野は苦汁を味わうように黙した。庄次郎は追った。

「犯人とは何者ですか、静岡藩士ですか」

「いや、元見廻組の今井信郎という者でごわす」

「今井」

「昼間、牢内で会いもした」

桐野は苦悶にさえ見える晦渋《かいじゅう》を垣間見せた。

「今井は、おれたちも維新をやったのだ、と言いもっした。そして、なんでお前がそんなことを訊くのだ、と反問しもした」

「知っているはずだ、というのですか」

反問されたときの桐野の困惑を、庄次郎も味わった。桐野は続けた。

「とにかく、釈放の手続きを進めるように、静岡藩に交渉してきもした」

「釈放、されるのですか」

「坂本さんの事件には、裏があるのではないかと思いもす」

「はい」

「おいもなお深く調べようと思いもっす。軽々には動かれぬように、お願いしもっす」

「わかりました」

庄次郎は冷めた盃の酒を口に含んだ。味がよくわからなかった。

第五章　荒神流謫《こうじんるたく》

一

大谷内龍五郎は沼津にいる、と小林勝之助に教えられていた。龍五郎は奈緒の従兄にあたり、利一郎と奈緒の婚姻は、その縁からと聞いたことがある。

沼津までは十五、六里の道のりだった。着いたときは早い冬の夕暮れに、大元寺の山門は沈みかけていた。境内に屯《たむろ》する若者に取次ぎを頼むと、龍五郎は賽銭《さいせん》箱を廻って出てきた。

「隊長」

「土肥、生きていたか」

「お久しぶりです」

「上がんな、と言いたいところだが、この本堂に五家族、おれのいる座禅堂にも三家族だ」

龍五郎は先にたって歩み、墓地に入った。季節外れの縁台があり、庄次郎は勧められて龍五郎と並んで座った。

庄次郎はもう一度頭を下げた。

「あの朝は雨垂れの音で目が醒《さ》めて、田植えじゃあるまいし、雨の中で始まりゃしないだろうと迎え酒、二度寝の枕に大砲の音を聞きました」

吉原《なか》で、とはさすがに言えなかった。

「土肥は対外応接掛という役目柄、山にいなくてもだれも気に留めてはいなかった。来てたら犬死にだった」

「犬死にしたほうが気が楽でした」

龍五郎は静かに、強くかぶりを振った。

「ここでこうやって死んだ者たちに囲まれているが、本当はおれに関わる死者の数は、こんなもんじゃない。お前が生きていてくれてほっとしている」

龍五郎は累々と重なる墓石を眺め渡した。墓地には、身動ぎも窮屈な屋根の下を逃れ出たのか、何人かの影が漂っていた。

「武士道とは死ぬことだという。死ぬことになにか価値があるようにいう。死んだ者たちが礎《いしずえ》になって、とか、尊い犠牲、ともいう。犠牲を強いた者のいう欺瞞だ。手向ける言葉が他にないことはわかる。だが、まやかしだ。戦さのあとに残るものは、いかなる礎でもない。贖《あがな》いようのない死だ。陥没だ。夫であり、息子であった者の喪失だ。おれは何度、何十度、部下として死んだ者の家族の前に、頭を垂れたかわからない。だが、一度として、礎だの犠牲という言葉を発することはできなかった」

桐野利秋も同じことを言っていた。庄次郎も、鳥羽伏見で自分の指揮、叱咤《しった》のもとに死んでいった兵のことを、改めて思わないではいられない。幼いコチ助の死に様は、思い出すまでもない、頭に胸にこびりついている。

「隊長はこれから」

庄次郎は無理にも話題を転じた。

「上野で腕をやられてね」

龍五郎はさっきからぎこちなかった右上腕を、左手で摑んだ。龍五郎ほどの者が剣や槍でということはありえない、鉄砲か砲弾の破片にやられたのだろう。

「刀は振れないが、鍬《くわ》なら振れる。おれは彼《か》の西山《せいざん》に薇《び》を采《と》るよ」

庄次郎は胸を衝かれた。

神道無念流の達人が、草を食《は》もうというのか。龍五郎は屈託なげに頰を崩した。

「ぜんまいだけじゃあ飢え死にだ。彰義隊の残党を集めて、茶を作る」

「牧の原の開拓のことですね」

静岡からは西に当たる、大井川右岸の牧の原丘陵を開拓して茶園を作る計画は、庄次郎も耳にしていた。そんなことを、幕府の役人としても有能だった、この剣豪がやろうとしているのか。墓地の冷気ではない、庄次郎は心胆の寒さを覚えた。その心の裡を読んだように、龍五郎は苦笑交じりの声で言った。

「命《めい》の衰えぬためさ」

史記列伝が、義を貫いて餓死した伯夷《はくい》叔斉《しゅくせい》兄弟の事績を冒頭に掲げたのは、何故《なにゆえ》か。「天道是か非か」と、若年の庄次郎も考えた。

「牧の原は東西二里、南北に七里、一千四百町歩ある。無禄移住の二百や三百戸は養える」

「鍬を振っても武士は武士でしょうが」

「武士なんてものはなくなるよ」

「まさか」

否、戦さのためなら百姓町人にも鉄砲を持たせればすむ。そのことは、この眼で見てきた。

「武士がなくなれば、この国は滅ぶのではありませんか」

「国が滅んでも人が残れば、また国はできる」

現に、幕府が滅んで、帝を押し立てた別の国ができかけている。

「しかし、茶ですか」

庄次郎は訊かずにはいられなかった。

龍五郎が茶を喫《の》む姿は浮かぶが、作る姿は無理だ。駿河に来て、初めて茶の木を間近に見た。茶摘みも知っている。だが、その葉がどのように人手を加えられて喫すべき茶になるのか、まったく知らない。

「従来の茶ではない、紅茶にして横浜から外国に売り出そうというのだ」

「商《あきな》いもやるのですか」

「必要とあらば、なんでもやるつもりだ」

口先だけではない、武士道の塊のような龍五郎の覚悟には、庄次郎に迫って揺るがすものがあった。

「これまでは、上様のために生きて、いや、上様のために死ぬために生きてきた。だが、これからは自分と、自分の国のために生きていけるのではないか。茶を作るのは自分の糊口のためだが、その茶を外国に売れば、この国を富ますことにもなる。いままで国と言えば、藩のことだった。おれたちにとっては徳川家のことだった。しかし、これからは日本のことになる」

「そうなのですか」

「これは新しい考え方だ。おれは頭の中を洗われるような気がするよ」

庄次郎にはよくわからない。公方様に天子様が代わっただけではないのか。それが本当に新しいことをもたらすことになるだろうか。

墓石に月の光が淡く当たっている。仰いでみるまでもない、三日月だろう。冷たい風が吹いている。

「一日も早く牧の原に行って、土に大上段から鍬を振るいたいんだが」

「なにか支障があるのですか」

「開拓は単純な計画なんだが、そこに様々に介入して、こじらせる輩《やから》があってね」

「何者ですか」

「おれが偏狭だったのかもしれぬ」

庄次郎にはなんのことかわからなかった。龍五郎は吐息をついた。

「江戸のころ、ちっぽけな利を稼ごうと蠢くやつを、満座の中で、つい叱責した」

「逆恨みされたわけですか」

「こっちが彰義隊なんかで役を離れているあいだに、そやつが出世してね。おれが煙ったくて仕方がないらしい」

龍五郎は愚痴を言う男ではない。相手がよほど龍五郎を憎んでいて、執拗な妨害があるのだろう。

「だが、こういうことは正眼に構えて、まっすぐ進むしかない。なに、数年の内に立派な茶園を作って見せる。土肥も牧の原に来ないか」

「ありがとうございます」

行きたいが、慶喜を斬らねばならない。

二

龍五郎がふと話題を変えた。

「鍬がいやなら、柄杓《ひしゃく》はどうだ」

庄次郎はなにを言われたのかわからず、龍五郎の口元を見守った。

「松岡萬は知ってるだろう」

「はい」

「松岡は塩作りの準備にかかっている」

「塩、ですか」

「いまはまだ藩庁の役人仕事をやってるようだが、来年の夏には天竜川の川口近くで、新門辰五郎のところの者も集めて、初めての塩を作るという」

新門辰五郎といえば、慶喜が鳥羽伏見に伴った妾が、辰五郎の娘だったことを思い出す。

「あの松岡が、ですか」

松岡萬は庄次郎より四、五歳年下だったが、若年のころは親しい仲間だった。度はずれた長刀をたばさみ、こじりが地に引きずるといって、小車をつけていた。足に力をつけると称して鉄の下駄を履いていた。無垢《むく》の魂、熱狂の心を有し、ために奇矯《ききょう》の者と見られることがあった。学問にも秀で、また義兄弟だという山岡鉄舟に匹敵する剣豪だという。

だが、庄次郎から見れば不思議なことに、女嫌いで吉原など眉をしかめて近寄らなかったから、いつか疎遠になっていた。

「いまは藤枝《ふじえだ》宿にいる。こっちと同じ悩みがあるようだ、一度訪ねてやってくれ」

「はい、そうします」

友人知己それぞれが選んだ生き方を始めているようだ。

頼もしいが、置き去りにされていく焦りもあった。

庄次郎は改まって、話題を替えた。

「白戸利一郎は生きている、と思います」

「本当か」

庄次郎は懐に、あの翌日届いた桐野からの書状を抱いている。戦さの地に利一郎と思しき屍《しかばね》はなく、それらしき捕虜もなかった、と桐野は知らせていた。

「白戸家は、いま両親が安倍川右岸、手越村にいます」

「おれが呼んだんだよ。無禄移住で住まいに困り果てていたから、おれが借りていた百姓の納屋を譲った」

「そこに、利一郎のお内儀、奈緒さんが訪ねてはいませんか」

「離縁されたのだからなあ」

「静岡に来ているらしいのです」

「船で来たのなら、からだを壊しているかもしれないな」

明治新政府に仕えることを潔《いさぎよ》しとしない幕臣と家族を、藩は船で静岡に送った。アメリカに借りた船で、二千五、六百人が、夏の末の外海に出た。時化《しけ》の逆風が吹き、二昼夜半もかかって清水に着いた。船倉に詰め込まれていた者たちは船酔いで半死半生、吐瀉物《としゃ》が床に落ちる隙間もなく、隣の者の胸や肩を汚した。困じ果てたのは下《しも》の用で、四斗樽が十五、六個も用意されたが、すぐ一杯になって、船が揺れるとざあざあとこぼれ、床を流れてきた。女たちは衆人の中で樽に跨《また》がれず、必死に我慢して、悶絶する者が続出した。船中で、数人が亡くなり、下船後も病みつく女が多かったという。

庄次郎は、上方で鉄砲傷の養生に温泉に浸かっているとき、彰義隊結成の噂を耳にした。夜も走って、十二日で江戸に着いた。彰義隊参加の届けを出し、利一郎の家に走った。利一郎はやはり帰っていず、父親の白戸敬之助に顚末を報告した。襖《ふすま》の向こうで母親が忍び泣くのを聞いた。

龍五郎は不審げに眼を上げてきた。

「しかし、なぜ奈緒のことを土肥が心に掛けるのだ」

「利一郎から奈緒殿にと託された品が、いまだ渡す機会のないままなのです」

「離縁した妻にか」

「利一郎の心は離れていません」

「そうなのか。時代が変わった。それもいいかもしれぬ」

足音を立てて、墓地に入ってきた者がある。龍五郎が声を掛けた。

「呉松《くれまつ》、ここだ」

まだ二十歳前の若者が来た。

「土肥を憶えているだろう」

「はい」

彰義隊にいた少年だった。呉松は庄次郎に挨拶して、ためらっていた。龍五郎が促した。

「構わん、話せ」

「比川《ひかわ》はやはり伊予《いよ》様に通じていました。いま二人は小料理屋で酒を呑んでいます」

龍五郎は吐息を漏らした。

「静岡に無禄移住した者の中には、飢えに駆られて畑の作物を盗み、見つかって百姓たちに石を投げられ、名乗ればなんとかなっただろうに、恥じ、敢えて浮浪者として天秤棒《てんびんぼう》で叩き殺された者がいたとか、娘を売ったとか、耳を覆いたくなるような噂を聞いた。無禄移住者も元をただせば同輩だ。だが、藩の中には、己の懐を肥やすことしか考えぬ輩《やから》がいる」
龍五郎の顎の付け根がぐりっと盛り上がった。そこに嚙んでいるものの苦味が
どれほどのものか、庄次郎にもわかる。

三

翌日、庄次郎は静岡を通り越した。藤枝宿の、蓮華寺池の畔《ほとり》に行けば、松岡萬に会えるだろうと教えられていた。
日も傾いたころ、池の畔に着いた。
大きな池で、松岡が畔のどこにいるのかわからなかった。池をめぐる小道があったから、歩いてみた。蓮華寺という寺の姿もなく、人っ子一人にも会わなかった。帰ろうとしたとき、歌が聞こえてきた。
〽ひいぃかっかぁ、ひいかっか
　とんぼぅうって、あいてててぇ
池から流れ出る小川のほとり、木立越しに、子供たちにまといつかれている松

岡を見出した。

「松岡」

「土肥さん」

松岡は懐かし気に寄ってきた。

「この池で塩を作るのか」

「まさか、ここには藩庁の水利路程掛の仕事で来ているのです」

「水利路程掛」

「安倍川に橋を架けるとか、この池の管理とか、そういうことをやっているのです」

「来年夏には最初の塩を、と聞いた」

「自分だけ禄を食《は》んでいるのは辛いです。こっちのごたごたなど放り出して、塩を作りに行きたいところです」

昔から、そういう男だった。

幕府も下のほうには、そういう男がいくらでもいた。薩長土肥のように、そういう男たちを掬《すく》い上げることができなかったのが、幕府瓦解の原因の一つだろう。

「いい池だ。ごたごたなど起こりようがないような眺めだ」

「打擲《ちょうちゃく》」

松岡はぐいと拳を握って、びゅうと音がするほどに空《くう》を殴った。打擲とは、懲《こ》らしめのために人を殴るの意だ。ごたごたを思うのだろう。

「維新といい、御一新といいます。これから新たに良いことが始まるのだと、無理にも思いたいところです。しかし、馬に西洋鞍《ぐら》を乗せても馬は馬、麒麟《きりん》にも牛にもなりはしないと、そんなことばかりが眼に立ちます」

松岡はまたびゅうと空を打擲した。

松岡には、旧幕のころ江戸市中で西洋鞍に騎乗する武士を見かけるや抜刀して追い廻した、という噂があった。その種の伝説をいくつも身にまとった男だった。

「いや、西洋物ならなんでもいいという類の上っ調子など、まだ可愛いものだと知りました。旧幕時代の悪弊をそのまま踏襲する輩を、ここに至っても見なければならぬのですからね。江戸から静岡へ、所変われど俗物どもの根性は変わりようがないのかもしれません」

「しかし、藩には山岡さんも、勝さんもいるじゃあないか」

「大谷内さんなんかも、藩の苦しい内情を知っているから、飛び越して行けるのに行かず、下から願い出る形を壊すまいとしています」

「松岡が出ていけば、小役人の一人や二人、震え上がらせることは簡単だろう」

「わたしも小役人にすぎんのです。しゃしゃり出て、願い出る形を壊せば、すべてを壊してしまいかねないのです」

「そういうものかもしれんなあ」

どういうことがあるのかわからないが、松岡のような男が役人をやっている悲劇だろう。

近くの枯木に小鳥が来て鳴いた。

「ひいかっかあ、あの鳥、ジョウビタキのことです」

江戸でも見かけた、冬の小鳥だ。明るい樺《かば》色のからだに黒い羽織、羽織の肩にはくっきりと白い紋という姿の小鳥は、忙《せわ》しげに身じろいでは「ヒーカッカ」と聴こえる鳴き声を放ち、閃くように飛んだ。

駿府に移住して間もない松岡が、小鳥の地方名を知っている。水利路程掛という役職を誠実にこなすために、田の畦《あぜ》まで歩き廻っているのだろう。庄次郎は訊《き》かずにはいられなかった。

「なにが起きてるんだい」

松岡は子供たちのほうを見た。もうずいぶん冷たかろう小川で、子供たちは笊（ざる）で雑魚を掬っている。笊《ざる》を流れの下手《しもて》に構え、上手《かみて》の水藻を踏んで、魚を追い込んでいる。ときおり、ハヤやモロコだろうか、小さな魚が笊に跳ねると、子供たちが歓声を上げる。

松岡は子供たちから眼を転じて、低い丘の連なりに抱かれる、大きな池の水面を見た。岸寄りには、水が減って茎が長く露《あら》わになった蓮の葉が、枯れて風に揺れている。

「この池を埋め立て、田にしようと目論む者があります」

松岡は池を睨みつけるように言った。

「田んぼにするには惜しい風景だが、食うことが先だろうからなあ」

「食えなくなる者が出るかもしれません」

「田んぼを作って食えなくなるとは、どういうことだい」

「ここに田を作る者は、食えすぎるほど食えるでしょう」

「食えなくなるのは」

「近隣の田の者たちです」

「なぜ食えなくなるんだ」

「水不足です」

「ここに田ができたからって、水が天から落ちてこなくなるわけじゃないだろう」

「土肥さん、こう見えて、この池は近隣の村の者が総出で掘ったものなんです」

庄次郎は改めて水面を眺め渡した。どこにも人の作為など見えない、おだやかな佇《たたず》まいだった。

「言い伝えでは、掘ってから二百五十年ばかりになるといいます」

「二百五十年も」

歳月が人工の傷を癒し、自然に馴染《なじ》ませたのだろう。

「池の下《しも》、何カ村かが田植えの水や、日照りのときの頼りにしている池だといいます」

「しかし、水不足があって作った池なら、ここに作る田がまず水不足になるんじゃないのか」

「ここには、向こうの丘に降った雨が流れ込んで潤されます」

「下の田までは潤すに足りないのか」

「それをたしかめに来ました」

「丘が低すぎる、足りないだろうな」

「土肥さんにもわかりますか」

「それなら話は別だ。そういう池を埋め立てることなど、どんな悪代官もやらん。まして新政府が許すわけがない」

「すでに藩が許しました」

「まさか」

「いま藩は一升の米も欲しいときです。新田は喉から手が出るほどでしょう」

「水利路程掛として、松岡が許したわけか」

「わたしより上にいる者の判断で、ことは決まります」

「事実を知らせてやれば、やめるだろう」

「やめないでしょうね」

「なぜだ」

「埋め立てを願い出たのは、近辺の商人ですが、藩のほうも、古文書を見つけ出して、商人の言い分に加担しています」

「百姓の言い分は聞かんのか」

「下の村が多少水不足になって収穫が減る分を、新田からの年貢が補って余りある、というのが藩の勘定です」

「その商人だけが得する勘定か」

「商人だけでもないようです」

「藩の、役人もか。打擲、だな」

松岡は苦笑いして、首を横に振った。

「やつらが待っているのは、それです」

「打擲されるのを待っているというのか」

言ってしまってから悟った。

「そうか、そういうことか」

松岡が乱暴を働いて左遷されるのは、商人たちの思う壺なのだろう。

「ここだけではなく、磐田《いわた》宿や岡部《おかべ》宿の廻沢《めぐりさわ》というところなどで同じような悶着《もんちゃく》が起きています。新しい酒が古い樽に入れられ、腐っていく。見ていたくない眺めばかりです」

だが、松岡は激昂《げっこう》してはいなかった。旧幕のころ、上役の理不尽に逆上し、その屋敷を訪ねて庭の石灯籠《いしどうろう》を一刀で斬り倒し、上役を震い上がらせたという噂を持つ男の横顔を、庄次郎はそっとうかがった。

「で、どうする」

「塩は腐りません。他のものが腐るのを防ぎます」

松岡は地に目を落としたまま歩き出した。

水門のところでは、さっき雑魚を掬っていた子供たちが水から上がって帰り始めていた。

〽ひいぃかっかぁ、ひいかっか
　とんぼうって、あいててぇ
「とんぼを切って腰をねじった、というんでしょうね」

打擲の結果を、松岡は小鳥の姿に見ているのだろうか。田んぼ帰りか、二人、三人と鍬を担いだ百姓が歩いてきた。いずれも松岡に親しげに挨拶していった。一人の百姓とは向かい合った。

「松岡さま」

百姓はすがるように松岡を見つめた。松岡はうなずいて見せた。

「うむ、大丈夫だ」

百姓は膝に頭がつくほどにお辞儀をして、歩み去った。

「大丈夫、か」

松岡が自問のように呟《つぶや》くのを、庄次郎は聞いた。

四

「これから、その商人に会いに行こうと思います。土肥さんはどうなさいますか」

「水利路程掛として、従者の一人も供にしなければ重みがないだろう」

「従者どころか、新たな上役と考えてくれるかもしれません。ぜひお願いします」

松岡は微笑を浮かべていた。挙措《きょそ》も穏やかなものだったが、嵐の前の気配が見えなくもなかった。打擲くらいなら見守ればいいが、いざとなったら松岡を羽交《はが》い絞《じ》めに抱きとめる役を、と庄次郎は内心に決めた。

商人は米屋三右衛門といって、藤枝宿上伝馬《かみでんま》に間口十間の店を構えていた。番頭や手代、丁稚が忙しく立ち働く店先に立つと、新しい米の香りに包まれた。

松岡が名乗って主人への面会を申し入れると、待たされることしばし、その三右衛門が人のよさそうな笑顔で出てきた。四十半ばの小太りの男だった。

「おお、これは松岡様、ようこそお出でくださいました」

「突然ですまぬ。かねての話について、もう一度相談と思ってね」

「はいはい、もちろん、そのことそのこと、きょうこそはゆっくりとお付き合いいただいて、決まりをつけましょう」

松岡は庄次郎のほうに戻していた目を、三右衛門に向け直した。

「いや、きょうはこちらも一緒だから、ゆっくりもしていられぬのです。用件のみで失礼します」

「なにをおっしゃいます。実は家人が留守で、奥を取り散らかしております。こんなところで立ち話もなんですから、はい、もう人を走らせて席をもうけさせました。ちょっとそこまでご同道を、さ、そちらの方もあっちに着いてご挨拶ということにしていただいて」

「土肥さん」

先程来のおおらかな微笑のまま、松岡が庄次郎に目配せした。

「おお、土肥様とおっしゃいますか。やはりお旗本ですね。ううむ、さすがどこか違ったものですなあ。さあ、土肥さんもどうぞ」

駘蕩《たいとう》と誘われていく松岡に、庄次郎も続いた。わずかなあいだに、町並みには灯の影が目立ち始めていた。

「明治を下から読んで、治まるめいとふざける輩がおるそうですが、ここ藤枝にはそんな罰当たりはおりません。ご神君のお膝元同然の町でしたが、ご一新となって正真正銘徳川様のもとに暮らしていける、こんな幸せはございません」

藤枝宿は旧幕のときは、田中藩の下にあった。田中城は、徳川家康がこの城で榧《かや》の実の油で揚げた天婦羅を食い、それがきっかけの病で死んだという、伝説の城だ。

「いやいや、藩としても、天領を代官が治めるようなこととは違って、なにをどうしてよいやらわからぬことも多いのです。藩が間違ったことをしたら、遠慮なく申し出ていただきたい」

松岡も危ういところは全く見せず、三右衛門に導かれていく。

「間違ったことなど一つもございませんよ。静岡藩に変わってから、なににつけて大らかな気風が満ちてきて、さすが天下を治めた徳川様のご政道と、領民はみな喜んでおります」

「いや、大らかなのではなく、慣れぬ仕事に迷って、雑にやっているだけなのです」

「まさか、そんなことはございません、あの渡津さまのご指導には、何事につけ従っていれば間違いのない確かさがございます。あの方のように、わたしども下々のことを深くわかっていて、思いやってくださる方はございません」

三右衛門はしゃべりつつも、すれ違っていく町の者に如才なく会釈していた。

街道から幅二間ばかりの川にそって小道をたどると、夕闇の中から思いもかけぬ華やかな町並みが現われた。どこの宿場に行っても、どこか同じたたずまいを見せる遊郭だった。そして、わらわらと妓夫《ぎゅう》や遣り手風の者が四人ばかり三右衛門に駆け寄ってきた。

「旦那さま、お待ち申しておりました」

「用意は整ったかい」

妓夫の返事も待たず、慣れたふうに松岡と庄次郎を店に招じ入れた。三右衛門が松岡の訪れを知って、すぐ他所に座をしつらえるよう命じたというのは本当だったのだろう。松岡はすでに何度か供応されていることになるが、女嫌いの松岡がどのように耐えていたか、庄次郎は内心に微笑んだ。

磨き上げられた廊下を進み、奥まった離れの一室に通された。形のいい松や巨石が配された庭に面する部屋の床の間を背に、二つの座が設けられていて、庄次郎は松岡に並んで、そこに座らされた。

あっというまに酒肴《しゅこう》が並び、着飾った女たちが配された。供応されることを重ねてしまって大丈夫なのかと、庄次郎は松岡をうかがった。松岡は相変わらず駘蕩たる笑みを浮かべている。その前に三右衛門がぴたりと座った。

「お渇きでしょう、まずはお湿しになってくださいませ」

三右衛門が差し出す銚子を、松岡は丼のふたのように大きな盃で受けた。そして、すうっと一息に呑んだ。

「おお、いつもながら見事な」

三右衛門はまだ宙にしていた銚子を再び傾けた。松岡の女嫌いをもはや飲み込んでいるらしく、三右衛門自身が酌を続けるつもりらしい。

庄次郎には女が艶《なま》めかしく寄り添ってきた。庄次郎の膳にも吸い物の蓋《ふた》ほどの盃がすえられていた。

「膝栗毛以来、藤枝は腐りかけたマグロしか旅の人に出せぬという汚名を着せられてまいりましたが、きのう焼津の浜に見事なマグロが揚がりましてね。どうぞご賞味ください」

三右衛門は自慢げに膳の上の肴《さかな》を勧めた。

鮮やかな赤身は深く微妙な味を舌に伝え、庄次郎は思わず唸った。

「いかがですか」

三右衛門が駄目押しをするように言った。

「膏血《こうけつ》の色、膏血の味ですね」

松岡が満足げな声で答えた。

「はあ」

三右衛門は戸惑ったようだ。

民百姓の、を付けなかったから、結構の類の言葉と思ったのだろう。膏血の、汗と血という意味、民百姓の膏血を絞るというふうに使うとは知らないのだろう。どれほど供応されようと、松岡が揺らぐことはあるまいとは思っていたが、これで安心して呑み、かつ食える。庄次郎は三右衛門が勘定を払う酒を楽しみ、佳肴を心行くまで味わった。寄り添ってくる女と杯をやりとりした。

五

三右衛門はなにかにつけて、渡津さまがこう言った、こうなさったと、渡津という名を持ち出していた。渡津というのがどうやら藩庁における松岡の上役らしい。

松岡がすっと立ち上がった。厠《かわや》にでも立ったのかと思ううちに、三右衛門のうしろにぴたりと正座した。

「三右衛門殿」

「松岡さん」

三右衛門があわてて向き直る前に、松岡は畳にまで額を下げて平伏した。

「蓮華寺池の件につき、お願いいたす」

「はいはい、わかっております、わかっております」

「そうですか、かねがね申し上げていた件、わかっていただけましたか」

「はい、松岡さまのお出でをお待ちしておりましたのです。この場では、なんですから、お帰りの節に、と土産も用意してあります」

「わたしの申し出を呑んでくれた上に、土産までいただけるということですか」

「はい、渡津さまも松岡さまへの配慮を、大変ご心配の様子だったのですが、これこれこのようにと申し上げると、たいそうお喜びでした」

「そうですか、渡津さんにもやっとわかっていただけたのですか」

「はい」

「かたじけない」

「なに、お礼はこちらから申さねばなりません」

「よかった、これで蓮華寺池の下流何カ村の百姓が泣いて喜ぶでしょう」

ふふふ、と三右衛門が笑った。

「なるほど、なるほど、お土産はやはり先にお渡しすべきでした」

三右衛門は脇の女に目配せした。

女が、つと立っていった。

「さあさあ、松岡さま、位置がおかしくなりましたが、お土産到着までさらに一献」

三右衛門はうしろから酒肴の膳を廻してきて、松岡の前に据えた。そして、大盃になみなみと酒を注いだ。

「松岡さまはご存知ですか。あの池は昔百姓どもが掘ったのだということは、ただの言い伝えだということを」

「言い伝え、ですか」

「益体《やくたい》もない湿地はあったようですね。近辺の百姓たちが細々蓮根を作り、町で売っていたということが、古い文書に書かれていたそうです」

「その文書を、渡津さまが見出してくださったというわけですか」

「論より証拠です」

「池があるから蓮根を作ることができたのではないですか」

「いいえ、湿地の蓮根を掘り出し、また掘り出しているうちに、その跡が池になったということです」

「池が先か蓮根が先か、ですか」

「池などなかったのです。ですから埋め立てて田んぼにしても、それは昔湿地だった状態に戻すのと、なんら変わりはないということなのです」

松岡は言い込められたように黙った。

女が折詰を運んできた。それは三右衛門に渡され、改めて酒肴の膳の横に据えられた。

「藤枝宿の名物、染飯《そめいい》です」

「これが土産ですか」

「梔子《くちなし》の実で米を染めるのです。見事な黄金色に染まった、実に美味な名物ですよ」

松岡は染飯の折を、紐を摘まんで眼の前に持ち上げた。うつむいて、その重みを計るふうのこめかみがすうっと青くなっていくのを、庄次郎は見た。年少の友の凄まじい絶望と怒りは、庄次郎にも伝わった。

「打擲」

それで止めておけという忠告として、庄次郎は低く声を掛けた。

庄次郎のものも一緒に、大刀は刀掛けに掛けてあった。だが、手にしようとすれば、瞬く間だ。抜かせたら、藩の上役が絡んでいるのだ、おそらく松岡自身も切腹に追い込まれるだろう。

三右衛門がにたりと笑って、庄次郎にうなずいた。打擲を祝着《しゅうちゃく》とでも聞き違えたのだろう。

だが、松岡のほうに目を戻した三右衛門の顔色が急変した。松岡の前の膳、大盃を満たした酒が縁のほうから小波を立て、幾重もの輪を作っていた。

「うわあっ」

三右衛門は飛び上がって、四つん這いに逃げた。

畳に爪の音がした。

女たちも、その恐怖に染められ逃げた。

座敷には庄次郎と松岡が残された。

松岡が顔を上げた。盃の波紋は治まっていた。松岡は鼻で笑い、染飯の折詰を摘まみ上げぽとりと落とした。

「安く踏まれたもんです」

畳に落ちた音で、中身は十五両と知られた。

「いや、安く踏まれたことを怒るのではありません。新しい時代だという、その日々に古い汚れを塗りたくる者たち、とりわけそれが自分の側の者だということがやりきれなくて、やつの前で立ち腹切って、はらわたを面に投げつけてやりたくなりました」

やつとは渡津という上役のことだろう。

「蓮根掘りが池を作る、とはな」

「巧妙な言い抜けというより、わたしを虚仮《こけ》にしたのでしょう」

「それにしても、盃の酒を波立たせるとは、松岡のからだはいったいどういう仕掛けになってるんだ」

「さあ」

「裂帛《れっぱく》の気合が、一瞬一瞬波になって襲いかかってくるというか、おれもこんな剣気に初めて触れたよ」

「思えば思うほど怒りがこみ上げて、気がついたらこんなことになっていたのです」

「米屋は、斬りつけられた以上に怖かっただろう。二度と埋め立てなどとは言うまい」

盃に起こした波紋が中心に至った刹那《せつな》、鎌鼬《かまいたち》のように一閃、三右衛門の胸前に深紅の深い傷跡を残しかねない剣気だった。

六

信じられないことが起きた。

三右衛門がにやにや笑い、月代《さかやき》を掻きながら戻ってきたのだ。

「いやあ、仰天しました」

三右衛門は松岡の前に戻った。

「実は、安政の大地震のとき、わたしは江戸におりまして、あの地震が腹の底に伝えてきたなんともいえぬ震えは忘れられません。以来、すっかり地震が苦手になってしまいまして」

「地震か」

庄次郎は思わず吐息を漏らした。

「それでも近頃ではだいぶ慣れまして、平気な顔でいられるようにはなったんですが、なんですか、さっきのやつには安政以来の、肝を引き抜かれる思いでした」

三右衛門は笑って続けた。

「まろび出てみれば、草の葉一枚揺れてはいないわ、ほかにはだれも揺れを感じていないわ、狐につままれたようです」

「狐、ねえ」

庄次郎は眼前に商人に化けた狐でも見ている気分になった。

「臆病なところをさらしてしまってお恥ずかしい。座興とお笑いください」

「いや、臆病などということはない。よくぞ這ってでも逃げられたものだ。拙者、腰が抜けそうになりました」

庄次郎は使うことも稀有《けう》になった、拙者という名乗りを上げた。

「ほう、土肥さまも地震嫌いですか」

「地震ではなかったのですよ」

「はあ」

三右衛門にはなんのことかわからないふうだった。説明してもわからないだろう。

「いずれにしましても、松岡さま、どうかこのことは渡津さまにはご内密に」

「蓮根掘りのことですか」

かすかに松岡は眉を開いた。

蓮根掘りの古文書捏造が、渡津という上役の発案でなく三右衛門の姑息《こそく》な策なら武士道はわずかに救われる、と思ったようだ。

「なんと、まだそのような冗談をおっしゃる」

「その古文書は、為にする贋物です。渡津さんともあろうお方が、よもや見分けられぬわけがない」

「松岡さま」

三右衛門はあきれて見せ、せせら笑った。

「松岡さまへのお土産は、わたくしの一存ではありません、渡津さまのご配慮です。その辺りは、もちろんお含みおきかとは思いますがね」

三右衛門は言葉つきこそ丁寧だったが、横柄さの滲む笑みを片頬に浮かべて、松岡を見据えた。松岡はその笑みを受け止めて、微笑んだ。庄次郎は三右衛門のために念仏でも唱えてやりたくなった。だが、哀れや、三右衛門は嵩《かさ》にかかった。

「渡津さまという方はできた上役ですねえ。幸せですよ、松岡さまは」

三右衛門は手を叩いて、女を呼んだ。

「お酒が冷めてしまったよ、新しいのを持っておいで」

松岡はなお微笑んでいたが、見る者が見れば震え上がる微笑だった。庄次郎は松岡にいささかでも気配があれば、先に三右衛門を撲《なぐ》りつけるつもりで拳を固めた。庄次郎の怒りも、撲り殺さない程度を測ることを忘れさせそうだった。仁王の顔になっているかもしれない。

酒が来た。

「さ、松岡さま、古い酒は捨てて、新たな酒を酌み交わしましょう」

三右衛門はまさに古い樽だった。古い樽が松岡の前の膳、さっきのままの大盃に手を伸ばした。冷めた酒を空けるつもりだったようだ。

大盃の酒にさっと小波《さざなみ》が立ち、三右衛門の手が止まった。庄次郎も臍下丹田《せいかたんでん》から の気を松岡に合わせた。小波は一気に大盃の中心に寄せて、小さく宙に噴き上がった。

「あっ」

三右衛門の上体がうしろに反って、松岡の微笑にまともに向かい合った。三右衛門は呻《うめ》き、顔をこわばらせた。ようやく盃中の波紋の源を悟ったようだ。退って逃げようとするのに、庄次郎は低く声を掛けた。

「動くな、下郎」

三右衛門は凍りついた。

盃中の波紋が伝わったように、がたがたと震えだした。わななく声を、ようやく絞り出した。

「ま、松岡さま、わかりました」

松岡は答えなかった。

「蓮華寺池の埋め立てはいたしません」

「――――」

「藩庁へのお願いを取り下げます」

「――――」

「どうか、お赦《ゆる》しを」

松岡はすっと立った。

「わっ」

三右衛門は急に支えを外されたように、うしろに倒れた。

松岡は刀を取り、あとも見ずに出ていった。

庄次郎も立って、ゆっくりと刀をたばさんだ。眼の隅で、三右衛門が染飯の折詰に、すうっと手を伸ばすのが見えた。

「打擲」

庄次郎は三右衛門の頭に軽く拳を喰らわせ、語の意味を教えてやった。三右衛門は蛙のような声を立て、蛙のように潰れた。

「一度出したものを、男が引っ込めてはいかんなあ」

庄次郎は折詰を摘まみ上げた。大谷内龍五郎に託せば、金は生きるだろう。翌日、折詰はセキに頼んで藩庁に届けさせ、龍五郎に届くように計らった。

大盃に立った小波の噂は、大地震にも勝るそのときの恐怖を三右衛門が語らずにはいられなかったらしく、藩内に波紋を広げた。

松岡を悩ましていた磐田宿や岡部宿廻沢の同種の悶着までが、ほどなく民百姓の喜ぶ解決を見たという。もはや盃に小波を立てるまでもなく、噂におびえていた者たちは松岡が前に座っただけでひれ伏した。磐田宿、岡部宿廻沢の百姓たちは狂喜して、松岡を神に祀《まつ》る神社を作ることになったという。

七

セキが転げ込むように部屋に入ってきたのは、そろそろ酒を始めようかという暮れ六つのころだった。セキは息せき切っていた。顔を見て奈緒の消息だとわかった。庄次郎は立った。

「どこだ」

「岩淵《いわぶち》」

富士川の渡しには上流の甲州と結ぶ縦渡しと、対岸に渡す横渡しがある。岩淵は、その渡し場だ。奈緒が東京に帰ろうとしているのなら、富士川を岩淵で越さなければならない。

「渡ったというのか」

「わからない、とにかく渡し場の常夜灯のところで待つって」

セキを落ち着かせ、自分も気を鎮めて、詳しく話させた。

暮れの町には、門ごとに三味線を弾き、ささらを鳴らして、歌い踊り、祝儀をせしめていく者たちが出る。セキはその一人に絵を渡し、奈緒を探してくれるよう頼んだという。その者は仲間にも絵を見せ、中の一人が奈緒を見つけ、あとを追った。岩淵まで追って、その地の仲間にセキへの知らせを託してよこした。

そういうことだった。

夜間に渡しはない。奈緒かもしれない女は岩淵に止宿したということか。

「それに、男の連れがあるというんですぅ」

「それは、奈緒さんではない」

「ええ、わたしもそうは思ったんだけどぉ」

「どんな男だと」

「さあ、それはぁ」

庄次郎は部屋に戻った。

だが、やはり気になる。連れが利一郎なら、と考えた。それもありえない。だが、居ても立ってもいられない。夕飯どころではない。冷で一合ばかりを放り込んで、店先のセキのところに戻った。

「蒲原《かんばら》宿まで七、八里か、蒲原から岩淵までどのくらいだろう」

宿場ごとの駕籠は、日暮れで終えるが、廓に屯する駕籠が残っていた。だが、岩淵までは無理だ。一里を半刻ほどで走るが、金も一里四百文、用心棒代一日分の何倍にもなる。その上、庄次郎のからだでは倍吹っ掛けられる。からだが重い分、財布が軽くなる。

「すまんが、少し貸してくれ」

セキはその場で財布ごと渡してくれた。足りなければ、あすあたしのところに

来てと駕籠かきに交渉してくれた。

「常夜灯、だったな」

「これ首にかけていって」

セキはささらを首に掛けてくれた。

庄次郎の体格を見て、駕籠かきは逃げ腰になったが、無理強いに江尻《えじり》まで走らせた。江尻、興津宿の間、広重の「五十三次」にも描かれた薩埵峠《さったとうげ》の難所は、自分の脚で越えなければならなかった。

由比《ゆい》宿を経て、蒲原からは富士川に沿って遡《さかのぼ》る。岩淵の渡し場に着いたときには、辺りの宿屋も表戸を閉じ、寝静まっていた。

常夜灯の脇でささらを鳴らすと、願人坊主《がんにんぼうず》のような風体の男が出てきた。

「リ、リッ――」

男は道端の枯れ枝で、地に「林回坊《りんかいぼう》」と書いた。暗い地面に見ても、おそろし

く金釘流だ。

「林回坊」

三度も、男はうなずいた。

庄次郎は改めて勝之助の描いた絵を見せた。

「女はたしかにこの女だったか」

林回坊はうなずいた。

「男の歳はいくつくらいだった」

片手が開いて示された。

「五十歳」

大きくうなずいて答えた。

「やはり、さがしている者とは違うようだ」

林回坊は蓬髪《ほうはつ》の頭を振りたて、絵の女を何度も指してみせた。女は絵の女だというのだ。

「どの宿に入ったかわかるか」

また蓬髪が揺れ、両腕が彼方の黒い山陰に向かって、波のように振られた。

「泊らずに山越えしていった、というのか」

東海道でさえ、夜歩く者はほとんどない。その女と男は、なにか異常だ。やはり奈緒かもしれない。

「提灯《ちょうちん》をどこかで買えないか」

林回坊はかぶりを振って、一間ばかりの篠竹《しのだけ》を差し出した。それで先導してくれるというらしい。

山中の道は木々にさえぎられ、わずかな月明りも届かない。だが、林回坊は夜目が利くようだった。庄次郎が篠竹を握ってゆくと、道の凹凸までが伝わり、ほとんど昼間歩くように、また下り坂や平坦なところでは走りさえした。

いくつかの山間の集落の黒い影をかすめ、ただひたすらに闇を抜けていった。山懐深く入ってゆくのが、濃密になってゆく闇に測られた。ときに足下に白く川が見え、瀬の音が聞こえることもあった。

初めは遠い人の声かと思った。

殷々《いんいん》と谷に谺《こだま》す声は、深夜の山々が洩らす呻きとも、怨霊《おんりょう》の嘆きとも聴こえた。林回坊が震えるのが、篠竹に伝わってきた。

「あれはなんだ」

「おっ、おおぉ」

林回坊は喉を伸ばし天を仰いだ。

「狼か」

話には聞いたことがあったが、初めて耳にする遠吠《とおぼ》えだった。東海道に比べれば細道に過ぎないが、昼間は人や荷車も通る往還、狼の声を聴こうとは思わなかった。林回坊はさらに道を急いだ。

どれほど歩いたのか、時は闇に溶けて曖昧《あいまい》になってしまった。

空が微かに白んできた。

林回坊がふと立ち止まった。小首を傾げ、伏して、耳を地に押し当てた。そして、もう一度小首を傾げた。

「どうした」

林回坊は指を三本立てた。

「一人加わったということか」

強くかぶりが振られた。林回坊は片手を開いて見せた。

「五人になったのか」

林回坊は片手に二本、片手に三本の指を立て、パンと叩いた。そして、走り出した。

庄次郎には意味がわからなかったが、続いて走った。

そのとき、鋭く鳥が鳴いた。朝を告げる声ではない、夜の闇に鳴く鳥の鋭い声に似ていた。

林回坊が跳び上がって、道の先を窺った。

道は谷を抜け、覆いかぶさっていた木々の繁りが頭上から消えた。地形は平坦に拡がり、田畑になっていた。急に明るくなった天の下、往還は真っ直ぐに延びていた。

ようやく顔立ちのわかる距離に、五、六人の人影がもつれあっていた。女は鳥追い笠をかぶっていて、顔はわからない。刀身が閃き、おんなが弾き出されて、草に倒れた。

その姿形はまぎれもなく、奈緒だった。

一人の浪人を、月代《さかやき》も白々と見える三人の武士が剣で囲んだ。浪人は田のはさ掛け棒を取って応じながら、なにか叱咤していた。女が立ち上がって、笠をかなぐり捨てた。

遠目には、確かに奈緒だった。

庄次郎は走った。

奈緒は、杖でうしろから三人に打ちかかっていった。一人が奈緒に向き直って、踏み込んで突き飛ばした。

「引っ込んどれ、とうじんが」

どこの国訛りかわからぬ罵りに、奈緒は倒れたまま武士の脚を杖で払った。

「とうじんめが、とうじんめが」

武士は奈緒を蹴り、刀を振り上げた。

「馬鹿」

浪人が一喝して、奈緒を蹴っている武士に向かった。月代を剃っている武士三人が、一度に浪人に斬りかかる動きを見せた。

「待て、待てぇっ」

庄次郎は怒声を上げて突っ走った。

三人が振り向いた。

庄次郎は抜刀し、上段から振りかぶって、奈緒に近い武士に殺到した。武士が庄次郎に切っ先を向け直した。庄次郎は勢いのまま剣を振り下ろす、その直前に峰を返した。受ける剣を叩き落として、剣は相手の肩に食い込んだ。鎖骨を折る手応えがあった。奈緒が剣の下にいたから、手加減を忘れた。相手は袈裟《けさ》懸《が》けに斬られたと思ったのだろう、絶叫して失神した。残り二人の武士は林回坊の飛礫《つぶて》に飛び退いていた。

「奈緒さん」

庄次郎は奈緒を助け起こそうとした。振り仰ぐ顔は、奈緒ではなかった。よく似ていたが、間近で見れば勝気そうな眼鼻立ちは別人だった。庄次郎は立って、浪人に切っ先を向けている二人の武士に向き直った。

「行きずりで、どういう事情かわからねえんだがね」

「なりば、介入は無用」

武士の一人が吠えた。聞いたこともない国訛りがあった。

「女連れの一人に三人がかりとは、明治の御世になったとはいえ、卑怯千万。助太刀いたす」

庄次郎は相手の腕を読んで、芝居がかった。

「こっぱらすね」

わけのわからない罵りとともに、武士の一人が斬りかかってきた。なまくらな剣だった。たやすく相手の剣を巻き取って、中空高く跳ね飛ばした。よほど腕前が下級の相手にしか通じない技だったが、あっけに取られるほど見事に決まった。あっけに取られたのは、相手もだったようだ。捻挫でもしたのか、手首を押さえて、ぽかんと口を開けた。残る一人は、林回坊が拳大の石を構えるのにたじろいでいたが、負け惜しみの虚勢を張った。

「退け」

失神している武士を引き起こし、二人で両側から担いだ。

「松浦、覚えてろ」

襲撃者どもは岩淵方向に逃げた。

八

「お助けいただいた。誠にかたじけない」

　女の連れの浪人は、棒を捨て、改まって頭を下げた。五十歳くらいの長顔は、黒く日焼けしていて、揺るぎない意志を垣間見せる大きな眼が光っていた。

「わたしは松浦武四郎《たけしろう》と申します」

「土肥庄次郎です」

　普通は「何々藩の」と所属を付する。この男はただ氏名を名乗った。枠をはみ出た男の大きさが、そのことにも垣間見えるようで、庄次郎もまた心拡がる思いで名乗り返すことができた。女も改めて深々と頭を下げた。

「吉《きち》、と申します。ありがとうございました」

　三十歳くらいだろうか、姿は奈緒に酷似していたが、物腰は町人のものだった。

「無事でなによりでした。それではこれで失礼いたす」

　女が奈緒でないとわかれば、このまま道を進む意味はない。庄次郎は岩淵方面に引き返そうとした。

「しばらく」

松浦が、不審げに呼び止めた。襲撃者たちと同じ方向に戻ろうとするのは、たしかに不審だろう。庄次郎も一味で、なにかの策略かと疑われかねない。

「いや、実は、松浦さんのお連れを知り合いと間違えて、ここまで追ってきたのです」

「吉を」

「人違いでした。思いがけずお役に立てて、これも他生《たしょう》の縁かもしれません」

松浦は道の先を見やった。ゆるやかな坂の上に、やわらかな煙を上げる家があった。

「茶店ではなくても、茶くらい振る舞ってくれるでしょう」

松浦は誘うように歩き出した。虫の良いことを考える人だ、と庄次郎は思いながらも歩みを合わせた。松浦は庄次郎の心中を読んだかに笑った。

「蝦夷地《えぞち》が長かったものですから、つい向こうの人情でこっちのことも考えてしまいます」

「蝦夷地」

庄次郎は驚いて、松浦を見直した。

「わたしは彼の地を北海道と名付けました。あそこには、アイヌと申す人々が先住しておりました。どこにいっても親戚の者をもてなすように、歓待してくれました」

庄次郎には、蝦夷地もアイヌという住人も思い浮かべようがなかった。

「容姿も心も美しい人たちです。日本人がいやになります」

庄次郎には言葉の意味がわからなかった。

「いま襲ってきた者たちは、松前藩の刺客です」

蝦夷地にそういう藩があると耳にしたことはあった。

「松浦さんも、その松前藩のご家中ですか」

「わたしは伊勢《いせ》の郷士の倅ですが、子供のころから、なにか心が片雲のように覚束ず、風が吹くと、誘われて歩き出し、ひたすら遠くに行きたくなるという、そういう病がありまして。十六歳のとき、伊勢国一志《いちし》郡の家をふらっと出て、十年、近畿、四国、北陸、東北、東海、江戸、山陰、山陽、九州に放浪しました。挙句に蝦夷地、いや北海道に憧れ、二十八歳のとき初めて彼の地に渡りました。ただ歩くだけでは勿体《もったい》ないと思い、物産や住む者たちの風俗習慣など調べ記録してゆきました。勧められて幕府に報告書を提出しておりますうちに、幕府御用を足すことにもなりまして」

唐突に身上を語り出す、それが不自然ではなかった。ざっくばらんな話し方に、すぐ庄次郎は引き込まれた。

「それがなぜ、松前藩から命を狙われるようなことになったのですか」

「北海道は、本当はアイヌたちの国で、土地も海もアイヌたちのものです。北海道を日本の領土だというなら、アイヌも日本人です。しかし、松前藩ではアイヌを日本人どころか人ではないように見下し、眼に余る悪逆、収奪をなしています。わたしはそれを糾弾し、幕府に訴えてきました。松前藩にとっては、わたしは眼の上のたん瘤《こぶ》、いや、鼻先に止まって刺す蜂というわけです」

「明治になってもですか」

「わたしは明治新政府から北海道の御用も託されています。松前藩のやり方は改められていません。若い男は村から無理やり連れ去り鰊場《にしんば》で酷使する、若い女を手籠めにして瘡《かさ》はうつす、このままではアイヌは絶えてしまいます。わたしはアイヌへの悪虐と収奪をやめるよう訴え続けてきました。新しい時代に新しい日本になるためには、必ずそうしなければならないと思うからです」

人跡未踏の地を黙々と歩いて、人里で人に会うと饒舌になるのかもしれぬ。だが、庄次郎には新しい日本という、その姿が見えない。

「それにしても、なぜこんなところにまで来ているのですか」

「まだ新政府の腰が据わらないのか、松前藩に遠慮しているのか、なかなか赴任できないものですから、その間に第二の東海道作りの仕事に目途をつけておこうと思いましてね」

「第二の東海道、ですか」

「大井川や安倍川が川止めになって、一カ月も通行ができないことがあります。人と物が停滞して人々が困窮、いくつ算盤があっても足りないほどの損が生じています。川の上流部に増水時でも渡渉できる箇所を探して、道をつける計画を進めています」

アイヌという民族を護るために一藩を向こうにまわす気概、第二の東海道作りという大きな目論見、松浦は新しい時代のために天が用意した男かもしれない。

「さきほど、なおさんと呼ばれましたが」

松浦が訊いた。

「知り合いの女性《にょしょう》の名前です」

「数日前のことです。夕刻でしたが、なにか切迫した様子の、そう、あなたくらいの年齢の男から、なおと呼ばれて、吉は袖を摑まれました」

松浦は吉と呼ばれた女のほうをこなし見た。女がうなずいてみせる。

「どんな男でしたか。もしや」

奈緒を呼び捨てにする同年輩の男を、庄次郎は一人しか知らない。意気込む庄次郎を、松浦は手を上げて制した。

百姓家の前に来ていた。

松浦が入っていって茶を所望した。

林回坊がそっとうしろ姿になった。一緒に入るつもりはないのだろう。庄次郎は呼び止めて、財布を出した。蓬髪がまた激しく振られ、胸に下がるささらを、シャッと鳴らした。そして、庄次郎に目配せした。仲間扱いにしてくれるというのだろう。林回坊はひょいと跳び上がり、そのままうしろ姿になって走り出した。

百姓家の朝餉《あさげ》のときに割り込んで、炊き立ての飯と味噌汁、漬物を振る舞われた。満ち足りて、茶を喫しているとき、松浦がふと改まった。

「土肥さんにお願いがあります」

「なんなりと」

「吉を、東海道まで送っていただけませんか」

吉と呼ばれた女は、烈しく首を振った。

「あたしは松浦さんと一緒に行きます」

「岩淵までの約束だったんだよ」

吉はうなだれてしまった。

「これから先は杣道《そまみち》もなく、崖に攀《よ》じ、急流を渡渉しなければならない。蛭《ひる》が雨のように降る。狼も出る」

「あたしは大丈夫です。連れて行ってください」

「松前藩の刺客も人数を増やして来る。今度は鉄砲を使うだろう。鉄砲からは護ってやれない」

たようだ。

吉は唇を噛んで、首を振った。護ってもらえないことより、足手まといを思っ

松浦は庄次郎を見た。

「吉は伊豆下田の女です」

庄次郎は二人を見比べた。二十歳以上の年齢差があるようだが、同類という感じもあった。

「吉は十七歳のとき、日米修好通商条約の締結を求めて下田にきた、アメリカ領事タウンゼント・ハリスに仕えるよう勧められたといいます。吉はハリスに仕え、以後の下田で唐人お吉と蔑まれたそうです」

先刻、松前藩の刺客が「とうじん」と罵っていたのは、それだったのか。唐人とは、唐の人という意味から外国人のことになり、いつか蔑称になっている。

「吉とは京都で遭い、ここまで一緒に来ました」

松浦は愛《いと》おしそうに吉を見やって、続けた。

「お前のような女は、下田に帰らないほうがいいかもしれない。もう一度京に上る、あるいは東京に出るのもいい」

吉はうつむいて動かなかった。

外に出て、庄次郎と吉は松浦を見送った。

松浦は歩いてゆき、彼方の大きな坂の上で振り返った。手を振って、きっぱりとうしろ姿になった。そして、地に沈むように消えていった。

「男は、みんな女を置き去りに行っちまう」

庄次郎は、ふと黒船を見送る女を思い浮かべた。置き去りは、男が女にするだけのものではない。庄次郎も自分を置いて去った者たちを思う。慶喜、コチ助、利一郎、奈緒、さまざまに人は去った。人だけではない、時にも置き去りにされたのではないか。

九

庄次郎と吉は、富士川縦渡しの乗り合い舟を、岩淵で降りた。

渡し場には、娘たちが黄色い声を張り上げ、名物栗《くり》の粉餅《こもち》を売っていた。縦渡しは、甲州からは主として米、駿河からは塩や魚を運んで、その起点岩淵は東海道の宿場より賑わった。

松浦武四郎に頼まれたのは、吉を東海道まで送るということだったが、吉はここで横渡しの舟に乗らなかった。吉は静岡に戻ると言い出した。伊佐新次郎《いさしんじろう》に会いたいという。下田奉行として、吉をハリスに取り持った男だった。静岡に戻って、庄次郎は吉を鍵吉に教わった蕎麦屋に案内し、酒をあつらえた。吉は笑って言った。

「松浦さんは言い忘れたんです。吉には呑ますなって、ね」

底なしに呑むというのか、酒癖が悪いというのか。だが、小一日とはいえ吉のような女と同じ空気を吸った。このまま別れれば二度と遭うこともない。奈緒に似ているということもあり、それは淋しすぎることだ。庄次郎は銚子を上げ、吉に注いだ。吉は、応えるより注がれた酒の香に心が吸われたように目を細め、すっと干した。さらに注ごうとする銚子を取って、庄次郎に差し返した。

古い友人と呑んでいるような、いい酒になった。話題はもっぱら松浦武四郎のことになった。聞けば聞くほど松浦は桁外《けたはず》れな男だった。そして、無私な男だった。松前藩の執拗な刺客たちを、まるで気にしないで、まずは北海道のこと、アイヌ民族のことしか考えていなかったという。

「北海道に行ってみたい」

「なぜですか、熊だって、こっちの倍も三倍もあるのが、その辺をのし歩いてるっていうじゃないですか」

「でも、広々としてるっていう」

「こっちにだって広い野はあります。海だって広い」

途中から、吉はかぶりを振った。盃の酒の水面が海に、そしてその遥か彼方を見るような眼になっていた。吉のいう「広々と」というのは、面積だけのことではないのかもしれない。

いくら呑んでも呑んだ顔にならない吉より先に、庄次郎は酔った。気がつくと、吉の姿はなかった。

翌日、昼もだいぶ過ぎたころ、庄次郎を呼びにセキが来た。

「お客さんです」

セキは珍しく語尾を切り上げた。

出てみると、やはり吉だった。

「釣りに行きましょう」

「釣りに、ですか」

吉は安倍川沿いを遡《さかのぼ》る道に、庄次郎を誘った。

吉が袖を摑まれたのは、その上流三輪村という集落だったと、道々に話した。

小春日和の田舎道を、吉のような女とぶらぶらと歩くのは、気分のよいものだった。吉は松浦のことばかりを話した。話の内にも、下田に帰らず、こうして庄次郎を案内してきている吉の意図がわかってくるようだった。

どのくらい歩いたのか、ふと吉が歩みを止めた。

「あのときは夕方で、姿形がよく見えなかったのかもしれません」

「いや、遠目に見れば、かえってよく似ていますから」

そこら辺りからが三輪村なのだろう。

「ここからはあたしが先に歩きます」

庄次郎は吉のうしろを歩いた。

向こうで吉が立ち止まり、またゆっくりこっちに向かって戻ってきた。道の脇、狛犬代わりの狐像があるから稲荷神社だろう。鳥居の陰に、男の影が大きく揺れた。男は吉を見送り、また戻ってきた吉を見守って、庄次郎と向かい合う形になった。距離は三間ばかりになっていた。吉だけがすれ違っていった。ちらっと片頰に笑みを浮かべたが、立ち止まりもしなかった。

「利ィさん」

「なぜだ」

庄次郎は間近に寄った。

歪んだからだが揺れ、蓬髪の下の面相は幽鬼だった。利一郎は白面の貴公子、という言葉そのままの若者だった。いま、その面影はなかった。

「幾日か前の夕刻、あの女とここで会った。別の男と一緒だった。いまなぜ庄さんが一緒にいるんだ」

「わかってるだろう、奈緒さんに似ているからだよ」

「なに」

「おれも奈緒さんと間違えて、あの人を追った。一緒にいれば、また利ィさんが現われると思って、ここに来てもらった」

そう謀《はか》ったのは吉だったが、自分の思惑にした。なお、利一郎は惑乱しているようだった。

「利ィさんはここでどんな者と一緒なのだ」

「土佐の者が多い。天狗党の端くれもいる」

「坂本さんの仇を討つつもりなのか」

土佐の者と一緒だというからには、それ以外には考えられない。利一郎は答えなかった。

「利ィさん、竜馬さんを殺したのは何者か、見極めがついているのか」

「ここにいれば、情報は入ってくる」

「利ィさん、徒党から抜けてくれ。抜けられないなら、おれも仲間に入れてくれ」

利一郎はたじろいでいた。庄次郎は寄って、その手を取ろうとした。だが、利一郎は微かに首を横に振って、荒《すさ》みさらばえた顔をそむけた。

庄次郎はこういうとき、言う言葉を持たない。ただもどかしく、地団駄踏む思いだった。

「庄さん」

利一郎が激しく動揺していた。

我にもあらず吹き出す涙に、庄次郎は子供のように頰を濡らしていた。人前で涙を流すことなど、切腹しても追いつかぬ女々しい行為だったが、そんなことを考える暇《いとま》もなかった。

涙に、利一郎は動かされたのだろう。利一郎は初めて庄次郎の腕を取った。利一郎の頰も濡れていた。

「いまは行くことができない。だが、必ず庄さんのところに行く」

「ときはあまりない、と思う」

「わかっている」

「利ィさん」

「庄さんの住まいも知っている」

「では、待っている」

利一郎は身を翻して、稲荷神社への石段を駆け上がっていった。傷ついた鳥が地をもがいて行くように、からだが揺れていた。

庄次郎も身を翻して、吉のあとを追った。

だが、どうしたことか、駆けても追いつけなかった。

暮れ切った静岡の町に戻って、庄次郎は小長井寺に急いだ。小長井寺は遠くからでもわかった。騒ぎはなかったが、山門の内が赤く揺らめいていた。境内には、篝火が焚かれ、火影に蠢く者も十人以上と見て取れた。火を刃に映して、剣が閃いていた。まるで合戦の一場面を切り取ってきたような光景だった。だが、気合も鋼《はがね》が撃ち合う音もなかった。切迫した気配だけが颯々《さっさつ》と放たれていた。

これが剣術芝居なのか。

鍵吉のうしろ姿があった。

庄次郎は、刃を閃かせて無音の撃剣に集中する十数人の姿と見比べて、はたと思い当たった。

これは慶喜を護るための軍勢だ、と。

静岡藩は軍勢を持つことを、新政府から厳しく禁じられている。庄次郎のように単独で、あるいは小人数で、慶喜の命を狙う者は少なくないはずだ。それらは伊賀者の邸内警備や、秘かに警護する鍵吉のような者で足りる。

だが、いま三輪村に屯し多勢をもって慶喜を討ち、あるいは擁して、固まりかける世を覆そうと謀る者たちは、伊賀者や鍵吉の秘かな護りでは制しえない。

三輪村だけではない。安倍川のさらに上流の山里に、胸に焔《ほむら》を抱いて潜む者たちがあるはずだ。否、静岡の町中に溢れる無禄移住者たちのあいだにも、やり場のない怨嗟は蔓延している。それらを糾合し、静岡藩庁を攻め、慶喜を弑《しい》する。それは維新まで尊王派の中にあった考え方の分流ともいえる。それを大義名分にしているのだろう。

鍵吉はそれらの気配を察知しているはずだ。鍵吉がなそうとしているのは、表向きの剣術芝居に潜ませた、彼らへの陣構えだ。軍勢を、芝居の一座に見せかけて、編成しようとしている。

庄次郎は鍵吉のうしろに寄った。

「榊原さん」

鍵吉は振り向いた。

「やあ、やっと来ていただけましたか」

「寸止めで斬り合っていることが、どれくらい凄いことか、剣術をやったことのない百姓町人にわかるでしょうか」

庄次郎は懸念を言ってみた。

寸止めとは、例えば斬ろうとする相手の、額なら額、小手、胴に刃が食い込む、その寸前で刀を止めることで、生半《なまなか》な技量でできることではない。鍵吉はそのような練達の剣士ばかりを、ここに集めている。

鍵吉は庄次郎にうなずいて、重い声で答えた。

「寸止めで斬り合っても、わずかに手元が狂えば、ときに赤い血が吹き出ます」

「そこまでやるのですか」

一寸で止める刃を、五分にするというようなことか、と庄次郎は思った。鍵吉は片頬に笑みを浮かべて、小さくかぶりを振った。

「蝦蟇《がま》の油売りに倣《なら》おうと思います」

「蝦蟇の油、ですか」

庄次郎は、意味を計りかねた。

十

蝦蟇の油とは、縁日などで香具師《やし》が売る膏薬である。筑波山麓に棲む四六の蝦蟇、前足の指が四本、後足が六本という特種な蝦蟇を、四面鏡になった箱に入れる。すると、己の醜さに耐えて、たらたらと脂汗を流す。これを採り煮詰めて膏薬にしたもの、というのが香具師の口上だ。

鍵吉は真面目な顔で続けた。

「まずは口上で、真剣、寸止めということがどれほど危険なことかを、綿々と講釈しておくと、ちょっと血が流れただけで、娘たちは悲鳴を上げてくれるでしょう」

「血を見せるのですか」

「蝦蟇の油売りは自分の腕を斬って、血を流して見せます」

「あ、そういうことですか」

そして、蝦蟇の油を塗り、ひと拭いする。なんと、血どころか傷もない。すなわち、蝦蟇の油の傷薬としての効能ということで、膏薬を売る。

庄次郎は大人になってからも、縁日などで見物して、いつも感心して目を凝らした。傷が瞬時に治るはずがない。手妻のようなことだと子供心にもわかったが、血を流す仕掛けまでは見抜けなかった。

「名人がいます。伝授をお願いしてあるのです」

「その口上を教わって、受け持ちます」

「いや、土肥さんには、先日わたしが蕎麦屋で見せた、あの芸を蝦蟇の油売りと一緒にやっていただければ、と思います」

「といいますと」

「刀の切れ味を見せるために、紙を切って見せます」

「一枚が二枚、二枚が四枚、ですね」

「手元でならいくらでも切れます」

「宙に斬るんですか」

「殺伐になりかねないところですが、土肥さんの剣にある駘蕩たる風《ふう》に、紙吹雪は合うのではないかと思います」

鍵吉は懐紙を一枚出して、ふうと宙に吹き上げ、唄うように口ずさんだ。

「一枚が二枚、二枚が四枚、四枚が八枚」

「榊原さん、まさか、そんなことは無理です」

鍵吉はふっと微笑んで、もう一度紙を庄次郎のほうに吹き上げた。同時に、鍵吉から無声の気合が発せられた。覚えず、庄次郎の刀が鍔鳴《つばな》りした。宙の懐紙に一閃、二閃、紙は四枚になって地に落ちた。

「紙吹雪にできません」

宙にある薄い紙を切ってゆくことは、至難の業と言える。思わずやったことだが、二度できるとは思えない。

「もう少し硬い紙を使いましょう。それと紙がまだ宙に散る前、四枚に斬ったあと手首をこんなふうに返せば」

鍵吉は庄次郎の手首を取って、わずかに内側に捻じった。伝わるものがあった。一筋の蕎麦を三つに斬った、その奥にある技を伝えられたのかもしれない。

「鍛えてみます」

庄次郎は改めて鍵吉に向かい合った。

「榊原さん、この剣術芝居を、試しに小さな形で、披露していただけませんか」

「試しに」

鍵吉はいぶかしげに眉をひそめ、続けた。

「それは、客寄せになりそうですね。しかし、町中では神社仏閣はお泊りさんでいっぱいで、余裕がないと思います」

「場所は三輪村です」

転瞬、鍵吉は殺意に近い気配を迸《ほとばし》らせた。

「その村のことをどこで知ったのですか」

鍵吉が強く穿《うが》つような視線を当ててきた。鍵吉はすでに知っている様子だった。庄次郎は白戸利一郎と奈緒、松浦武四郎と吉の名前まで出して、これまでのいきさつを、すべて話した。

少し長い話を聞き終えた鍵吉は、沈思し、それから篝火に目をやった。

「やりましょう」

「やっていただけますか」

「ときは、任せてもらえますか」

「お願いします」

　庄次郎は頭を下げた。

「ところで、土肥さんにお願いがあります」

「なんなりと」

「今夜これから出向かねばならぬところがあります。そこまでの護衛をお願いしたいのです」

「相手は多勢《たぜい》ですか」

「先夜は一人でした」

「たった一人から、榊原さんを護衛、ですか」

　鍵吉は目配せして歩き出し、境内を出た。

「相手の剣呑な気配が乱れ乱れて、気息を測り難いのです」

「故意に乱しているのですか」

「尋常の剣ではないようです」

　気息を測れないほどの相手ということになる。鍵吉を護ることができるだろうか。

「先夜は、ある人物を訪ねようとして止めました。その人物の所在を知られたくないのです」

「今夜も」

「わたしから離れて歩いていただけますか」

次の辻で庄次郎は立ち止まり、背後に気を配った。鍵吉が歩み、次の辻で曲がってから、庄次郎はそこまで行った。尺取り虫のような歩き方で、城跡の北に進んだ。鍵吉の言っていた、尋常ではない気配が現われた。確かめようと、物陰に身を潜め、追いついてくるのを待った。だが、相手は間合いを詰めてこなかった。そして、なぜかそれなり気配は消えた。

庄次郎は地理に疎い。夜など、西東さえわからなくなる。だが、町の絵図は頭に刻んである。大岩町の辻で、鍵吉は庄次郎を待っていた。

「たしかに剣呑な気配でしたが、途中で消えました」

「やはり」

鍵吉はうなずいて、その先に目をやった。

「二軒目の家です。ここでお待ち願えますか」

「鳥居様のお宅に」

ここまでに、夜目にも見覚えのある門構えや屋敷、植込みの松の形が次々と現われてきた。だが、まさかと思っていた。鍵吉は驚いているようだった。

「土肥さんは、鳥居様をご存知だったのですか」

「先日、勝さんに頼まれて、ここまで陰ながらお送りしたのです」

「剣術芝居は剣術者たちだけでなく、裏方の者たちも加わり、大所帯になります。鳥居様には、顧問をお願いし、陰ながら、運営の全般に眼を配っていただこうと思うのです」

「大丈夫ですか」

呆《ほ》けているのではないか、と庄次郎は考えたものだった。鍵吉は苦笑した。

「政治《まつりごと》を動かす胆力は、いまも端倪《たんげい》すべからざるものがあるといいます」

どうやら裏には勝がいて、その勧めによるものらしい。

「四国丸亀藩に配流《はいる》されていたころ、独学で本草学を極め、とりわけ薬草に詳しく、自身のために、また近隣の者にも施しておられるようです」

先日の堀端では、ただ呆け老人の所作と思ったが、片手の草は採取してきた薬草だったのか。

鍵吉は辻から二軒先の、小体《こてい》な柴垣の内に入っていった。案内を乞う鍵吉の声が聞こえた。応じる女の声に、庄次郎は江戸を懐かしんだ。武家の挨拶やゆかしい物腰が、胸の内に蘇った。

半刻ほど、庄次郎は待った。

玄関に淡い灯が生まれ、灯を先にして女が出てきた。先ほど鍵吉を迎えた女だろう。足元を照らされて、鍵吉が続いた。

「お気をつけて、どうぞ灯りをお持ちください」

その声に、影絵になったその姿に、庄次郎は声を上げそうになった。

奈緒だった。

第六章　剣術芝居

一

　庄次郎は早朝から小長井寺に通った。鍵吉に求められた技を懸命に身につけようとした。朝寒に吐く白い息が、日が上って消えるころには、昨夜の酒が抜けてゆくようだった。一枚の紙を二枚、刃先で畳んでゆくように四枚までは斬《き》ることができたが、紙吹雪には遠い状態だった。どうすれば紙吹雪のように斬れるのか。手首を返す技を日ごとに練って、年少の日の鍛錬を思い出すほどの精進を重ねた。

　その日、七つ下がりというころ、小長井寺で技を工夫していた庄次郎のところに、鍵吉が寄って来た。

「今夜、これからですか」

「今夜、やります」

うながして、鍵吉は歩き出した。ほんのそこまでの散策という歩き方だった。とはいえ、肩を並べてゆく、それだけで鍵吉がこれから為そうとすることが、ゆるぎもなく間違いのないことだと伝わってくる、そういう歩き方だった。

街道は安倍川に沿って北上していた。家康が薩摩藩に作らせたという長い堤を、鍵吉に由来を聞きながら通った。先日、吉とたどった道だったが、由来を知ると、道の貌《かお》が違って見えた。

二百数十年間、駿府の町並みを水から護ってきた薩摩堤は、なお頑丈な腕を延ばしている。堤の下には、茶畑なのだろう、灌木をさらに低く、饅頭のように丸く仕立て畝《うね》を成す畑がある。堤を過ぎたあたりから、川原は広がった。広い川原は、大水になれば濁流になって、奔放に流れるのだろう。山裾が生々しく削られ、赤土の崖になっていた。

残照の中、懸崖《けんがい》に奔流を思いながら行くと、時代の中でなすべきことを為してゆく、心が開けてゆく思いが湧いた。鍵吉とともに、ということのためだろう。

ふと、自然に訊いてしまっていた。

「榊原さんは、なぜ前様《さきさま》を護るのですか」

鍵吉は驚いたように見返った。答えに詰まっているようではなかった。わかりきっていることを改めて問われ、かえって戸惑っているようだった。鍵吉は、ふと息を吐いて天を仰いだが、ついに言葉は漏れて出なかった。

やがて畑なども尽き、枯れた薄《すすき》原になった。川は砂利と石の原の中を細く流れていた。鍵吉は慣れた足取りで川原に降り、歩いていった。

「この辺《あた》りの山々にはいくつもの砦があるのですよ」

鍵吉は屏風のように裾が畳み込まれてくる山々を見上げていった。

「こんなところにですか」

何者に対する防御なのかと、庄次郎はいぶかった。

「昔、武田勢が山を越えてくるのに備えたのでしょう」

鍵吉が安倍川上流に歩くのは、一度や二度ではないようだった。

冬の渇水期だけの近道になっているのだろう、二間ほどの仮橋を右岸に渡った。水は深いところでも膝くらいか。橋は太さが人の脛《すね》くらいの杉二本の枝を払い、根元と梢方向を互い違いに組んだものだった。大きめの石で土台を築いてあった。足を濡らさず渡る、冬の山里の知恵だろう。出水のときは岸に引き上げるのか、縄で土台に繋がれていた。そのような橋を三つ、四つと渡り、渡り返した。岬のように突き出した小山の裾で、流れは大きく曲がっていた。流れに従って小山の裾を廻ってゆくと、暮れ切った彼方の空が赤く動いているのが見えてきた。彼方に、大きな篝火《かがりび》が三つ、天を焼いていた。山間《やまあい》のせいか風もなく、真っ直ぐに炎は上がっていた。無数の黒い人影が炎の前に蠢《うごめ》いている。川原に下りて歩いたせいか、吉と歩いた稲荷神社の前は通らなかった。鍵吉はそこをわざと迂回したのかもしれない。

炎に、鍵吉は進んだ。

鍵吉の全身が燃え上がるように照らされた。轟く太鼓の音が絶えた。木偶《でく》のような無数の顔が、闇から赤く浮かび上がっている。女や子供も混じる村人の中に、浪人風の者たちが険しく目を光らせている。

庄次郎が探す顔はただ一つだ。

だが、見当たらなかった。

と、鍵吉が目配せしてくるのに、気がついた。鍵吉の計らいに庄次郎はうなずいて、見物人たちの前に進み出た。そこに混じっているやも知れぬ、目当ての男の前に、まず最初の演者として出してくれたのだ。鍵吉は一枚の紙を渡してよこした。受け取って、すぐカラクリに気がついた。庄次郎は紙をかざした。

「御用もない、お急ぎでもない、暇な方々、ようお集まりくださった。お礼に取り出すのは、蝦蟇《がま》の油ではない。一枚の紙」

普通の懐紙より少し大きく、少し硬いが、見物人からそこまではわからない。

「お立ち合い、これを斬る。あ、いや、このまま手元で斬っては大根をなますに切るも同然、芸がない。ここでご披露つかまつるは奥義中の奥義、手元ならぬ空中で紙を切る秘術、一枚が二枚、二枚が四枚、四枚が八枚、八枚が十六枚、十六枚が何枚だっけ、とにかく、ちと季節は早いが、さながら舞い散る牡丹雪《ぼたんゆき》」

即興の口上と同時に、庄次郎は二つ折りの懐紙を頭上に投げ上げた。同時に抜刀して斬った。

「四枚が八枚、八枚が十六枚、十六枚が――」

びゅうびゅうと太刀を空に鳴らせて振った。十六枚と呼ばわったとき、宙に紙が舞った。散る紙は十六枚、三十二枚どころか、紙吹雪になった。鍵吉から紙を受け取ったとき、細工がほどこされていると悟っていた。

斬り終えて、炎に照らされ、太刀をかざして見得を切ると、嘆声と拍手が起きた。

すかさず、法螺貝《ほらがい》が鳴り、白い襷《たすき》を掛けた若侍が飛び出してきた。鍵吉に寄って、西瓜《すいか》ほどの白い球を渡した。鍵吉は球を胸元で支えた。太鼓がひときわ大きく轟いて、白襷の若侍がうしろ向きに歩き出した。鍵吉とのあいだに黒く太い紐が揺れた。紐は鍵吉の持つ白い球に結び付けられている。若侍は歩一歩と後退《あとずさ》りし、紐は一直線に伸び、灰色になっていく。さらに後退りが続く。紐が細くなって伸びていく。庄次郎は、イギリスだったかオランダが長崎にもたらした護謨《ゴム》という、不思議なものではないかと思った。護謨は伸ばせばどこまでも伸び、手を離せばさっと元の丈に戻ると聞いた。鍵吉はどこからか、この不思議な紐を手に入れ、見世物に取り入れたのだろう。

若侍の後退りは続き、一間半ばかりだった間合いが二倍、三倍にも伸びた。紐の緊張に耐えられなくなったように、武士は立ち止まった。見物は不思議な紐にあっけに取られているようだった。

太鼓も、人の群れから立ち上っていたざわめきも、ぴたりと静まった。

鍵吉は微動だにしない。

見物の者たちに、三までの数を数えるように促す声が上がった。

「ヒーイ」

木魂《こだま》するように、見物から声が沸き起こった。

「フゥー」

「ミーィ」

裂帛《れっぱく》の気合とともに、鍵吉の手から球が目にも止まらず飛び出した。二尺も飛ばず、球は中空で両断され、中から紙吹雪が吹き出した。鍵吉は抜き放った大刀を静かに下ろした。護謨の紐は若侍の足元に蛇のように伸びていた。

静寂の間があり、悲鳴のような嘆声が、見物の者たちの上に渦巻いた。これはカラクリもまやかしもない本物の剣術だった。明らかな動揺が、見物に混じる浪人風の者たちに起きた。

鍵吉は大刀を夜空にかざし、雄叫びを上げた。呼応して撃剣の者たちが飛び出し怒号し、いきなり斬り合いを始めた。刃は撃ち合わされ、火花が飛んだ。気合、掛け声も本物の斬り合いのように入り乱れた。

見物の女たちから悲鳴が上がった。女たちが子供の顔を、袖で覆った。

凄まじい斬り合いが炎に浮き立った。

わずか三十合ばかりの撃ち合いは、鍵吉が再び刀を振りかぶって、雄叫びを上げるのを合図に終わった。すくみ上がって立ち尽くしていた見物人たちは、ようやくざわめいた。

これは町中で行う剣術芝居の先触れなのだ、と若侍が口上を述べた。町中でやる剣術芝居は、これの十倍の規模、もっと激しいものになる。ぜひ観に来るように、と。

見物に混じる浪人風の者たちが著しい変わり方をしていた。眼をかっと剝き、からだは風に吹かれているように揺れていた。戦さをくぐり抜けてきた者たちだ、目前に繰り広げられた模様に、震撼《しんかん》せずにはいられなかったのだろう。

「ああ」

庄次郎は思わず声を漏らした。

肩を並べていた鍵吉を見た。

凝然として、動けなくなった。

剣術芝居、その意図だけではない、ここまでの鍵吉の心中がすべてわかった。

庄次郎は、もう一度見物の者たちに目を凝らしたが、その中にはついに利一郎の顔はなかった。剣術芝居の武士たちが篝火に水をかけ、一場の夢のように人が散っていった。

「昼過ぎから呼び集めたにしては、人が集まりました」

そう言って、鍵吉が村人たちの背から、庄次郎に眼を転じてきた。庄次郎はうなずいて見せた。

「これを町中でやったら、どれほどの木戸銭が集められるかわかりません」

篝火が消され、剣術芝居の武士たちが三々五々散っていった。村人たちの提灯が闇に消えていった。

「後始末はわたしがやります」

庄次郎は鍵吉を促した。

土佐者などの徒党が、このまま手を拱《こまね》いているはずはない。また、利一郎がこのまま姿を見せぬとは思えない。庄次郎は一人であとを引き受けようと考えた。

だが、鍵吉は動かなかった。ふと、庄次郎はもう一度訊いてみたくなった。

「榊原さんは、勝さんに頼まれて、前様を警護しているのですか」

鍵吉はちょっと驚いたように眼を上げた。

「いや、わたしはだれにも頼まれてはいません」

また、言葉が途絶えてしまった。庄次郎は炎を見ていた。鍵吉のほうを見なかったが、鍵吉も炎を見ているとわかっていた。

薪が尽きて、炎が衰えてきた。

そして、熾《おき》の火になった。

「大きく燃える炎もいいが、こんな小さな火も愛《いと》おしいものですね」

鍵吉がそう言った。

「君、君たらずといえども、臣、臣たらざるべからず」という。庄次郎が鳥羽伏見の街道に棄ててきた、そんな戒律に、鍵吉はなお雁字搦《がんじがら》めになっているのか、と思っていた。だが、そうではなかった。一万五千の将兵を置き去りに自分だけ逃げてきて、あまつさえうなぎを買いに走らせる主君を、鍵吉が護ろうとするのは、戒律のためではない、単純な心延《こころばえ》からではない。蒲焼を買いに走らされても、そこにあるのは単なる忠義、奉公ではない。将たる者の武士道を、慶喜の心にもたらそうと心を傾けているのかもしれない。

庄次郎は燠火に砂をかけ、小さな燃えさしを残し、踏み消した。剣術芝居の成功ゆえではない、焚火《たきび》の温もりのように満ちてくる思いがあった。

二

鍵吉に並んで川原を歩いた。小さな燃えさしも、濃い闇の中では、案外広く足元を見せてくれる。鍵吉の踏みしめる砂利の音が、頼もしく庄次郎の耳朶《じだ》に届いた。と、別の足音が伝わってきた。

「走りましょうか」

鍵吉が走り出した。

「三人、いや四人です。一人は、少し遅れてくる」

篝火の周囲にいた浪人たちは、みな鍵吉の技を見ている。動揺し、襲おうという気は失せたはずだ。見物には来なかった頭領格の者たちが、このままでは徒党が崩壊するという懸念から、襲撃してきたのだろう。少し遅れがちの、四つ目の足音は不規則な乱れがあった。一つの仮橋を渡って、鍵吉が向き直った。

「このような仮橋が、この辺りだけで三、四十はあります」

筏《いかだ》か、と庄次郎は悟った。

「冬の内に、木を乾燥させるのです。春先、甲州近い源流域の雪解け水に浮かべ、一気に流れ下って静岡を攻める計画でしょう」

今夜はその出鼻を挫《くじ》いたことになる。鍵吉は庄次郎の申し入れがなくても、なにか手を打とうと考えていたのだろう。

「まあ、酒でも温めましょうか」

鍵吉は仮橋の袂に集められていた流木に、燃えさしから火をつけた。茶釜を火の上に置いた。そこに焚火と酒の用意もさせてあったのだった。

ほどなく向こう岸に三つの影が現われた。火を見て待ち伏せを怖《おそ》れるのか、佇んだ。

「土肥さん、酒の燗《かん》を願います」

鍵吉は仮橋のこっち側に上がって、言い捨てた。

「ご助勢は無用に願います」

向こう岸の三人は合議するふうだった。そして、一人が向こう側から仮橋に乗った。それまでからだのうしろに隠していた火縄銃を構えた。火縄には火がついている。

他の二人が仮橋の両脇から川に踏み込んだ。火縄銃は戦さに使われることは、もうない。だが、イノシシやシカ、山里の猟には使われている。一味徒党は、そのような武器まで用意していた。やはり相当な戦さを起こそうとしているのだ。仮橋の上と左右、三人が同時に進んできた。揺れる仮橋の上では狙いがつけにくいが、間合いを詰めればからだのどこかに当てることができる。両脇の者が同時に斬りかかれば、いかに榊原鍵吉でも、という企みだろう。

鍵吉は火縄銃があることも知っていたようだ。ここで迎え撃つのは、初めからの計略だったのだ。鍵吉は木橋に跳んだ。橋が揺れ、火縄銃を持つ者が狼狽し、中腰になった。撃つ者の手元で五分《ごぶ》ほども揺れれば、まず標的に当たらない。火縄銃の男は膝をついて構えた。鍵吉はさらに強く揺すった。

そして、ぽいと川に飛ぶと、両手に水を掬《すく》って、まるで子供のいたずらのように、火縄銃の男に掛けた。男はあわてて銃をうしろに隠した。水の中にいた男が鍵吉に向かった。鍵吉は、その男にも水を掛けた。鍵吉は戦っているようには見えなかった。笑いながらやっているのではないか、と思った。天真爛漫《てんしんらんまん》な大きな子供のような姿だった。

庄次郎は塚原卜伝の講談話を思い出した。

宮本武蔵が木刀で囲炉裏端の卜伝に打ちかかったとき、卜伝は武蔵に振る舞うべく煮ていた鍋のふたで、とっさに武蔵の木剣を受けたという。そこには滑稽な感じと、剣豪というものへの含蓄があった。水掛けも、滑稽で含蓄がある。

だが、男たちは相手が榊原鍵吉だと知っている。余計に嘲弄されていると思うのか、呻き、いきり立った。だが、火縄銃だけが頼りだ、銃の火縄に水をかけられないように、懸命だった。川の中の男は鍵吉を妨害しようと、まだ抜刀さえしていない鍵吉に斬りかかった。仮橋の反対側にいた男も、仮橋を乗り越えた。

「榊原さん」

庄次郎は酒の燗役に留まれず、立ち上がった。だが、そのときには、相手の刀は宙に高く巻き上がっていた。庄次郎は鍵吉に最初に会った夜、斬り込む刀を宙に巻き上げられそうになったことを思い出した。

　さらに水をかけようとする鍵吉に、川の中のもう一人が迫った。刀を巻き上げられた者は、脇差を抜いて迫った。庄次郎はたまりかねて、仮橋の上に躍り上がった。川の中の二人が同時に鍵吉に斬りかかった。火縄銃の男が銃を前に構えた。庄次郎は刀を抜き放ち、走った。火縄銃の男は鍵吉から庄次郎に銃を向け直した。だが、水の流れにもまぎれそうな声が飛んだ。

「斬るな」

　庄次郎はとっさに峰を返して、男の腕を敲《たた》き、銃は水に落ちた。川の中でも、鍵吉が二人の剣を、また宙に巻き上げていた。瞬時のことだった。三人の男は呆然と立ち尽くした。

　鍵吉は仮橋に上がった。

「寒い、焚火に当たっていきませんか」

　鍵吉が声をかけたのは、川の中の二人にだった。そして、離れた闇のほうをじっと見た。庄次郎も闇に目を凝らした。だが、闇から出てくる者はなかった。庄次郎は鍵吉と二人、火を囲んだ。男たちは闇に消えていった。

茶釜にたっぷりの酒は、まだ温《ぬる》くもなっていなかった。枯木の束に腰を下ろした鍵吉の袴《はかま》の裾からは、すぐ湯気が立ち上った。鍵吉は、さっきとっさに「斬るな」と、声をかけてくれた。自身、戦乱殺伐の時代をくぐり抜けてきながら、人を一人も斬ったことがないと言っていた。だれ一人斬らない、というのがこの剣豪の心深く刻まれている戒めなのだ。斬らないために、この時代の剣術を極めたのだ。

いや、己一人の小事ではなかったのかもしれない。他にも教えるというのでなく、ただそこに立つことによって、人に染み渡らせるものがあったのではないか。

「あっ」と、庄次郎は心中に声を上げた。

鳥羽伏見の戦いは、慶喜の剣術芝居だったのか、義戦だったのか、と思ったのだ。軍兵を失うこと最小の策だったのか、と。

それは寄り添う鍵吉から慶喜に、染み透るように伝えられたものではなかったか——

不意にまた、庄次郎の想念は飛んだ。

「坂本竜馬は間違っていたのではないか」と。

竜馬は幕吏二人を拳銃で射殺し、ために追われる身になっていた。

種子島《たねがしま》に漂着したポルトガル船から鉄砲が伝来し、そこから戦さが変わった。長篠《ながしの》の戦、関ヶ原と、鉄砲が前面に出るようになった。

鉄砲の利点は、殺す相手への距離だ。相手の顔を見ずに殺せることだ。機械の衝撃だけで、相手に突き刺さる槍や剣の手応えが伝わらないことだ。コチ助を殺した者は、自分がだれにどのようなことをしたのか知らない。飛び道具で相手を殺せるなら、武士道などいらない。

剣より軽量の拳銃を護身の備えとしたのは、竜馬の合理を尊ぶところからの選択だったかもしれない。だが、そこには鍵吉のような戦さや闘いへの忌避や深い思いはない。

鍵吉が茶釜から茶の湯のように汲《く》んだ酒を、庄次郎はおしいただくように呑んだ。

三

翌日、静岡の大道でも剣術芝居のお披露目が行われた。すでに、前夜の剣術芝居のことは噂になっていた。だが、おけいさんの引き連れる手踊りの娘たちがときに加わって、剣呑な気配を払い、むしろ華やかな興行になって町を沸かせた。ときならぬ大道興行は、鳥居耀蔵の権謀術数だったかもしれない。

「大半の者は昨夜のうちに山越えして、甲州に逃げたようです。自暴自棄に下ってきた者があっても、この民草の沸く有様を見れば、本当の敗北を悟るでしょう」

鍵吉はそう言った。

「きょうは、球割りはやらんのですか」

庄次郎は昼の光の中で、もう一度見たかった。鍵吉は照れたようにかぶりを振った。

「きのうのは、ほとんどまぐれです。調子に乗ると、失敗します」

無論、そういうことではない。眼を剝くような剣技も、たび重なれば珍しくなくなる。いまはもう、その噂だけで人を寄せることはできる。

利一郎も賑わいに紛れて、山を下ってきたようだ。日暮れてすぐ、窓に小さく合図があった。庄次郎は外に出て、利一郎を裏口から入れ、そのまま風呂場に案内した。利一郎は歩むたびに、大きくからだが傾くほどに揺れた。

「きのうのは、あれでよかったかい」

庄次郎は背中で訊いた。

「あの三人は戻らず、姿を消した。お陰で葛藤《かっとう》なく徒党を抜けることができた」

そして、庄次郎が背中を見せているあいだに、利一郎は訊いた。

「庄さん、奈緒は」

「利ィさんは死んだと思い込んで、何度も死のうとしたようだ。おれが偶然出会って、利ィさんは必ず生きていると言ったために、また自害しようとした」

「なぜ、わたしが生きていると自害するんだ」

「女郎になっていたからだ」

うしろで利一郎はがくっと止まった。振り返ると、利一郎の肩が小刻みに揺れていた。

「奈緒さんが死んでいたほうがよかったのか」

庄次郎は改まって訊いた。

利一郎は立ち尽くしたままだった。

「そう思うなら、山に戻ってくれ」

「戻らない」

庄次郎は利一郎を湯殿に入れ、まとってきた襤褸《ぼろ》を小窓から焚口に棄てた。頭から背中に湯を流し、糠袋《ぬかぶくろ》を渡した。利一郎が胸から腹を洗うあいだに、糸瓜《へちま》で背中を擦ってやった。

「利ィさん、痩せたたな」

「うん」

いつ縛ったとも知れぬ元結を切り、蓬髪《ほうはつ》にもう一度湯を掛けた。なんとも言えぬ悪臭が立ち上った。布糊《ふのり》を煮てうどん粉を混ぜたものを髪に注いだ。新しいさらでしごくように洗った。洗っても洗っても、ふやけた垢が湧いてきた。

「髪床の親爺は呑みに出てしまった。おれが剃るぜ」

「庄さんはおれがやつらの中にいると、いつから知っていたんだ」

「紺屋の軒先からさ」

あれだけの槍をつかう者が、雨戸の内からとはいえ、頭一つ分も外すわけがない。そのときすぐにはわからなかったが、折に触れては蘇る、あの槍の穂先に懐かしさを覚えた。子供のころから何百回、利一郎の「突き」を受けた。まともに食らえば、眼を廻すくらいでは済まぬ勢いが、いつも寸前でゆるみ躱《かわ》すことができた。庄次郎は利一郎の、その突きを真似て、自分の剣に移した。庄次郎の剣のいくばくかは、そのようにして身につけたものだった。

「慶喜暗殺はおれがやる、庄さんには関わらせたくなかった」

「そういう心も感じてたよ」

頭頂に、もう一度布糊の液を浴びせた。指先で泡立たせ、剃刀《かみそり》を取った。鬢《びん》から剃り始めた。剃ってゆくと、青い地肌が出て来た。半刻ばかりもかかって、ようやく月代《さかやき》を剃り終えた。少し血の滲むところもあったが、利一郎はうめき声一つ立てなかった。髪の長さを切り揃えて、髷《まげ》を結った。

「なんだか頭の頂がすっぽり抜けたようだ」

「形は自分で直してくれ」

庄次郎は剃刀と鏡を利一郎に渡した。利一郎は髭を剃って、鏡に見入った。

「ときに水溜まりに顔を映してみることがあった。他人を見るような気がしたものだった」

「もう元の利ィさんだよ」

利一郎は首を振って、そむけがちにしていた横顔の傷を撫でた。そこには、なにがあればこれほどの傷が、と思うほどのかぎ裂きの傷があった。湯から上がって、セキが用意した衣服に着替えると、利一郎は十歳も若返って見えた。客室にしつらえた席に招じ入れた。

「芸者は呼んでない。男同士の水入らずだ」

利一郎が形を改めた。

「庄さん、奈緒はこの店にいるのか」

「いや、元は幕臣の、しかるべき方の家だ。夜分に訪ねるのは控えたほうがいい」

「そうか」

利一郎は微かながら肩を落とした。

「奈緒さんと会って、それからどうする」

「二人で暮らす。それ以外のことは、いま考えていない」

「大谷内龍五郎さんが牧の原の開拓に入っている」

「噂に聞いた」

「あそこに落ち着いたらどうだろうか」

「剣と鍬《くわ》では振るい方が違うだろう」

「剣の達人は鍬の達人になれる」

「坂本さんの仇討ちが心残りだ」

「一緒にいた土佐の者たちは、なにか証拠を得て、本当にそれを考えていたのか」

「いや、徒党には無禄移住の御家人や天狗党の流れもいた。烏合《うごう》の衆だ」

「あれが坂本さんを殺した犯人だ、いやこれが犯人だと喧《かまびす》しい。近ごろ、おれが犯人と名乗り出た男もある」

「何者だ」

「なに、売名目的の輩《やから》さ」

世には仇討ち禁止令が出ている。犯人が確かに判明したら、利一郎には討たせない。代わりに討って、利一郎と奈緒の生活を護る。

「庄さんとは、大阪城以来の酒だね」

盃を宙で止めて、利一郎が言った。大阪城ではほとんど呑めなかった利一郎が、呑めるようになっていた。

「生きてきてよかった。庄さんのお陰だ」

「奈緒さんのお陰だよ」

庄次郎の思いは空《くう》に漂い出る。

鳥羽街道で頭の半分を抉り取られていたコチ助、腕を失い、足を失い、色とりどりの内臓をさらけ出して死んでいた兵たち、あの者たちを全部生き返らせてやりたい。ここでともに呑みたい。生き直させてやりたい。

「庄さんも、牧の原に来てくれるのか」

慶喜を討つことができたら、とは言えない。言えば、利一郎が慶喜暗殺に加担してくる。それだけは、もう避けたい。

「この店との約束があるから、にわかには動けないのだ。というより、おれは田舎の廓《くるわ》で、用心棒をやってるのが、なんだか性に合うような気がするんだ」

「わかるよ」

酔い始めていたのか、利一郎は問わず語りに口を開いた。

利一郎は、薩摩の陣に突っ込んで、馬上から叩き落とされ、袋叩きに遭った。殺されるつもりだったが、途中から意識がなかった。夜の中に佇む馬の背で蘇生した。どんなことをされたのか、片足の膝がザクロのように潰されていた。脛も骨が折れていた。落馬しないように鞍《くら》に括りつけられていたのは、薩軍の情けだったのか、嘲弄だったのか。馬が勝手に大阪城に戻ると考え、尻を叩いたのだろうが、馬にも周辺は未知の土地、ただ闇の中をさすらっていたらしい。庄次郎が桐野利秋から聞いた話と、それはほぼ平仄《ひょうそく》が合う。

「もう一度斬り込みたかったが、それは死を乞うのと同じだ。おれは心底から敗北を味わった」

馬にすがらなければ歩けなかった。自決しようとしたが、脇差さえ腰にはなかった。極寒の川に飛び込んだ。これも、溺《おぼ》れて気が遠くなってゆき、「ああ、これで死ねる」と思ったところまでしか憶えていなかった。

再び蘇生したとき、焚火に照らされて、見たこともない異様な者たちに囲まれていた。地獄とやらに着いたのかと思ったという。その者たちは利一郎の馬を奪っていた。戦さのあとを浚《さら》って、武具などを拾い集め、商《あきな》いにしているようだった。死骸《しがい》があれば金目のものは懐にし、寺に運んで埋葬までを手伝っていた。夜には野面《のづら》や川原で焚火と酒、三味線や太鼓を鳴らして歌い、女たちは派手な色どりの着物の裾を翻して踊った。昼間は町を行き、音曲に合わせて木偶《でく》人形を操り、銭を投げられていた。

「あの者たちに看病されて、膝が治るまで一年ばかり、ずっと養ってもらった。お陰でいまは木偶踊りが踊れる。衆の前で踊って、お鳥目《ちょうもく》をいただいたこともある」

利一郎は笑った。

「そいつはいい、一度教えてもらおう」

「だめだ、こういう足でないと、わたしのようには踊れない」

利一郎は膝を叩いた。敗残の心の傷も、彼らとともに暮らすあいだに癒したのだろう。

「上野の山の戦さのことは」

「名古屋辺りで、噂に聞いた」

「よかったよ。鳥羽伏見のあとは、ただ死ぬための戦さだったと、おれは思う」

「馳せ参じたところで、どうせもう役には立たないと、不貞腐れていた」

「大砲の前に、役に立つものなどないよ」

「運が良かったのか、悪かったのか」

「大谷内さんは、とにかく生きていてよかったと、おれに言ってくれた」

「そうか」

「贅六《ぜいろく》風に言えば、生きていてなんぼだ。おれはね、一度江戸に帰った。そのとき、江戸のために戦ったなんて、たわ言だ、馬鹿囃子《ばやし》に踊っていただけだと思った」

「武士道のことを話したのは、鳥羽伏見の道端だったか」

「大阪城じゃなかったか。あの城でおれたちは捨てられた。武士道なんてものは、あそこで捨てた。利ィさんだって」

「うむ」

利一郎は酒を嚙《か》むようにした。そういう呑み方で語る男に、なっていた。

四

翌朝、鳥居耀蔵宅の前で、利一郎は大きく息を吸った。臆《おく》しているようにさえ見えた。

「利ィさん、おれが先に行こうか」

「いや、自分で行く」

利一郎はなにかがはっきりと変わっていた。庄次郎は懐から紫の袱紗《ふくさ》の包みを出して、利一郎に渡した。利一郎が薩摩の軍勢に突っ込んでゆく前に、庄次郎に託そうとしたものだ。

「こういう土産は、やはり手ずから渡してやったほうがいい」

利一郎はうなずき、思いのこもる眼差しを返した。背筋を伸ばして進み、玄関の外から声を掛けた。中に、小さく応じる声があって、戸が開いた。奈緒ではない、少女が訝しげに顔を出した。

「こちらに白戸奈緒という者が、お世話になっていると聞きました。わたしは白戸利一郎という」

そこまでだった。

弓の弦を擦ったような声が上がって、奈緒が飛び出してきた。

「奈緒」

奈緒は、ただわなわなと震えていた。

「待たせた」

「お帰り、なさいませ」

言葉はそれだけだった。二人はただ見つめ合っていた。奈緒の震えは、寄せる波のようだった。利一郎もまた、砕かれた膝を立て直そうとするかに揺らいだ。くずおれそうになった奈緒を、利一郎が左腕で支え、右手を懐に入れた。懐から紫色の袱紗を出した。そっと奈緒に差し出した。奈緒はそれに手を添えた。泣くことさえ忘れていたのだろう、利一郎を見上げる奈緒の眼に、初めて涙が溢れた。

庄次郎が見ていたのは、そこまでだった。二人に背を向けて、柴の戸の外に出た。もう一度、庭先を見返った。霜よけなのか、藁を被《かぶ》せた薬草らしき草木が並んでいる。おけいさん芝居を訪ねたとき、振る舞われた薬湯の匂いを思い出した。奈緒を鳥居家に潜ませたのは、おけいさんだろうか。薬湯はおけいさんから庄次郎への、秘かな暗示だったのかもしれない。

庄次郎は通りに出て、駕籠を探した。二丁頼んで、鳥居家に戻った。

半刻余りのち、利一郎と奈緒は出て来た。二人は揃って、深く庄次郎に頭を下げた。庄次郎は訊いた。

「鳥居さまは」

「不義ではないのだな、と念を押され、それから面白くなさそうに許してくれた」

「奈緒さんは薬草栽培や薬造りにも懇《ねんご》ろで、手放したくなかったのだろう」

確かめてはみなかったが、利一郎は藩内立ち入り禁止だろう。二人を町中の者たちの眼に触れさせたら、だれが見とがめ、どんな悶着が起きるやもしれぬ。庄次郎は二人を駕籠に乗せた。

「安倍川の渡しまで急いでくれ」

　庄次郎は駕籠について走った。そんなことをすれば目立つが、その代わり、この駕籠には指一本差させないという覚悟は示せる。

　安倍川を渡って、そこからは徒歩で、手越の白戸家に行った。奈緒が二丁町に身を沈めたのは、利一郎に代わって、その両親の間近にいて、見守るためだっただろう。

「利ィさん、いきなりではご両親も驚くだろうから、おれが先に話しておこうか」

「いや、奈緒を連れて、わたしが行く」

「そうか」

「奈緒を思えばこそ、わたしは生きてくることができた。両親にもわかってもらわなければならぬ」

　庄次郎は一通の書状を、利一郎に渡した。

「これは牧の原の大谷内龍五郎さんへの紹介状だ。利ィさんは大谷内さんとは、おれより親しい。紹介状などいらぬと思うが、これまでの事情はおれから知らせたほうがいいだろう」

大谷内龍五郎は沼津から牧の原に移った、と聞いていた。

「庄さん、一緒に行ってくれぬのか」

「あとから、必ず行く。向こうで一緒に正月を祝おう」

「本当だな」

「鞠子《まりこ》から宇津《うつ》ノ谷《や》峠を越す前にとろろ汁で精をつけて、岡部宿、藤枝宿、島田宿、金谷宿、ゆっくりと一つずつの宿に泊って、池でも川でも眺めながら行ってくれ。きっと追いつける」

「池や川といって、名所でもあるのか」

「二人で眺めれば、溜池も洞庭西湖《どうていせいこ》だろう」

庄次郎はいささかの嫉妬《やきもち》まじりに、利一郎の肩を叩いた。

納屋だったという白戸家に、二人が入ってゆくのを見送って、庄次郎は静岡に戻った。出がけにセキから耳打ちされたことを確かめなければならない。

「ほら、あの林回坊ぅ」

「ああ」

「牢の使役もやるからぁ」

「なにか聞きだしてくれたか」

桐野利秋から、静岡の獄に今井信郎がいて、裁判も行われたと聞いた。

「今井っていう人、出獄したそうですぅ」

「いつのことだ」

「もうひと月も前だそうですぅ」

庄次郎は井筒楼に戻って、改めてセキから話を聞こうとした。

朝聞いた以上のことを、セキは知らなかった。林回坊たちは暮れもおしつまった町に出て、節季候《せきぞろ》で歌い踊ってお鳥目を集める。かきいれどきだ。林回坊を捉《つか》まえるのは難しい。捉まえることができても、今井の行方は知らないだろう。

鍵吉のところに行くしかなかった。

鍵吉は江尻での剣術芝居に出ていて、不在だった。庄次郎は小長井寺の庫裏《くり》に入った。そこに飯炊き爺さんがいて、顔馴染《なじ》みになっていた。茶を一杯もらって、世間話をした。

「あの人も剣術芝居に行ったのかい」

今井が剣術芝居に加わっているはずがないとは思ったが、そこにしか話の糸口はない。

「あの人たぁ、だれずら」

「ほら、幾日か前に来た、顔の四角な」

「ああ、今井さんずら」

「そう、今井さんだ。剣術芝居かい」

「なに、ここにいたのは半日ほどで、すぐいなくなったでなあ」

「どこに行ったか知らないか」

「初倉《はつくら》」

言っておいて、爺さんは狼狽した。口止めされていたのかもしれない。庄次郎は井筒楼に戻り、初倉という場所を主人の徳兵衛に訊いた。徳兵衛は屈託もなく答えた。

「初倉村なら、大井川の向こう側でしょう」

「というと、牧の原に近いところですか」

「台地の下ですよ」

庄次郎は、その場から初倉村に向かった。

利一郎は今井の顔を憶えているだろうか。万一、牧の原で二人が出会うようなことがあり、今井が竜馬を斬ったと言ったり、あるいはだれかがそのことを知らせたとき、利一郎は冷静でいられるだろうか。軽挙しない男だが、鳥羽伏見以来どれほどの激情を胸に溜めているか、闇の部分だ。いまは奈緒がいて、抑えにはなっているだろうが、目前に竜馬を斬ったと称する男が現われたら、なにが起きるか測り難い。

今井に会って、その告白の真偽を確かめる。次第によっては。利一郎に代わって剣を交える。

庄次郎は刀の目釘《めくぎ》を締め直した。

五

東海道島田宿、明治になっても川会所で川札を買い、人の肩か蓮台《れんだい》に頼って渡らなければならない。渡って、初倉の方向を聞き、土手を歩いていった。彼方に牧の原の台地が見える。向こうから来た百姓に初倉村を訊いた。

「ここン、はあ、初倉だに」

「ちかごろ移ってきた侍で、今井という人の住まいを探しています」

「ああ、長袴《ながばかま》かぁ」

「長袴」

「袴の中に刀を隠してるっていうだで、剣呑なことだに」

「その人の家は」

「ここぉずっと行きゃあ、竹藪《たけやぶ》ん見えてくるんて、そこぉ向こう側に廻ったとこだに」

庄次郎は礼を言って、道を急いだ。やがて、彼方に大きな黒く見えるほどの竹藪が現われた。畦道に下りて、近道をしていった。

孟宗《もうそう》の竹藪は小山のように見えた。遠くから向こう側に廻るように歩いて、周辺の様子を見ていった。遠目にも大きな構えの屋敷だった。静岡から離れているとはいえ、所詮お泊りさんだ。その上、獄を出てきたばかりの身だ。三百、五百石の禄を食《は》んでいた者が、納屋や牛小屋に住んでいるとき、どうして大きな屋敷を持てたのか。竜馬暗殺の報酬とすれば、一体だれがこの屋敷を用意してやったのか。

竹藪を背にした家というのも、意味があるだろう。おそらくこの家は裏に抜ける隠し戸がある。大勢に襲撃されても、竹藪に逃れれば、多くの刀に一斉に斬りかかられることは防げる。刀を弾き返す竹の一本一本に護られ、ほとんど一対一の闘いができる。

帰農した者たちは、日常は帯刀しない。今井は長い袴に隠して、常に刀を差しているようだ。襲われることを警戒しているらしいが、どんな者たちの、なんのための襲撃への備えなのか。考えられるのは、竜馬の仇討ちだが、土佐の者の多くは、新政府で要職を得ている。坂本竜馬の仇を討つためなら、わざわざ暗殺を企てなくても、獄から出さず、一服盛れば手っ取り早かったはずだ。

安倍川上流、三輪村に屯《たむろ》していた者たちのように、騒乱を起こし、分け前の再分割を目論んでいるのだろうか。しかし、徒党はすでに取り除かれた。

今井を狙う者が土佐者ではないとすれば、それは何者なのか。庄次郎には見当がつかなかった。見当がつきかねる胸底から、憤りが噴き上げる。

普通に見当がつくべきだろう。だれもがわかる構図の中で殺し合うのが戦さだ。だが、その構図も意図もわからぬ殺し合いがある。政治《まつりごと》というものが絡んでくる場合だ。そこでは坂本竜馬を殺した者の姿は、厚い緞帳《どんちょう》の向こうに隠される。その緞帳をこそ斬り裂き、向こう側にいる者の面体を暴きたい。そういう衝動に駆られる。そ奴らこそが、義もない戦さを始めるのだ。

田んぼには、稲の切り株だけが条になって残り、その上を風が吹き渡っていく。

竹藪に近づいた。

孟宗の林は、一本一本がうなだれた、巨大な人の形をしている。しかも風に揺れ、近づく者に肩を揺すって威嚇するように見える。

と、向こうの屋敷から出てくる影を認めた。熊を見たことはないが、熊が立って歩いてくるような、鬱蒼《うっそう》とした感じがあった。遠目には、少し大きすぎるようだが、今井だろうか。今井の顔は知っている。向こうがこっちを憶えているかどうかわからないが、まずは問う。本当に竜馬を殺したのか、と。

だが、近づくと、相手の異様な風体にたじろがされた。

筒袖の上着に、棒のような袴をはいている。坊主頭の面体を確かめる前に、戦場で出会った今井ではないとわかった。からだの大きさも格好も違う。庄次郎は二十貫ほどだが、向こうはもっとあるだろう。背丈も六尺ある庄次郎と、ほぼ同じだった。短い刀を腰にしている。

距離が詰まった。

真っ直ぐ見据えてくる目が、大きく黒かった。

庄次郎は歩みを止めた。畦道は、二人がそのまますれ違うには、細すぎた。男も三尺ばかりのところで歩を止めた。五、六歳、向こうのほうが年長だろうか。

庄次郎は目礼を送った。年齢ではない、彼我の膂力《りょりょく》を測ってではない、こちらから目礼させるようなものがあった。相手も目礼を返してきた。庄次郎はからだを開いて、相手を通そうとした。

「今井さんをお訪ねでごわすか」

小声ながら地から響くような声だった。

「はあ」

「お留守でごわす」

「そうですか」

相手は庄次郎が空けた道を通り過ぎようとした。庄次郎は覚えず声をかけた。

「卒爾《そつじ》ながら」

相手は向き直った。呼び止めたものの、なにを言ってよいかわからなかった。

「わたしは土肥、土肥庄次郎という、静岡藩の者です」

もはや藩の扶持《ふち》についているわけではないが、名乗るに支障はないだろう。

「西郷と申す者でごわす」

やはり、と庄次郎は絶句のうちに思った。同時に烈しい不審、疑惑に駆られた。だが、なにから訊いていいかわからない。訊いていいものかさえわからない。

西郷はこゆるぎもなく、また歩み去った。

なぜ西郷が、今井信郎を訪ねてきたのか。

こんなことがあるのか。

あっていいのか。

西郷と今井は、ほんの先日まで敵同士だった。今井は西郷方ともいえる者たちと函館で戦い、敗れ、囚われたのだ。そして、いま勝った官軍の頭領が、敗けた幕軍の、一兵卒にみずから赴いて会おうとしたのだ。

これは、一体なにを意味するのか。

会いはしなかったようだが、何用あってのことだったのか。

西郷と竜馬は盟友だった、と庄次郎は考えていた。今井信郎が竜馬を暗殺したということが事実なら、西郷が復讐のために来たとも考えられる。だが、その気配はなかった。復讐なら今井が函館で捕らえられたとき、静岡の獄にいるとき、いくらでもできたはずだ。

不意に、桐野利秋と交わした言葉が思い浮かんだ。あのとき、桐野は晦渋《かいじゅう》を腹中にしていた。口にしてはならぬ疑惑に、独り苦悩しているかに見えた。桐野は今井に「おれたちも維新をやった。なんでお前がそんなことを訊くのだ」と、反問されたという。そこには竜馬暗殺の行く立てを「知っているはずだ」という意を含む。

庄次郎は愕然とした。

こうして今井信郎の住まう屋敷の前で、西郷に出くわしてみると、疑惑は一気に胸を侵す。

あの幕末の闇に、魑魅魍魎《ちみもうりょう》が互いに手さぐりで蠢《うごめ》き殺戮しあっていた一時期には、なにがあってもおかしくはなかった。ありえないとしか思えない話も飛び交って、それが後日になってみれば事実だったこともあった。

庄次郎は、竜馬暗殺の話題にとりわけ敏感だったのかもしれぬが、取り沙汰され浮かんだ名前も、新撰組の伊東甲子太郎《いとうかしたろう》、勝海舟の上役でもあった永井尚志、後藤象二郎《ごとうしょうじろう》、中村半次郎、西郷隆盛、三浦休太郎《みうらきゅうたろう》、あるいは一緒に殺された中岡慎太郎《なかおかしんたろう》まで及んだ。

だが、いま、庄次郎の胸に兆《きざ》した疑惑は、竜馬は討幕、西郷は倒幕、ということだった。

耳から聴けば同じだし、庄次郎自身混同していたこともあったが、討幕と倒幕は、その内容が違う。竜馬は、幕府を討って朝廷に恭順させ、徳川家は残そうと考えていた。

これに対し、西郷は幕府勢力を倒壊せしめ、根こそぎにすることとしか考えていなかった。朝廷内の会議で、討幕勢力に押しきられそうな岩倉具視《いわくらともみ》を「小刀一本あれば片付く話でごわす」と震え上がらせ、倒幕に方向を変えさせたと言われる。倒幕派は討幕派を、軋轢《あつれき》の裡に消し去ろうとしたのではなかったか。相手がきのうまでの盟友であっても、除くべきは除かなければ天地はひっくり返せない。それが政治というものであり、「竜馬暗殺」ということではなかったのか。

いまここに西郷が単身訪ねて来たのは、会って礼をいうためではないのか。当時、倒幕の側が竜馬を殺せば、薩長の密約が破れ、天下転覆はご破算になったかもしれない。

転々としていた竜馬の居場所を、知る者は少なかった。桐野利秋、当時の中村半次郎も、知っていた一人だ。竜馬の殺された三日前、半次郎は竜馬と会ったという。だれに言われて会ったのか。会ったことを、だれに言ったのか。

竜馬を除くことによって、倒幕は進んだ。

疑惑に、庄次郎は頭も胸も閉ざされた。

「利ィさん」

庄次郎は天を仰いで、友の名を呼んだ。

おれたちは一体なにをやってきたのか――

六

古人は大井川を、この世とあの世の境と書いている。暴れ川で、両岸を押しのけ、水が引けば上流からぶちまけられた岩石が居座り、根こそぎにされた巨樹の根が天を摑もうとするかにわだかまっている。そういう荒涼とした川原だったのだろう。

庄次郎はふたたび大井川の畔に立った。

「風は蕭蕭《しょうしょう》として易水寒し」

ふと詩の一節が密接に寄り沿ってきた。続く一節を庄次郎は改めて口ずさみ、覚悟を心に刻み直した。

「壮士ひとたび去ってまた還《かえ》らず」

東に渡って一度静岡に帰ろうか、この困惑を抱えたまま牧の原に運んでいいものだろうか。静かに落ち着こうとしている利一郎と奈緒の暮らしに、動揺と混乱を及ぼしかねないが、初倉村で遭遇した者のことは、利一郎に話しておかなければならない。庄次郎はおろそかにできぬ境に、踏み迷う心地だった。

彼方、向こう岸の土手に小さく砂煙が上がった。

目を凝らすと、一頭の馬が走っていた。馬上に人影がある。砂煙の上がり具合が、只事ではなかった。

馬は川会所を突っ切るようにして、土手を下りた。砂地はそのまま走ったが、ごろた石の辺りでは、人が馬を下りた。人も馬も難渋しているようだった。また流れに近い広い砂地を騎乗して走り、そのまま浅い川に突っ込んだ。水が煙のように馬の脚を隠した。水は馬の腹まで達し、遠目には泳いでいるように見えた。

右腕が妙に突っ張った騎乗の姿に、見覚えが現われた。

大谷内龍五郎だった。牧の原にいるはずの龍五郎が、なぜ逆の静岡の方角から来たのか。では、まだ利一郎と奈緒にも会ってはいないのか。

川原の幅は百五十間ほどもあったが、渇水期のためか流れは二筋に分かれ、川越人足が蓮台で人を渡しているのを見ても、胸より深くはないようだった。

馬は勢いを止めず、再び流れに突っ込んでいった。蹴散らす水しぶきも、馬の膝あたりまでだった。龍五郎は馬上に伏せるようにして、馬腹を蹴っていた。懸命な姿だった。右腕はほとんど使えぬらしく、左手だけで手綱を操っているようだった。

そのとき、水底の苔《こけ》にひづめが滑ったのか、馬がいきなり止まった。龍五郎がつんのめるように、水に落ちた。そんな無様も、右腕が利かなかったゆえだろう。

庄次郎は走った。

「隊長」

思わず、彰義隊時代の呼び方になった。

龍五郎は水の中に立ち上がったが、また膝からくずおれた。庄次郎は駆け寄って、助け起こした。

「土肥か」

「隊長、どうしたんですか」

「果し合い」

息が上がって続けられないようだった。庄次郎には龍五郎がなにを言おうとしているのかわからず、聞き違えたのかと思った。

「白戸が果し合いを」

「果し合い、だれとですか」

とっさに、今井信郎と思った。だから、今井は在宅しなかったのではないか。

「おれはもう馬に乗れぬ。土肥、お前、急いでくれ」

龍五郎は足を挫《くじ》いたようだ。馬のほうに顔を振った。岸まで龍五郎を引き上げた。龍五郎は呻いて、また膝からくずおれた。

庄次郎は馬を捕え、乗った。

またもや、馬術に身を入れて鍛えなかったことを後悔しながら、走らせた。道も知らなかったが、立ちふさがってくる台地に向かっていった。

台地も裾のほうは茶畑などになっていたが、急勾配にかかると、鬱蒼たる森になった。馬は喘《あえ》ぎ、口から泡を吹いた。乗り潰すことになっても仕方がない、と荒々しい気持ちになっていた。

今井なのだろうか、利一郎の果し合いの相手は——

ほかに利一郎が果し合いをしなければならない相手はない。

ようやく台地の上に出た。

大きな篦《へら》で山頂を削ったように、平地が彼方まで広がっていた。無禄移住の者たちが開拓に入る前に、地元の百姓たちによって拓《ひら》かれた場所なのだろう。畑もあり、緑の葉が畝をなしている。

彼方に、畑中に馳せる数人の人影があった。遠くからでもあたふたとした動きだった。

馬の頭を、その方向に合わせた。

たちまち、追いついて、馬上から声を掛けた。百姓たちは道の先を指さした。神社の境内のものらしい、楠《くす》の巨木があった。

馳せるにつれて、巨木の下に泡立つような人群が見えてきた。だが、馬が止まってしまった。なお駆けさせれば死ぬだろう。

馬を捨て、走った。

すぐ息が上がったが、からだを前に倒して走った。小さな神社の前だった。鳥居をくぐっていくと、向こうの楠の下に人混みがあり、そこから一人離れてくる者があった。庄次郎は、その若者に見覚えがあった。御家人だったはずだ。だが、髷も風体《なり》も百姓だったためか、名前が浮かんでこなかった。

「果し合いは」

庄次郎はあえぎ、訊いた。

「終わりました」

「白戸は」

「白戸」

「果し合いの一方だ」

「馬鹿だ」

「なに」

「いまさら武士だ、武士道だなどと」

「白戸は」

「みんな馬鹿だ」

男は虚ろな目を庄次郎から空に外し、歩み去った。別の男が「多勢に無勢なのに」と、肩を並べてゆく男に言った。今井信郎が仲間を連れて利一郎を襲ったのか。利一郎は斃《たお》されたのか。

「利ィさん」と、思わず呼んで、庄次郎は楠の老木の元に駆けた。今井でもだれでも、どんな相手だろうが、利一郎が負けるわけはない。だが、利一郎の足は元の足ではない。相手方が大勢だったらと、人ごみを掻き分けた。

そこにはまだ筵《むしろ》もかけていない三つの骸が、ねじれた形で横たわっていた。飛び散った血潮が黒く地を濡らしていた。骸の一つとして利一郎のものではないと、一目でわかった。庄次郎はそこに立っていた者の袖を摑んだ。

「白戸は、勝ったほうはどこに」

「さっき立ち退いていった」

ほっと息をついた。

利一郎は牧の原に来たばかりだ。大谷内龍五郎を訪ねていったが、大谷内は牧の原にはいなかった。まだ住まいも決まってはいなかっただろう。しかし、元々知り合いだし、紹介状があるのだ、訪ねはしただろう。

庄次郎は大谷内の居宅を尋ね、そこに向かった。遠くからでも、大谷内の居宅はわかった。大勢の者が群がっていたからだ。蠢《うごめ》く人ごみを見て、不吉な稲妻が閃いた。利一郎は深手を負っているのではないか。

人だかりで見えず、門前と思ったが、門などなかった。小さな林を伐《き》り拓いて、伐った木々を材に建てたらしい、荒々しく粗末な家だった。そこまで十間ばかり、聞こえないとわかっていたが、大声で叫んだ。

「利ィさん」

呼応するように、向こうの人混みが内から爆《は》ぜた。その向こうになにか起きたのだ。

「利ィさん」

人垣に取りついて、引き剝がすように中に進んだ。裏手に廻って、人ごみは続いた。

「利ィさん」

引き剝がし搔き分けて、ようやく前に出た。

利一郎は筵《むしろ》一枚敷かぬ地の上で、切腹していた。その変形した膝の前に血溜まりがじわじわと広がっていた。駆け寄って、額から地に伏していた利一郎を抱き起こした。

「利ィさん、なんてことをしたんだ」

利一郎が薄く眼を開けた。

「庄さん、すまぬ」

「なぜ、なぜこんなことを」

「武士道」

「なに、なんのことだ」

「庄さん、奈緒を頼む」

がくっと首が前に落ちた。支えていたからだからすっと力が抜けた。庄次郎ははっと気がついて、辺りを見まわした。裏手のさらに奥に、枯葉の中に一枚の紅葉が混ざるように、赤い色が見えた。

「奈緒さん」

庄次郎は立っていった。

奈緒はそこで自害していた。利一郎が腹に脇差を突き立てたとき、一緒に胸を突いたのだろう。懐剣には丸に立沢瀉《たちおもだか》の紋、紫の袱紗は膝にこぼれ、包まれていた櫛《くし》は髪に挿してあった。ここで初めて挿したのだろう。

庄次郎は歩き出した。人の中にいるのが厭《いと》われた。庄次郎の眼にも大根とわかる、緑の葉の繁る畑中に歩いた。なぜだろうか、小唄の情緒に似ても似つかぬ一節が、庄次郎の胸中に湧いて出た。

〽紅葉散る、鬼哭啾々《きこくしゅうしゅう》

あとが出てこなかった。こんなときにも小唄俗曲でしか、この心を歌えないのか。だが、この鬼はおれだ、啾々と哭《な》くのはおれだ、と庄次郎は自分の唇を食いちぎらんばかりに嚙んだ。

初めて奈緒を見たのは、利一郎の嫁としてだった。そのとき、からだの中を、一筋清らかに突き抜けていくものがあった。

「奈緒さん」

三保の松原に行き、羽衣の松を見ながら、天女を思わなかった。あのときの殺伐とした状況からではない。胸の内に、すでに生涯の天女はいた。天を仰いで、声のない絶叫を放った。そこに秘かに仰いでいた、かけがえのない面影は失われてしまった。

七

龍五郎が帰ってきた。脛に添え木がされていた。大井川の畔で遭遇して、庄次郎に先を急ぐよう託したあと、金谷側の川会所で応急手当てをしたのだという。荒々しく雑な手当てに見えた。利一郎の怪我、龍五郎の怪我、幕臣たちの心情がからだの上に刻まれたもののように、庄次郎には見えた。

利一郎、奈緒の遺体を室内に運び、庄次郎と龍五郎は座した。龍五郎は、静岡の藩庁には、讒訴《ざんそ》への釈明のために、出かけていたのだという。開拓の資金を横領している、というのが讒訴の内容だった。

「あの十五両ですか」

庄次郎は震撼《しんかん》し、訊いた。

龍五郎はうなずいた。

「十五両ばかりのことで」

「勝さんならわかってくれる。だが、あの方は忙しい。江戸に赴かれていて、声が届かなかった。その間も、藩の救済を待っていては窮死する者たちがいた。牧の原に集まった無禄移住の者たちに、あの金は分けた。その分配を察知され、おれを憎む者たちが騒ぎ立てた。おれ一身のことなら藩庁まで出向きはせぬ。だが、讒訴は牧の原開拓事業へのあることないこと、いや、あることなら理非は自《おの》ずから露見するが、ないことは手を拱いていれば、あることにされてしまう。行かねば開拓そのものが頓挫《とんざ》しかねなかった」

苦汁を嚙むように、龍五郎の顎の付け根が動いた。そんなことのために、静岡で幾日も無駄に費やさねばならなかったのだろう。

だが、なんのために利一郎は、果し合いをしなければならなかったのか。

「呉松、呉松は」

ふと顔を上げ、龍五郎は呼んだ。

気の弱そうな若者が来た。あの晩沼津の寺で出会った若者だ。

「申し訳ありません。お留守にこんなことになって」

「斬られた三人のうち一人は、比川だというが」

比川というのは、沼津で龍五郎を裏切る動きをしている者の名前として出ていた。牧の原にも一緒に来ていたのか。

「やつは大谷内さまの動静を逐一伊予殿に内通していたのです。いや、内通するために、こっちに来ていたのです」

伊予というのが龍五郎に恨みを抱く役人なのだろう。役付きの者が役得を漁《あさ》るのは、旧幕時代からのことだ。そのような者はどこにでもいる。だが、そこに龍五郎のような、清濁を併せ呑むことを、潔癖に嫌う者が居合わせた。

「まずかったのは、大谷内様を訪ねて来た白戸様に、比川が最初に会ってしまったのです。白戸様のほうは知らなかったようですが、比川は白戸様が鳥羽伏見で敵に向かって走ったことを知っていました。逃げたのだ、裏切って敵に内通するためだったのだと、触れ回ったのです」

「果し合いの原因がそれだというのか」

「いえ、彰義隊です。白戸など、逃げ廻って彰義隊にも加わらなかったやつだ、ここで一緒に開拓などできるか、と煽《あお》ったのです」

庄次郎は言葉を挟まずにはいられなかった。

「彰義隊には、わたしも肝心のとき山を下りていて、遅れを取ったし、山に入らなかった者も、ここに大勢来ているはずです」

庄次郎はむしろ龍五郎に問いかけた。龍五郎もうなずいて、呉松を見据えた。

呉松は小さくかぶりを振った。

「上野の山で兄弟を失った者が何人もいます。いまになってとはいいながら、たやすく煽られてしまったのです」

「しかし、白戸の剣の腕は、みな知っていたはずです。そんじょそこらの者が剣を交えようなどと、おおそれたことを考えようとは思えません」

「白戸さんは白戸さんとわかっても、だれも信じられないほど変わっておられました。からだだけではなく、人とまともに顔を合わせようとしなかった。だから、比川ごときに侮られたのです。いや、それでも白戸さんは黙って耐えておられました」

龍五郎が身じろいで言い足した。

「上野の山だけではない、奥羽から函館五稜郭まで、戦さに加わらなかった者も大勢ここに来ている。もしとがめるなら、ここでもう一度内輪の戦さをやらなければならない。過去のことを口にしてはならぬというのは、ここにきて第一に皆に言い渡したことだ」

呉松のうつむいた顔の下で、握りしめた拳が震えていた。

「呉松」

呉松は呻いた。

「呉松、なにがあったのだ」

呉松は苦悶の中から顔を上げ、絞り出すように言った。

「白戸さんは比川に、満座の中であざけられ、唾《つば》まで吐きかけられながら、微笑みさえ浮かべて立っていました」

「唾を」

「ここで騒ぎを起こすことは、伊予さまの密命だったと思います。比川は大谷内様の不在のあいだに、なにがなんでもことを起こそうと焦っていたのです。段々嵩《かさ》にかかって、白戸さんを足蹴にしようとまでしました」

「無謀な」

斬らないまでも、利一郎が打擲すれば、比川はその場に昏倒《こんとう》しただろう。

「すっとかわされ、つんのめって自分から四つん這いになりました。遠巻きに見ていた者たちが、どっと笑って、比川は真っ青になっていました。見境なくなったようです」

「しかし、そこまであしらわれたのなら、白戸の力も思い知ったはずではないか」

龍五郎がそう言った。

「比川は刀を抜きました。さすがにまわりから制止しようとする者があり、白戸さんも、その場を立ち去ろうとしたのです」

龍五郎がうなずいた。

「比川はその背中に、奇妙な笑い声を浴びせました」

「笑った、比川が、か」

「はい」

「なんだそれは」

「白戸さんの妻女が、白戸さんに寄り添って去ってゆく、そのうしろから比川は大声で変な名前を呼びかけました」

「変な名前とは、なんだ」

「井筒楼の幾野さん、と言いました」

庄次郎は愕然とした。

呉松はそれ以上答えられなかった。比川は二丁町の、綿帽子をかぶって出ている娼妓の噂を聞いて、そういう男に特有の鼻を利かせ、確かめに行ったのだろう。

幾野という名を言えば、奈緒が秘してきたことが一度に露《あら》わになる。呉松はからだを立て直して言った。

「白戸さんはゆっくりと比川の顔を見直し、武士道によって貴様を斬る。助太刀が欲しくば何人でも構わない、七つに神社の楠の下に来い、と言いました」

神社境内での勝負は一瞬だったという。

比川は彰義隊崩れで、牧の原に来てもろくに鍬など持とうとしなかった者二人と語らって、槍まで持ち出し、三人が三方から同時に突きかかり、斬りかかった。利一郎の歪んだからだが、わずかに揺らいで、三人は声も立てず倒れたという。

八

庄次郎は子供のころ、土遊びが好きだった。泥をこねて饅頭《まんじゅう》をいくつも作った。土の手触りが好きだった。武士の子が、と父によく叱られ、禁じられた。武士の子はなぜ泥んこ遊びをしてはいけないのか、子供心に不服だった。

以来、土に触れることなど初めてだった。

庄次郎は鍬と鋤《すき》、箕《み》と呼ぶ大きな笊《ざる》を半分に切った形の道具を借りて、穴を掘った。鋤を足で土に押し込め、向こう側に起こす。鍬で掻き、箕に集め、脇に捨てる。庄次郎は黙々と続けた。龍五郎が何度も呉松に手伝わせようとしたが、庄次郎は頑《かたく》なに断った。深さ三尺五寸、畳一畳ほどの大きな穴を掘った。

畑の中を、庄次郎は利一郎の骸を背負って運び、もう一度戻って、今度は奈緒の骸を抱いて通った。

畑には畝が作られ、そこに五寸ばかりの木の枝が伸びていた。ここで始まっている茶の栽培の、その苗だという。

庄次郎は穴の底に利一郎と奈緒を並べた。地上に戻り、穴の縁から二人を眺めた。この牧の原で、二人はやっと一緒に生きていけるはずだった。こんな形で寄り添おうとは、思わなかっただろう。

なぜ二人と一緒にここに来なかったのか。来ていれば、こんなことにはならなかった。

庄次郎は穴の傍らに積み上げた土を両手で摑み、ぎゅうと握った。土団子を二人の足元のほうから転がした。

五つ、六つ、七つ、土団子は次第に二人の足元を埋めていった。龍五郎が黙って土団子を作り、呉松も加わった。庄次郎も、もう拒まなかった。

半刻ほどで二人の亡骸の胸くらいまでが土に埋まった。庄次郎のからだが震え出した。これまで生きてきた三十余年の大半、心は二人に結んでいた。ここからは厚い土に阻まれ、二度と相会うことはない。

「利ィさん、奈緒さん」

とどめようはなかった。胸底から声と涙が噴き出した。このまま土に埋もれさせなければならぬのか。幽冥境《ゆうめい》を異にして、二人の顔に声に接することができぬのか。それならいっそこの穴に飛び込んで、一緒に埋めてもらいたい。

庄次郎は脇差を抜いた。

「土肥」

「土肥さん」

自害するとでも思ったのか、龍五郎と呉松が声をかけてきた。

庄次郎は元結から髷を切った。

そして、二人の亡骸の頭の近くに、投げた。

足元のほうから土饅頭を転がした。握っては投げた。土はやがて胸元を埋め、顔に土がかかった。庄次郎は目をつぶり土饅頭を投げ続けた。

肩に置かれた手に気がつくと、龍五郎が立つように促していた。二人の亡骸は土に埋まっていた。龍五郎に助け起こされるように、庄次郎は立った。

三人で鋤、鍬、箕を使って穴を埋め尽くした。人二人分、小さく盛り上がった塚ができた。

龍五郎の居宅に戻った。

龍五郎は囲炉裏に火を焚き、呉松が鍋を持ってきた。鍋には葉まで刻み込んだ大根と麦飯が水に浸され、味噌の塊があった。鍋を龍五郎が火に掛けた。呉松が一升徳利と茶碗を持ってきた。

「お前もそこに」

龍五郎が勧め、呉松も囲炉裏の前に着いた。

呉松が茶碗に酒を注ぎ、三人は黙々と呑んだ。ときおり呉松が鍋を掻き回し、すると味噌が香った。

「土肥は、これからどうする」

龍五郎が煙から顔を背けながら言った。

「わかりませんが、ここにはもう」

「そうだろうな」

「申し訳ありません」

「土肥なら、どこへ行っても大丈夫だ」

「いえ、どこに行っても駄目だと思いますが、ここにいれば段々出来上がってゆく茶畑を見るにつけ、白戸利一郎、奈緒のことを思わずにはいられないでしょう」

頭が揺れると、元結から切られて頰から肩へかかる頭髪が揺れた。月代は剃っていなかったから、顔の前にも髪は垂れた。

「そうだな、しかし、土肥よ、どこかで断ち切らねばならないことはある」

庄次郎はうなずいたが、声には出さなかった。白戸利一郎はここで死んだが、鳥羽伏見の戦いで、すでに死んだようなものだ。あのとき、利一郎が抱いていた「竜馬の仇討ち」の志は、代わって果たそうと思っていた。だが、それもいまはあやふやになっている。みずから犯人を名乗ったという、今井信郎に会って確かめようと思っていた。今井自身、あるいは一緒に竜馬を襲ったという見廻組隊長佐々木只三郎の意志で、暗殺が行われたとは考えられない。そこにいまは不可解な大きな影が差している。

今井が事実を話すはずはなかった。その居宅で出会った人物を思えば、明けることもない暗夜の辻に立たされた気がする。

今井、西郷、二人にはどんな脈絡も考えられない。あの時期のいかなるときにおいても、薩摩の倒幕派の首魁《しゅかい》と、幕府の一兵でしかなかった今井に、関わりは見出せない。

あの時期の闇は、いまとなっては歴史の裏支えに成り果てていて、晴らされることはないだろう。利一郎に話したとしても、同じ当惑しか生まなかっただろう。

「土肥」

龍五郎に呼ばれて目を上げると、龍五郎は庄次郎の手元を見ていた。庄次郎が摑みつぶすように握った湯呑から酒がこぼれていた。

坂本竜馬の仇は討てない。おそらく相手は一人の人間などということではない。利一郎も、生きていればそう考えるはずだ。

だが、なお残る思いがある。

コチ助の半分になってしまった顔は、自分が死ぬまで脳裡に残る。鳥羽伏見の戦いで、部下として働いてくれた男たち、その血にまみれた屍、赤黒い臓腑《ぞうふ》、灰色の臓腑、紫色がかった臓腑、黄色い脳漿《のうしょう》、その色は忘れない。人の臓腑がそのような色だということを、相手の腹を断ち割って見せてやりたい者が残っている。それができなければ、自分の腹を裂いてでも見せてやる。

「土肥」

改めて龍五郎が、徳利から注ぎ直してくれた。

「どこに行っても、ここにおれがいることを忘れないでくれ。戻る気持ちになれたら、いつでも戻ってきてくれ」

「お言葉、肺腑に刻みおきます」

「待っている」

下げた顔の前を、自分の毛が閉ざした。

第七章　露《ろ》八《はち》春秋

一

庄次郎は彷徨《さまよ》った。

足が街道を踏んでいると知りながら、心は虚空に吹き上げられ、寒風に飛んだ。ただ足の向くままに進んだ。街道だけではない、覚えず田の畦《あぜ》にまで迷い込んだ。悲しみと怒りの波が、ときを選ばず襲い来て、あたりを憚《はばか》らず泣き、悶えるために、枯れた野面へ踏み込んでいた。

「なぜだ」

呟き、喚くのは、その一語のみだった。利一郎、奈緒への問いだけではない、突き抜けてやはり慶喜へ向かう。問いつつ、問うことがそのまま架空に描く慶喜暗殺、弑逆《しいぎゃく》だった。

転瞬に思い浮かぶ利一郎と奈緒の面影に、棒立ちになって「なぜだ、なぜなんだ」と吼《ほ》えると、遠くで子供や百姓が逃げた。夜の漆黒には銀漢《ぎんかん》、流星が遠吠えに寄り添った。

三日目か、渇きに小川の水を掬《すく》って呑んだ。ふいに蘇《よみがえ》ってきた空腹に、自分がまだ生きていることを知った。六道《りくどう》の修羅、畜生、餓鬼道辺りを這いずりまわって、また元の木阿弥《もくあみ》かという気落ちがあった。

ふと我を取り戻してみれば、弦歌が間近にあった。故郷の島のようなものがあるとすれば、その渚に打ち寄せられたと、そんな思いだった。

二丁町遊郭は、何事もなかったように賑わっていた。ざんばらの頭髪や肩の藁《わら》屑《くず》などは払ってきたが、道の先で人が避《よ》けた。肩先から剣呑《けんのん》な炎が揺らめき上がっているのかもしれない。

井筒楼のほかに、身を寄せるところはなかった。セキは庄次郎の形《なり》を見て、だれかわからなかったようだった。ざんばら髪のせいではなく、少し肉の落ちたからだ全体の感じが一変していたのだろう。見直し、あっけに取られ、声も上げなかった。だが、なにかを察したようだ。すでに牧の原の果し合いの噂が、静岡にも伝わっていたのかもしれない。

部屋に入って、セキは改めて庄次郎を見た。

「髪なんてすぐ伸びますぅ」

庄次郎はかぶりを振った。

「髷《まげ》など鬱陶《うっとう》しいだけだ。剃りの腕がいい髪床を呼んでくれないか」

セキは固唾《かたず》を呑み、うなずいた。半刻ばかり後、一筋の毛もない青坊主の頭を庄次郎はピタピタと叩いた。セキはこらえきれなくなったように、袖の中に顔を埋め、ちょっと泣いた。そして、ひたすらな眼差しになった。

「あたしがここに来て間もないころ、十ばかりの娘《こ》が売られてきて、いつも竈《へっつい》の辺りにうずくまっていたんですよぉ」

セキがなにを言い出したのか、庄次郎にはわからなかった。

「夕方でしたっけ、その娘が夕焼けで赤く染まった、煙出しの障子窓を見上げて言ったんですぅ」

「うむ」

「きゃあるん鳴くんて雨ずらよ」

「きゃある」

「この土地の言葉でカエルのことですぅ」

「雨」

「夕焼けはあしたの天気を保証するものでしょう。でも、お百姓には、ときに雨はお天道様よりありがたいものですぅ」

庄次郎は不得要領にうなずくしかなかった。セキもそれなり黙ってしまった。

庄次郎は取り残された。だが、温かい饅頭を手渡されたような気持ちになってもいた。その言葉は、信者が「南無阿弥陀仏」を「南無妙法蓮華経」を唱えて、あの世まで同行の杖にするようなものかもしれない。なにかひどく辛いことがあったら「きゃあるん鳴くんて雨ずらよ」と、天を見て呟くことになるかもしれない。

「こんな頭になった。坊さんの衣は手に入らないか」

「一晩泊って、次の朝急に思い立ったと、ここから還俗《げんぞく》していった坊さんのが取ってありますすけどぉ」

風呂に入っているあいだに、セキが少しくたびれた墨染の衣を用意してくれた。網代笠《あじろがさ》や布施を受ける応量器《おうりょうき》、頭陀袋《ずだぶくろ》も添えてある。

少し丈の足りない墨染の衣だけをまとい、茶を飲んでいると、井筒楼の主人徳兵衛が来た。丸めた頭を見て、しばらくは声もなかった。

「出家したんじゃない、ただの酔狂だ。太鼓持ちと用心棒は続ける。よろしく頼む」

「それはもうこちらからお願いするところですが」

徳兵衛も、牧の原の果し合いの噂は聞いているのだろう。友の追悼のために頭を丸めたとでも思っているのだろう。

「この頭じゃあ刀が差せねえ。からだの左側が急に軽くなって、とんと錘《おもり》のねえ浮子《うき》、よろばいそうだよ」

「はあ、そんなもんですかねえ」

徳兵衛は気の毒そうにしながら、青坊主を目前にしていると、ふと笑い出したくなるのか、かえって渋い顔をしていた。

「ともかく、土肥さんがその気なら、一つお披露目をしましょうか」

「野太鼓だ、お披露目なんて不相応だよ」

「土肥様には根っから人好きのするところがあります。売れっ子になりますよ。しかし、土肥様、庄次郎様では、それこそ様になりません。なにかいい芸名をつけましょう」

「三味線にたわむれる猫程度の芸だ。ミケ太郎でもタマ次郎でもいいさ」

「若様は荻江節をやるんだからぁ、荻江なにがしとか名乗ればいい」

セキが口を出してきた。徳兵衛はかぶりを振り、膝を乗り出してきた。

「あれがいいじゃありませんか、松廼家露迷」

桐野利秋の前で、とっさに名乗った名だ。

「そうだな、露命をつなぎ、迷っている身にふさわしいかも知れない」

「粋ですねえ、さすが土肥様、いや露迷さま。では、さっそくお披露目の日取りなど」

披露目などしては、心に期す一事のさまたげになる。翌日昼すぎ、墨染の衣に網代笠のいでたちで、裏口から出た。頭陀袋には竹皮に包んだ、セキの握ってくれた握り飯が入っている。錫杖《しゃくじょう》の代わりに、大刀の鍔《つば》を外し、仕込み杖ふうに木の鞘《さや》に納めた。

一番町小長井寺に向かった。

道々、なお惑うていた。

牧の原の果し合いのことは、もう鍵吉も承知しているだろう。そこに、この頭で訪ねていけば、慶喜暗殺を、あきらめたと思うだろうか。そう思わせれば、動きやすくはなる。だが、それでは鍵吉を欺くことになる。

庄次郎は小長井寺の前で網代笠を取り、境内に入っていった。何人か、庄次郎を知る者が眼を剝き、立ち竦《すく》むのを見た。声をかけてくる者もあった。

「土肥さん、その頭は」

「諸行無常」

南無阿弥陀仏と南無妙法蓮華経の違いも知らぬが、ともかく経に似た抑揚をつけて呟き、片手拝みに通り過ぎた。

うしろから声をかけられた。

「榊原さんはお留守ですよ」

「会者定離《えしゃじょうり》」

むにゃむにゃと濁して、踵《きびす》を返した。

堀端から西草深に廻り、すでに確かめてある慶喜の屋敷に向かった。周囲を歩きまわって様子をさぐった。本来なら閑静な武家屋敷ばかりの町が、溢《あふ》れるお泊りさんのせいか、人通りが多かった。まぎれて裏手までを歩き、屋敷に侵入して慶喜を討つことの不可能を知った。出てきたところを討つしかない。

出てくるだろうか。

出てくるはずだ。

幼少時代を、意志を阻まれることなく育ち、長じては何事も思い通りに過ごしてきた男だ。一度や二度の蹉跌《つまずき》で、本性を違えることなどない。鍵吉によって矯《た》められたとはいえ、蹉跌とさえ思っていないのではないか。謹慎の身とはいえ、牢のようなところにいたたまれるはずがない。必ず、戸外に出てくる。

だが、どんな格好でだろう。深編笠などかぶろうはずがない。頭巾など、かえって目立つ。駕籠も、町駕籠に乗ろうとはしないだろうが、謹慎中の身、漆塗《うるしぬ》りの大名駕籠というわけにもいくまい。

裏木戸から忍び出ることはしないだろう。表門から大手を振って出てくるはずだ。それも、お忍びという形だ。警護の者も数を限って少数、二、三人だ。いや、むしろ鍵吉一人を供にして出るのではないか。それが一番目立たず、一番堅固な護りだ。鍵吉が小長井寺にいなかったのは、いま慶喜の供をして出かけているからではないか。

二

外出に決まりがあるのか、まずそれを知悉《ちしつ》しなければならぬ。日々、朝餉《あさげ》をすませてから西草深町まで歩くことにした。そのくらいの時刻でなければ、公方様育ちは外に出てはこない。

一戸毎に托鉢《たくはつ》を装って立ち、長々とした誦経に見せかけて、慶喜の屋敷をうかがった。だが、口の中で「色即是空、空即是色」ばかりを経めかしていても、毎日のことでは、いずれ不審に思われ、とがめる者が出てくる。幸い、屋敷から半丁ばかりを隔てた辻に、地蔵尊を祀《まつ》る小さな祠《ほこら》があった。遠目になるが、回向《えこう》の振りをして佇めば、怪しむ者はない。そこから彼方の門前を見張った。

早くも三日目、四つ刻《どき》、門前に人力車が止まっているのを見た。

人力車を初めて見たのは、渋沢栄一の乗り物としてだった。奇妙な駕籠だと思ったが、よほど便利なものなのか、あっという間に五台にも六台にも増えて、町を走っていた。人が話しているのを聞いて、人力車という名も知った。慶喜は新奇なものが好きだと、すでに町で噂されていた。

慶喜邸の門前の人力車は、町中《まちなか》のものと違って、雨天などに垂らす幌《ほろ》を、初めから深く下ろしていた。地蔵堂から見張っていると、門内から出てきた鍵吉らしい男が、幌をまくった。小柄な男が、ゆっくりと人力車に乗り込んだ。

再び幌が下ろされ、人力車が動き出すと、うしろに鍵吉が従った。町中を走っているものと違って、ゆっくりと進んだ。振動を厭うようだった。

幌を下ろしているとはいえ、珍奇な乗り物がことさら悠長に走っているのだ、人目を引かぬわけがない。中にだれが乗っているのか、興味を引かないではいない。人力車はゆっくりとはいえ、傍若無人に進んでゆく。子供や暇なお泊りさんだろうか、見物がてらの野次馬が数人、目引き袖引きして、あとを追ってゆく。

庄次郎はそこにまぎれて歩いた。

どこに行こうというのか、人力車は町並みを抜けると、北に向かった。少しずつ減って、追う野次馬がいなくなった。鍵吉は全く振り返らなかった。だが、うしろの状況は全部わかっているだろう。庄次郎は人力車が小さく見えるほど、距離を取った。

両脇の田んぼが枯れかけた草原に変わり、道は山に分け入っていくようだった。遥か北のほうに紫色に霞む山脈があり、頂がはや白かった。甲州の山脈だろうか、その裾には古《いにしえ》の武田信玄縁《ゆかり》の温泉があると聞いた。慶喜はそこに湯治にでも赴こうというのか。

二里ほどを歩いた。

道は低い丘陵の裾に沿ってゆく。庄次郎も、彼方にかろうじて人力車の影が見えるところまで、さらに距離を取った。小さな街道なのか、往き来する者もあった。それだけ離れれば僧形も助けになって、鍵吉にも見分けはつかぬだろう。

彼方に道は続いていたが、人力車の影がふっと消えた。

消えた辺りに急いだ。

右手に大きな池の水面が光って見えた。人力車の轍《わだち》幅ほどの小道が、池のほうに分岐していた。人力車は見えなかった。その小道に入った途端、不意にばらばらと三人の武士が現われ、立ちふさがった。物腰から、即座に伊賀者とわかった。

「なんですか」

「この先には行けぬ」

「先に小さい祠があるのです」

「あっても行けぬ」

「道理は道の理《ことわり》と文字では書きますが」

「立ち去れ」

「道理もなにもないというわけですか」

庄次郎はわざとらしく合掌して、その場を離れた。護衛の者を四人も連れては目立つ。三人は先に遣って、この池の周囲から人を払ったのだろう。ここが慶喜の目的とする場所だ。だが、こんなところに、一体なんの用あってのことなのか。

街道に戻って先に進み、丘陵の裾を廻った。伊賀者三人と、他にも通行人の影がないことを確かめ、傍らの丘に掻き登った。低い丘だったが、薄と丈の低い雑木が繁り、進みにくかった。猪のようにしゃにむに草を踏みしだき、低木をへし折って上った。頂に出て、池のある方向に進んだ。やがて、草木のあいだに池が光って見えてきた。池畔が見えるように草木を分けて進んだ。池が昼前の日を反射して、視界を白く侵している。庄次郎は眉をしかめ、眼を細めて池畔を眺めた。

大小二つの人影があった。

小さいほうは床几《しょうぎ》に腰かけ、さらに小さな影になっていた。小さな影は、白く薄い碁盤のようなものを、三本脚の木組みで支え、前に据えていた。細かい手元はわからないが、皿様のものをしきりに撫でるようにしている。それが慶喜だろう。そのうしろに遠目にも幅広な背を見せて、鍵吉が立っていた。

庄次郎は、吹く風に揺れる草の動きに合わせて細心に、傾斜を下った。小半刻《こはんとき》もかけて池畔の茂みに潜んだ。そこから鍵吉の背中までは、五、六間しかない。山に囲まれ、広い水面に静謐《せいひつ》がたたえられているせいか、向こうの話もよく聞き取れる。

「池に突き出している、あの小山の形になんともいえぬ味がある」

「は」

「昼前の日が当たる様が取り分けいいい」

「は」

慶喜は右手をしきりに動かしている。すると、白い碁盤様のものの上に色がついてゆく。どうやら右手には絵筆を持ち、絵を描いているらしい。庄次郎は人が絵を描くところは、小林勝之助に奈緒の面影を描いてもらったときの様子しか見ていない。あのときとは違う。なにが違うのか、遠目にもわかる。慶喜は濃い色を塗り立てている。手元で顔料を混ぜ、塗り重ねるようにしている。勝之助の絵は線によってできていた。線で形が表わされていた。

慶喜は新しい物好きで、西洋のものを次々入手し、使い、無聊《ぶりよう》を慰めていると、町では噂されている。描いているのは西洋式の絵なのだろう。

それにしても、自分の見ている、この光景は一体なんだろう、と庄次郎には心冷たくなるものがあった。これが鳥羽伏見、上野、陸奥、函館で起きたことに繋《つな》がる光景なのだろうか。なにか間違えて、まるで関係のない、反対の方向を眺めているのではないのか。

慶喜は絵に没頭しているようだった。もう鍵吉に声をかけることもなかった。頭をうしろに引いては、色の具合を見ているようだ。

慶喜は鍵吉を連れ、この池に何度も来ているらしい。きょうは様子をさぐるに止《とど》め、明日からの機会を待つほうがいいかもしれない。慶喜と鍵吉が立ち去れば、伊賀者も去るだろう。それから池のまわりを歩いて地形、状況をなお詳しく知る必要がある。

伊賀者は池の入口あたりだけを護っているようだ。早朝、この池に先まわりして、池の奥で待ち伏せをする。鍵吉は人力車のうしろから来る。待ち伏せの場所によっては、鍵吉を出し抜いて、慶喜に一太刀浴びせることができるかもしれぬ。自分も死ぬ、利一郎や奈緒のところに行ける。

すべては明日以後だ。その間にセキや井筒楼徳兵衛、龍五郎や松岡萬にも、それとなく礼を述べ、別れを告げておきたい。

一刻ほどして、慶喜は立ち上がり、筆を持ったままの手を上げ、伸びをした。

「光が変わってしまった。中食《ちゅうじき》にする」

「は」

鍵吉は薄い碁盤様のものや、三本脚の木組みを片付けにかかった。それらを小脇にして、戻ってきた。庄次郎の潜むところまで一間もない。ふと庄次郎の潜む藪《やぶ》のほうをじっと見据えた。

気取られたか。

筋肉が強張り、背筋に冷気が走った。

音を立てた覚えはない。身じろいだわけではない。殺気さえ胸の奥に押し戻してある。鍵吉の所作が、偶然そう感じさせただけだったのか。そのまま鍵吉の姿は消えた。

庄次郎は身を引き締めた。

いまが機会ではないのか。

杖に仕立てた大刀を取り直した。

だが、予期せぬ防護があるのではないのか。だから、鍵吉は慶喜を独りにしたのではないのか。

きょうが駄目でも、次の機会がありそうだ。一分の間違いもなくことを運ばなければならぬ。後日を期したほうがいいかもしれぬ。

鍵吉の足音が戻ってきた。

庄次郎は杖仕立ての太刀を抱いて、再び身を縮ませた。

鍵吉は台を組み立て、その上で大きな風呂敷包みを解いた。そして、草の陰から土瓶を取り出した。そこには燠火《おきび》があったようだ。

庄次郎は川原で、徒党に対峙《たいじ》したときのことを思い出した。あのときも、鍵吉は焚火《たきび》や酒の用意までしていた。鍵吉をあなどってはならない。必ず万端を整えている。

鍵吉が茶を淹《い》れ、重箱の蓋《ふた》を取った。慶喜は茶を飲み、食べ始めた。鍵吉は少し離れて控えている。慶喜はなにも言わず、鍵吉も黙したままだった。遠い岸に青鷺《あおさぎ》が立っている。慶喜はときに池の面を見やる。

三

食べ終えた慶喜が水際に歩いた。

「鯉が見えた」

鍵吉は慶喜のうしろに寄った。

「とあみを」

「は」

庄次郎は惑うた。とあみ、とは投網のことだろうか。それは元の将軍に、いかにもそぐわぬ物だった。だが、鯉を見て所望したのだ、聞き違えたのではない。

鍵吉がまた戻ってきた。投網を取りに行くのだろう。庄次郎の潜む藪の前で、刹那《せつな》立ち止まりかけた。庄次郎をそこに見据える気配があった。だが、変わらぬ歩調で過ぎ、小道に消えた。潜んでいることに気がついているのではないか、と庄次郎は思った。

鍵吉は機会を与えようとしているのか、とも思ってみた。否、そんなことはありえない。牧の原の果し合いのことを知って、庄次郎が一念を募らせている、と鍵吉は考えるだろう。機会を与えるように見せて、捕縛あるいは斬ることを考えているのではないか。

見ていても、鍵吉は慶喜を包むように護っていることがわかる。鍵吉が慶喜の傍を離れたときが唯一、討つ機会ではないのか。鍵吉が投網を取りにいったのは、人力車にだろう。戻ってくるまでに、さっきと同じくらいの刻《とき》がある。

庄次郎は藪を出て、慶喜に寄っていった。振り返らぬまま、慶喜が言った。

「あの藻の陰だ」

庄次郎は仕込み杖から太刀を抜き放った。

その音と気配に、慶喜が振り向いた。庄次郎を見、片手の剣を見た。だが、まったく表情に変化はなかった。

斬れ、という声が庄次郎の中に起きた。

斬りかかれなかった。このまま斬れば、慶喜はいかなる者になぜ斬られるか、知ることはない。それはそうであってはならない。それでは斬る意味が失われる。

鳥羽伏見の、将兵のからだから噴き出した、胃の腑なのか腸か、肝の臓か腎の臓か、それらを割れたからだに押し戻した。コチ助の半分になった頭から流れ出て、地に滲み込もうとしていた、脳漿の黄色が蘇る。地にまみれたそれをも、掬い上げて頭蓋の内に戻してやりたい衝動が湧く。

そんなことをしても生き返りはしない。なんのためにそんなことをしたのだったか、ただ狼狽《うろた》えていただけということになる。

そうではなかった。周章狼狽《しゅうしょうろうばい》ではない、取り返しのつかないことを、ただしゃにむに取り返そうとする、あのとき自分にできる唯一のことだった。あの臓器の温もり、なお動こうとする感触を忘れない。

刺客になり、この慶喜を斬ろうと志したのは、そこから続く憤怒だ。ひとひらの散り紅葉のようだった、奈緒の自害の姿。投げた土に埋まってゆく利一郎と奈緒の顔が、からだが、なお起き直ってくるように胸にある。こころが冷え切るのか、たぎるのか、それさえもわからない。これを慶喜になんと伝えるのか。言葉は胸の内にひしめき合っている。胸を叩けば出てくるか。

だが、不意に逆白波《さかしらなみ》が胸に立つ。

「では、お前の、あのときはなんだ」

薩摩方の不意の攻撃に狼狽し浮き足立ち、逃げかえってくる兵士たちの前に、庄次郎は大刀を抜き放ち立ちはだかった。

「逃げやがったら、ぶった斬るぞ」

兵たちを弾丸や砲弾の飛んでくる最前線に追い戻した。追い戻され、あそこで死んだ兵士たちがいる。その内臓の色こそが、いま庄次郎の根底から揺さぶり立ててくるものだ。そして、みずから敵陣に躍り込んで、薩摩の兵二、三人を斬った。人の肉を断つときの、巻き藁とは違う、青竹とも違う、あれは人の肉を斬ったときだけの感じだ。それはなお腕や肩に残って、死ぬまで消えぬだろう。

慶喜に命じられ、煽《あお》られての行為ではなかった。胸底に封じ込められた、化物のような魂が裂け、弾けて飛び散った。いま慶喜を斬ろうとして、不意の嘔吐のように突き上げてくるものはそれだ。ときに悪い夢となって、ときに何事もない昼下がりに襲い来て、苛《さいな》んでやまないものは、それだった。

兵を率いる者として、それ以外の道があったのか、と問い返しはする。ない、なかった。

そうなのか、それでいいのか。

自問自答としてだけではない、他からの擁護としてもその遁辞《とんじ》はあった。乗じて、しばし気持ちを安んじ、ここまで来ることができた。だが、煎じ詰めて己の矛盾を解き放つことができてはいない。

この土壇場に来て、なお迷う。

ここで斬ることができなければ、我と我が身の喉《のんど》から臍下《せいか》までを断ち割って、鳥羽伏見にあった赤、青、灰色、黄色の五臓六腑をぶちまける。

それで思いの何分の一かは吐露できる。

庄次郎は身をよじるように声を出した。

だが、口から出たのは、己にさえ信じられぬ言葉だった。

「上様」

膝を屈しそうになっていた。

一体なんだ、これは――

徳川家に二百数十年、犬のように仕えてきた血が、跪《ひざまず》こうとさせるのか。鳥羽伏見以来、胸の中に上様などという呼び方はなかった。呪詛《じゅそ》そのものとしてしか呼ぶことはなかった。なぜ上様などと口走ったのか。

そういう自分の変異よりも、もっと信じがたいものが目前にあった。

慶喜の顔には、恐れも驚きもなかった。

眼は冷たく、蔑《さげす》むようだった。

突き上げてくるものを、庄次郎は声に絞り出した。

「あなたは、なぜ大阪城から、独り逃げたのか」

なぜだ、なぜだ、胸の内に焼き鏝《ごて》のように滞っていたものを吐いた。うわずったのか、自分の声が奇妙な軋りになった。

「お答えくだされ」

慶喜の鼻が小さく「ふん」と鳴ったようだった。せせら笑ったのか、「うん」と肯《がえん》じたのか、わからなかった。

庄次郎は間合いを詰めた。

「そういうものである」

慶喜は小さく明瞭に言った。

そういうもの——

庄次郎は口にしてみた。もう一度胸の中で繰り返してみた。これはどういう意味なのか。答えになっているのか。庄次郎は次の言葉があるのか、待った。だが、まるで興味のないものから視線を移すように、慶喜はふっと横を向いてしまった。また水の中に鯉を探すのか。

将軍というものは、そういうものだというのだろうか。そんな馬鹿な話はない。旗本八万騎は大袈裟にしても、諸藩も加えれば十万、二十万の軍の頭領が、分が悪いと見て自分だけ逃げるということが、「そういうもの」で済もうはずがない。修身斉家治国平天下、と庄次郎は幼いころ第一に学んだ。修身が大本であるはずだ。お前は身を修めることをしなかったのか。しないまま、家を斉《ととの》え、国を治めて来たのではないのか。

だが、抜き放った刀を見ての答えなのだ、冗談などではない。

おれはいまなにを見ているのか。

人間ではない、まさに魑魅魍魎《ちみもうりょう》、この世のものならぬ、その一匹がいま衣装を着て、ここに迷い出ているのか。

憎悪を掻き立てるために、薩摩藩の陣に突っ込んでいった、利一郎のうしろ姿を思った。コチ助の半分だけの顔を思った。

斬るために、もう一段、刀を振りかぶった。思いもかけぬことが庄次郎の裡に起きた。刀が振り下ろせない。

斬るために、ここまで生きて来たのではないか。

こいつは蛙だ。そう思おうとした。頭上の天、明日明後日の雨をよむ力もない蛙だ。無論、雨を降らせることなどできぬ。

斬っていいのだ。

ざわっと、頭上に青鷺が飛んだ。

斬った。

鷺の両翼と頭を斬り落とした。

三つに斬った投網が地上に落ちた。

覚えず、鍵吉に教わった手首の返しによる技で、斬っていた。この技がなければ、投網に絡まれ、身動きできなかったかもしれない。いや、投網が投げられなくても庄次郎は身動きもならなかった。不意の迷いのように、心中に浮いた言葉があった。

鳥羽伏見の戦さは、慶喜による剣術芝居だった――

安倍川川原で、ふとわかったような気がした。ああ、そうだったのか。一万五千の軍兵で威圧して押し通るつもりだったのか。

そう考えた。

否、そんなことはありえない、と庄次郎はいま思う。

剣術芝居は鍵吉が考え、創り出したものだ。せいぜい五百、千の者を動かす芝居でしかない。鳥羽伏見の戦さが芝居のようなものだったとしても、それが一剣客の胸の内から出た策とは思えない。

家康以来の叡智を謳《うた》われた慶喜の頭脳が生んだ構想だ。だが、その構想には大きく空隙があった。薩摩の戦意を読み違えていた。弑逆の禁は、二百年三百年の、日本という国の基《もとい》だった、武士道の自縄自縛の掟だった。禁を、薩摩が大きく破って見せた。そういうことだったのではないか。

そして、慶喜は壮大な茶番を演じ、日本がひっくり返された。

その残骸の中に、庄次郎は立っていた。

ゆっくりと歩を進める音が、うしろでした。三歩のところで止まった。だが、庄次郎が前に二歩踏み込めば、なお慶喜を斬ることができる。それをうしろの者も知っていて、そこで止まった。

「刀を納めてくだされ」

鍵吉は言った。

投網は、三輪村の川原で裂帛の気合のように飛んできて刀を止めさせた言葉、「斬るな」と同じだった。

鍵吉はかつて「前様を護ってやってくれ」と頼んだ。殺そうと思っている相手を護ってやれというのだった。だが、鍵吉は慶喜をではなく、おれを、土肥庄次郎を、ここまでずっと護ろうとしてくれていたのかも知れぬ。

——これがおれの義戦なのか。

庄次郎は自分の刀を眺めた。見たこともない道具のように見えた。

だが、納められない。

義戦などいやだ、邪戦悪戦でいい、利一郎、奈緒の仇を討つ。

行き場のない衝動が突き上がってきた。

刀を反転させ、振りかぶった。だが、峰撃ちであっても、相手を殺してしまう。

憎むものすべて、それに己を、あの土団子のように重ねて、地の底まで徹《とお》れと串刺しにした。地の上には、納まりきれぬ、一尺ほどの刀身と柄《つか》が出ていた。その前に、庄次郎は膝を屈した。

墓標だ、これが利一郎、奈緒、コチ助、鳥羽伏見の死者たちに、おれが建てる墓標だ。

「上様」

ややあって、鍵吉がうながした。

慶喜の爪先が眼前に来た。爪先はそこで止まった。毛一筋ない頭頂に、一瞥《いちべつ》がかすめるのを感じた。どのような目で自分が見下ろされているか、わかった。そこにはなんの感情もあるまい。

「そういうものである」

目前の爪先はすぐに動いた。いま見たものを、見る価値もないものとする、澱《よど》みもない足の運びが、遠ざかり、鍵吉の重い足音が重なった。

四

年が明けた。

空っ風の江戸、東京と違い、駿府、静岡は梅に一輪二輪の温かみを覚え、日溜りには水仙が咲く。

お披露目の宴は、井筒楼で一番大きな座敷で、廓中の空いている芸妓を集めて催された。普段は座敷に上げない林回坊なども呼んでもらった。

賑やかな宴になった。

三十なのか五十なのか、入れ代わり立ち代わりに入ってくる芸妓が一人ずつ銚子を捧げ、返杯をねだった。庄次郎はそれを一つずつ受けた。そのうちに他の座敷の客たちまで紛れ込んで、大変な騒ぎになった。

庄次郎は酔った。

ここから本気で幇間、太鼓持ちとして生きる、その思いが酔いを乱れさせようとした。なんのためか、自分でもはっきりわからぬまま丸めてしまった頭だった。僧形にやつして遂げようとした目的も、挫けてしまった。

着流しに剃髪した頭は、いかにも異形だった。だが、行きつく果てという気もした。この形を己のものとして、身に沁み込ませなければならぬ。

と、不意に、座敷が潮の引くように静まった。天変地異を察した鼠たちが逃げるように、客や芸妓がするすると出てゆき、座敷には数人の芸妓とセキしかいなかった。酔眼を上げていぶかしむ庄次郎の眼に、末座の襖が開いて、井筒楼主人徳兵衛に案内されて入ってくる男の姿が映った。

向こうは気がつくこともなかったが、大阪城のあの朝、廊下を来て、突き当たりそうになった男だ。

「榎本、さん」

榎本武揚が軍艦奉行とともに大阪城に入ったとき、徳川慶喜はすでに逃げ出したあとだった。しかも、慶喜は榎本が艦長をしていた開陽丸に座乗し江戸に向かっていた。武揚は艦を奪われ、陸の戦さの場に置き去りにされた形になった。

その後のことは、庄次郎は噂でしか知らない。

榎本は大阪城に残されていた什器《じゅうき》や刀剣、十八万両を幕府の軍艦順動丸と翔鶴丸に積み込んだ。そして、新撰組や旧幕府軍の負傷兵たちとともに富士山丸に乗って、江戸に走ったのだという。

江戸では、海軍副総裁に任ぜられ、新政府軍への徹底抗戦を主張した。だが、ひたすら恭順と決めた慶喜は採り上げなかった。榎本は開陽丸など八艦からなる幕府艦隊を率いて江戸を脱出し、奥羽越列藩同盟の支援に向かった。のち、蝦夷地を占領、土方歳三たちとともに新政府軍と戦った。函館五稜郭の戦いに敗れ捕縛された。東京で下獄、二年余りのち、釈放されたらしい。

だが、庄次郎にはなんの関わりもない男だった。なぜ、この宴に入ってきたのかわからなかった。芸妓が庄次郎に囁《ささや》いたのは、たまたま静岡に来ていて、他の楼で、宴の噂を聞いてのことだという。

「新幇間の披露目と聞いたが、出家の門出か」

榎本は座を譲って下に退いた庄次郎に、磊落《らいらく》に笑いかけた。庄次郎はただ剃り上げた頭頂を見せて、幇間らしく平伏した。

「いろいろ聞いた。だが、旗本が幇間では聞こえも悪い。その姿どおり、土手の道哲《どうてつ》を気取るなら、祝儀に寺の一つもやろう」

「いえ、あちきなどの念仏で成仏できる仏などおりません」

土手の道哲は、小塚原で磔刑《はりつけ》になる罪人を、日本堤の土手に庵《いおり》を結び、念仏で送っていた僧の名だ。のちにそこに寺が建てられ、下級の女郎が死ぬと、投げ込まれた。だが、なぜ吉原に近い土手だったのか、庄次郎は知らず、話に共感など覚えることもない昔話だった。

「静岡藩にでも、東京の新政府にでもいい、仕える気はないのか」

榎本は言った。その言葉の途中に、庄次郎は小さく強くかぶりを振った。

「土肥さんよ、念仏ばかりが供養じゃない。おれは函館で一度死んだ。おれを殺そうとした相手の下《しも》に流れている。だが、それもおれの身近で死んでいった者たちへの供養だと思っている。いや、供養として生きている」

それは自分にだけ都合のいい言い訳ではないのか。

函館では盟友だった土方歳三も死んでいる。

「頭を丸めて供養のつもりなどありません。ただ、髷や月代《さかやき》が鬱陶《うっとう》しくなっただけです」

「そうか、まあ、顔を上げてくれ」

庄次郎が頭を上げると、榎本がふっと吹き出した。

「前の顔を知らねえが、おい、似合わねえよ」

庄次郎は憮然とするしかなかった。

「新政府は断髪令を近々出すつもりらしい。土肥さんのは、その魁《さきがけ》だ」

榎本は控えていた井筒楼徳兵衛を振り返った。

「改めて、土肥さんの幇間披露目を寿《ことほ》ぎたい。みんな呼び返してくれ」

徳兵衛はかしこまって出ていった。

徳兵衛は大勢の芸妓を引き連れて戻ってきた。芸妓たち、林回坊も入ってきた。みんな榎本が庄次郎を難詰するために来たのだと考えたらしい。そうではないと知って、心を許し、芸妓たちも酌に廻った。セキは最初に庄次郎に酌をして、黙って退いた。芸妓たちの三味線に、林回坊がひょこひょこ、ときに躍り上がって踊った。榎本の前に出て、誘うように踊った。榎本が立ち上がった。

「土肥さん、おれもはなむけに唄い、踊るぞ」

榎本は梟《ふくろう》のような、喉の奥に響かせる不思議な声で、不思議な曲を唄った。それに合わせて、地団駄を踏むような、単調な、だが深い意味を感じさせる踊りを踊った。

一座はあっけにとられて、静まった。曲は短く、すぐに終わった。座り直した榎本に、庄次郎は酌をした。

「ありがとうございました。不思議な唄ですね」

「五稜郭に糧秣《りょうまつ》を運んでくれた、アイヌの少年に教わった」

蝦夷地、いや北海道にはアイヌという民族が、狩猟や漁労によって生きていることを、松浦武四郎に知らされた。松浦や吉はどうしているだろう。

「おれは蝦夷地に新しい国を作ろうとした。そういう戦さのつもりだったが、少年を巻き込んで、死なせてしまった。だから、歌も踊りも少ししか教われなかった」

庄次郎はコチ助を思った。利一郎と庄次郎の下にいた町人の兵士たちは、金や、それぞれの目的をもって参じてきた。だが、戦さは、戦さをやりたい男たちだけではなく、周辺で女子供を殺す。男たちがその者たちのために戦うと称する、女子供を殺す。

「土肥さん、披露目の芸をそろそろ出さねえか」

榎本が破顔の内に言った。

「と申しますと」

「仁王だよ、聞いてるぜ」

「あれは芸などではなく、ただの行きがかりの座興です」

「ほかに芸があるのかい」

「では、荻江節まがいを一唸り」

庄次郎は芸妓に合図し、その三味線に乗せて唄い出した。

〽思い焦がれりゃ
蟬《せみ》さえも
音《ね》にして呼ぶや

つくづく恋し

静岡に来たばかりのころには、法師蟬《つくつくほうし》が鳴いていた。はからずもセキに巡り会い、代官屋敷に忍び込んで、徳川慶喜を斬ろうとした。そして、榊原鍵吉に遭った。奈緒とも巡り会った。思いを込めて、庄次郎は唄った。

〽呼べぬ浮き川
　流れ藻の
三筋にからめ
　一筋の

三筋と唄って三味線のはかない音を、そして利一郎と奈緒と自分、三人の思いを託した。

〽忍ぶ唄さえ
　さざめきまぎれ
葦《よし》か芦《あし》かや
　この廓岸

思えばすべては、この唄から始まった。「善しか悪しか」に榊原鍵吉が「悪し」

と答えたのも、昨日のことのようだ。

五

榎本が酒を勧めながら、ぽいと投げるように言った。

「土肥さん、大谷内さんが牧の原で腹を切ったぜ」

「なに、なんですって」

一気に血が下がった。

「ここに来る前に、小耳にはさんだだけだが、偽りじゃあないらしい」

「なぜですか、なぜ大谷内さんが腹を切るんですか」

手の中で盃が揺れて、指を濡《ぬ》らした。

「なんでも、果し合いで斬られた三人の家族の者が、藩に仇討ちを願い出たようだ」

「三人を斬ったのは白戸利一郎です。侮辱され、武士道を貫くためだったのです。白戸は切腹しました。白戸のご家内も自害しました。大谷内さんは関わりがない。

白戸の切腹で終わったはずです」

「ご一新以来、仇討ちは禁じられている。だが、斬られたほうの一人が、藩の重役につながりがあったようだ」

「この期に及んで、まだそんな」

「牧の原の開拓にも影を落としそうなことになって、大谷内さんは責任を取ったらしい」

「だれですか、大谷内さんに腹を切らせたのは」

あのとき名前が出た伊予という男か、渡津という藩の重役も思い浮かんだ。

「土肥さん、もうやめろよ」

「――――」

「おれのここまでは、あの朝の大阪城から始まった。土肥さんの気持ちはわかる。だが、ときは進む。澱んでいたら切りがねえ、もうやめろよ」

榎本はふらりと立ち寄ったようなことを言っていた。本当は榊原鍵吉に頼まれてきたのではなかったか。

庄次郎は自分の両膝頭を摑んで、抑えつけた。上野の山の戦傷で動かなくなった腕で、龍五郎は腹を切ったのか。龍五郎はいつでもおれのもとに来いと言ってくれていた。彰義隊で仕えて以来、その下に行くのなら龍五郎以外にはない、と思っていた。そんな場所も、もうない。龍五郎を思えば、からだが震え、膝は畳にめり込む。憤怒をどう納めてよいかわからない。

「榎本さん、仁王をやります」

庄次郎は立った。

屏風《びょうぶ》の陰に入った。

帯を解き、着物を脱ぎ棄てた。襦袢《じゅばん》を裂いてまとい、裙《くん》というのか、仏像がまとう衣めかした。

ゆらりと、座敷に出た。

正面切って半歩踏み出し、吽《うん》の仁王、噴き出そうとする怒りを堰き止め、満座の客を睨みつけた。突き出した指の先までが赤く充血していった。

脳裡に渦巻くのは鳥羽伏見、凄愴の戦場、そして大阪城、煽られて意気込み、いざ戦いの寸前に、ぱっと支えを外されつんのめった。その目前に見た虚空に、コチ助、利一郎と奈緒、大谷内龍五郎——

眼を剝き口をかっと開いて、火を吐かんばかりに突っ立つ阿《あ》の仁王。堰き止めていたものを、眼、鼻、口から一気に放った。勢いのままに一歩寄ると、周囲で畳が鳴った。客たちが思わず身を引いた、その気配が鳥の群れが発つ音に似た。

庄次郎はからだの強張りを解いて、榎本の前に座り直した。

「そうか」

榎本は言って、空の盃を差し出した。庄次郎が受け取ると、酒を注いだ。それから自分の空の杯を差し出してきた。庄次郎はそれに注いでやった。二人同時に呑み干した。庄次郎が注いでやると、榎本も注ぎ返した。無言のまま、それを何度か繰り返した。

「おれは蝦夷地で新しい国を作ろうとした」

榎本はぽつりと言った。

噂に聞いたことはあった。

「挫けてしまったがね」

庄次郎は相槌《あいづち》の打ちようもなかった。

「この度はなぜ静岡へ」

「蝦夷地で、開拓ということに目を開かれた。おれも大谷内さんのところに転げ込もうと思ったんだが」

井筒楼徳兵衛がひらひらと大きな紙をかざして入ってきた。「松廼家露迷」という文字を一同に見せた。そして床柱に留めた。桐野利秋の座敷で座興に名乗った名前だ。

一座がわっと沸き、拍手が沸いた。庄次郎はうつむいて、口の中で「まつのやろめい」と言ってみた。

なにかが違う。

まつは、徳川家が松平姓だったころから、そこに宿って代々の命をつないできた松か。いや、そうではない。利一郎を追って、薩摩藩の陣に突っ込んでゆき、撃たれ、落馬して、意識を失った。そして、闇の中、額を撃たれて、蘇生した。顔の上に差しかけられた小松の、その尖《とが》った葉に宿る露が、また一滴、きらりと光って額に落ちた。

ろめいは露命だった。

庄次郎は床柱の半紙の名前を見た。思わずかぶりを振って、立ち上がり、紙を剝《は》がした。徳兵衛が跳び上がった。

「土肥様、気が変わられましたか。そうでしょうとも、土肥様のような立派なお侍が太鼓持ちなどになることはありません」

「徳兵衛さん、硯《すずり》と紙を」

「はい」

徳兵衛より先にセキが立って、走った。

庄次郎は榎本の前に座った。

「刀を持ちません。お貸しくだされますか」

「刀を、どうしたのだ」

「捨てました」

「廃刀令も出るということだから、先駆けてということか」

言いながら、榎本は脇差に手をかけた。

「いや、あちらを」

庄次郎は、さっき榎本から芸者が受け取って、床の間の刀掛けに置いた大刀を見やった。

「ここでもう一度手に取るには、さだめしそれだけのわけがありそうだ」

榎本は庄次郎を見据えた。

「榊原鍵吉さんの、剣術芝居のことはお聞きでしょうか」

「うん、聞いた」

「わたしも一座の末席におります。榊原さんより伝授の座興芸、蝦蟇《がま》の油売りのように、刀を振りまわします」

「面白い、見せてくれ」

庄次郎は芸者の持ってきた榎本の刀を、腰に差した。床柱から剝がした紙をふうっと宙に吹き上げた。抜いて一閃、「迷」の字が飛んで、「松廼家露」までの紙が落ちたとき、刀は納めていた。

セキが硯と紙を持ってきた。庄次郎の前に硯、紙、筆が揃った。セキが墨を摺《す》り始めた。庄次郎はセキの手から取って、自分で墨を摺った。たちまち艶《つや》のある漆黒の水が、硯の海に溜まった。

座敷の者すべてが、庄次郎の手元を見ていた。庄次郎は紙を睨んだ。筆を執り、たっぷりと墨を含ませ「命」と書いた。

「ろめいは迷ではなく命ですか。しかし、土肥様、芸名ですから、露命はちょっと」

徳兵衛がためらった。

庄次郎はうなずき、紙を持って立った。寄ってきた徳兵衛に「命」の紙を掲げさせた。

「もっと高く掲げてくれ」

「こうですか」

徳兵衛が精いっぱい、頭の上まで紙を上げた。庄次郎は榎本に向き直った。

「幕府や藩の傘の下、剣一筋のご奉公のつもりでした」

慶喜の目前の地に突き立てた、あそこで刀は捨てた。

「一緒に、口先のこと、旗も捨てました。いまはいかなる旗の下にもおりません」

「旗本、ではないということか」

「武士道などという旗印も、です」

「ふうむ」

なお、怪訝そうな榎本から、徳兵衛に再び向き直った。

「一《ひぃ》、二《ふう》、三《みぃ》と数えて、手を放してください」

「斬る、んですか」

徳兵衛の手が震え始めた。

「土肥様、勘弁してください。無理です」

徳兵衛は鍵吉の剣術興行で、庄次郎が果たした、一枚の半紙を宙に斬ってゆく芸の噂を聞いていたらしい。

「動くと危ない。さあ、数えて」

「一、二、三」

悲鳴とともに、徳兵衛はのけ反り、うしろに倒れた。手を離れた紙がはらりと落ちかかる。これで最後と決めた鍔鳴《つばな》りを、庄次郎はかすかな愛惜で聴いた。

「命」という字の、傘の下に護られた一の文字を、傘の上部もろともに斬った。

紙は刀の峰に落ちかかった。

「口」

二閃、撥《は》ね上げた紙の中、命の字の中にあった「口」を斬った。もう何事も言わない、言うべきことはない。

「旗」

紙が畳に落ちかかるところで、切っ先に引っかけ、命という字の中に残った旗の絵のような部分を斬り捨てた。もはやいかなる旗の下に戦うこともない。

だが、ここからがおれの春秋だ、おれの義戦を――

「松廼家露」だけになっていた紙の下に、命という字から斬り残した、八の字が少し歪《ゆが》んで落ちた。

「松廼家露八」


静岡二丁町遊郭でお目見えを果たした太鼓持ち松廼家露八は、数年後、故郷忘じ難く東京吉原遊郭に移った。坊主頭はそのままだったが、二度と仁王の芸をやることはなかったという。

大谷内龍五郎　明治三年没

桐野利秋　明治十年没
西郷隆盛　明治十年没
松浦武四郎　明治二十一年没
唐人お吉　明治二十三年没
榊原鍵吉　明治二十七年没
松廼家露八　明治三十六年没
榎本武揚　明治四十一年没
徳川慶喜　大正二年没

解説

縄田一男

吉川英治の『松のや露八』は、『宮本武蔵』のような求道的人物とは違い、徳川の瓦解期にあって、数奇な運命を辿《たど》りつつも、反権力的姿勢を貫いた人物を描いている。

彼は一ッ橋家近習番頭取の長男・土肥庄次郎として生まれながら、時代の転変に煩悶《はんもん》しながら、純粋さゆえに転落しついには吉原の幇間《ほうかん》になってしまった。

しかし、上野の山の戦いでは直参・土肥庄次郎に戻って彰義隊に参加した。

吉川作品はこの上野の山の戦いをクライマックスに据えている。露八に関しては、綱淵謙錠がエッセイ「幕臣　松廼家露八」の中で「酔ッ払った新政府の官員たちの股をくぐって大笑いするようになる。その笑いはあぶくのような権勢の座でふん反りかえっている者への批評であり、嘲笑であった。そしてそれはまたどんな幕臣も取りえなかった、幕臣土肥庄次郎だけの反権力的姿勢だった」と言っている。

これが露八に対する最も適切な評言であろうと思われる。

そしてこの露八に興味をもった人物が本書の著者、阿井渉介である。

阿井渉介は、本書以前に『露八史観　大江戸ひっくり返史』を刊行している。

露八が本名、土肥庄次郎。元旗本で彰義隊の生き残り、その後幇間として現われたというのは、おおよそ同じだが、旧主徳川慶喜や次郎長、石松、坂本龍馬を斬《き》ったといわれる今井信郎ら、幕末維新の群像だけでなく、江戸時代の著名な人物や事件を適宜選んで、大江戸通史をパノラマ風に展開する異色作だった。

こうして一著をものした訳だが、作者としては、やはり、小説としてより深みのある作品が書きたくなったのであろう。そこで本書が登場する運びとなった次第である。

庄次郎は、元駿府代官所に蟄居している徳川慶喜を斬りにきた刺客として登場する。ところが闇の中から突如現われた覆面の男に阻止される。

この男の正体に関しては、後に明らかにされるが、くわばらくわばら——さすがの庄次郎もこの人物に敵う訳がない。

そして庄次郎の胸中には、彰義隊が一日で敗れて数日後、江戸の町にはもう薩摩歓迎の風が吹いていた苦い記憶が渦巻いていた。さらには剣友、白戸利一郎の妻、奈緒は利一郎の死後、遊女に身を堕としているではないか。

庄次郎と利一郎は戊辰《ぼしん》戦争を共に戦い、庄次郎はこんな戦さで死んでどうする、「馬鹿なことをするな。吉原に行こう。歌だ、踊りだ、女だ、それだけだ、それ以外にほんとのものなんかねえ」と言えば、利一郎は「庄さん、おれは百姓町人に恥ずかしい」と言い、慶喜が大坂城から敵前逃亡した時も「君、君たらずとも、臣、臣たるべし」と言って憚《はばか》らないように、常に武士道を念頭に置いて行動している。

そして、いよいよ冒頭、庄次郎の慶喜暗殺を阻止した剣客の正体が明らかになるが、これは読者の方々が各々確かめて頂きたい。

ここまででくだんの剣客をはじめ、登場した人物は小林清親、清水次郎長、渋沢栄一、勝海舟、鳥居耀蔵と時代の群像が次々と現われれば、何やら山田風太郎の開化ものめく。

さらに本書においては、いつ庄次郎が幇間となるかが読みどころの一つだが、ほんの座興で幇間になった庄次郎に「するにこと欠いて、太鼓持ちとは見下げはてたやつだ」と言った内熊猪之助に「先ごろ江戸日本橋の袂に、一人の新参乞食が現われて、その者の着物の紋が二千石取りの旗本の紋と同じだったといいますが、それなんかも恥さらしってことになりますか」と言い放ち、怒りにまかせて握り上げた相手の拳を扇子一本でぴたりと止めるくだりなどは名場面と言っていいのではあるまいか。

そして名乗る――「幇間の松廼家露迷、松の下に露の命を取り留め、迷っております。以後ご贔屓に」と。

この露迷（命）が、いつ、どういう趣向で露八になるのかも読んでのお楽しみ。そしてこの時、庄次郎に、名前を変えて、人生も替えたいと言って登場した男は誰か――。

作者会心のくだりが続く。

さらに庄次郎は、再び彼を阻止した剣客と出会うがこの剣客、なんと火縄銃相手に、ぽいと川に飛ぶと両手に水を掬《すく》って、まるで子供のいたずらのように、これを相手にかけた。次々にこれをやり、まるで戦っているようには見えない、笑いながらやっているのではないか、天真爛漫《らんまん》な子供のようだと庄次郎は思ったと記されている。

実在の著名な剣客の凄《すご》みを、このようなかたちで書いた作者を私は知らない。話を物語に戻せば、生きていた利一郎と奈緒はようやく再会を果たす。だが、二人にあんな運命が待っていたとは誰が知ろう。

どうぞもう、解説を先に読んでいる方は、本文に移って頂きたい。

私は利一郎や奈緒が、武士道のために死んだとは思いたくない。では二人は何のために死んだのか——それには漢字一文字があればたくさんだ。

そして、最終章で現われる慶喜の一言は、まさに貴人に情なし、この時、庄次郎の長い戦いは終わりを告げたのである。

結局、庄次郎が過去にしがみつくこともなく、かと言って、新しい体制に呑み込まれることもなく、反骨の拠り所として生きたのは吉原であり、その手段は幇間だったのである。

二〇二二年八月

この作品は徳間文庫のために書下されました。

徳間文庫

慶喜《よしのぶ》暗《あん》殺《さつ》

太鼓持ち刺客・松廼家露八

2022年9月15日 初刷

著者 阿《あ》井《い》渉《しょう》介《すけ》

発行者 小宮英行

発行所 株式会社 徳間書店

東京都品川区上大崎三−一−一
目黒セントラルスクエア 〒141−8202

電話 編集〇三(五四〇三)四三四九
販売〇四九(二九三)五五二一

振替 〇〇一四〇−〇−四四三九二

印刷 大日本印刷株式会社
製本

ISBN978-4-19-894775-0 (乱丁、落丁本はお取りかえいたします)